TIJOLOS AMARELOS EM GUERRA

Leia também:

Dorothy tem que morrer
A ascensão do mal

TIJOLOS AMARELOS EM GUERRA

DANIELLE PAIGE

Tradução de
CLÁUDIA MELLO BELHASSOF

ROCCO
JOVENS LEITORES

Título original
YELLOW BRICK WAR
(Dorothy Must Die)

Copyright © 2016 *by* HarperCollins Publishers

Todos os direitos reservados. Nenhuma parte desta obra pode ser reproduzida, ou transmitida por qualquer forma ou meio eletrônico ou mecânico, inclusive fotocópia, gravação ou sistema de armazenagem e recuperação de informação, sem a permissão escrita do editor.

"Edição brasileira publicada mediante acordo com a HarperCollins Children´s Books, uma divisão da HarperCollins Publishers."

Direitos para a língua portuguesa reservados
com exclusividade para o Brasil à
EDITORA ROCCO LTDA.
Av. Presidente Wilson, 231 – 8º andar
20030-021 – Rio de Janeiro – RJ
Tel.: (21) 3525-2000 - Fax: (21) 3525-2001
rocco@rocco.com.br
www.rocco.com.br

Printed in Brazil/Impresso no Brasil

preparação de originais
BEATRIZ D'OLIVEIRA

CIP-Brasil. Catalogação na fonte.
Sindicato Nacional dos Editores de Livros, RJ.

P161t   Paige, Danielle
         Tijolos amarelos em guerra / Danielle Paige; tradução de
         Cláudia Mello Belhassof. – 1ª ed. – Rio de Janeiro: Rocco
         Jovens Leitores, 2019.
         (Dorothy tem que morrer ; 3)

         Tradução de: Yellow brick war (Dorothy must die)
         ISBN 978-85-7980-439-7

         1. Ficção americana. I. Belhassof, Cláudia Mello. II. Título.
         III. Série.

18-54538   CDD: 813
                                                      CDU: 82-3(73)

Leandra Felix da Cruz – Bibliotecária – CRB-7/6135

O texto deste livro obedece às normas do
Acordo Ortográfico da Língua Portuguesa.

um

As bruxas estavam esperando.

O fogo ardia atrás das três figuras usando capas, como em uma cena de *Macbeth* – se *Macbeth* se passasse em um estacionamento de trailers bombardeado. As sombras cintilavam de um jeito assustador pelo solo irregular. Um vento frio chicoteava a poeira, formando pequenos redemoinhos, e provocou um arrepio na espinha. Eu estava no estacionamento de trailers de Dusty Acres – ou no que restava dele, na verdade. Um fogo ardia na churrasqueira de concreto, a única coisa que restara do lugar que eu costumava chamar de lar.

Eu não tinha mais lar nenhum agora.

Um trio de mulheres me encarava, cada uma com um pesado manto de cores diferentes: vermelho, dourado e azul. Um manto roxo repousava no chão aos pés delas, brilhando com ricos bordados de ouro. A bruxa de vermelho era Glamora. A bruxa de azul era Mombi. E a bruxa com manto dourado estava encapuzada, de modo que eu não conseguia ver suas feições.

— Ascenda, pequena bruxa – disse Glamora, pegando o manto roxo. – Assuma seu lugar entre nós. – Dei um passo à frente. As bruxas estavam certas. Era hora de eu cumprir meu destino. De derrotar Dorothy de uma vez por todas, com a Ordem Revolucionária dos Malvados na minha retaguarda. Dei mais um passo à frente e estendi a mão para o manto que Glamora me oferecia.

— Você treinou para isso a vida toda — disse ela. — Sabia que íamos pedir que se juntasse a nós. Está na hora. — Um segundo depois, absorvi suas palavras. O que ela queria dizer quando falou que eu treinei a minha *vida* toda? Passei a vida toda naquele mesmo estacionamento de trailers no Kansas, até o momento em que um tornado me transportou para longe de Dusty Acres e para um mundo que eu pensava que só existia nos livros. Depois disso, eu tinha treinado com a Ordem, aprendendo a lutar na rede subterrânea de cavernas onde eles abrigavam os novos recrutas, mas passei bem pouco tempo com elas antes de entrar na batalha contra Dorothy. Então percebi que Glamora não estava olhando para mim, mas para além de mim. Para outra pessoa.

— Eu sei — disse uma voz familiar atrás de mim, e Nox deu um passo à frente. — Estava torcendo para demorar um pouco mais. — Ele retribuiu meu olhar assustado com um sorriso exausto.

Seu rosto estava cansado, e seus olhos, tristes. Exatamente igual a quando o deixei, e isso parecia ter acontecido há mil anos. Eu tinha seguido Dorothy pelo labirinto atrás do Palácio das Esmeraldas, deixando-o para trás. Eu havia encontrado Dorothy — *e* o Mágico. Então o Mágico abriu um portal para o Kansas, e Dorothy o matou e me puxou para atravessar com ela. *Dorothy*, pensei com um lampejo de medo. Onde ela estava? Se Nox e eu tínhamos passado pelo portal do Mágico, ela devia estar por perto. Fechei os olhos, buscando minha magia. E... nada. A magia desaparecera, como se a tivessem arrancado de mim.

— Você está pronto — disse Mombi para Nox, com firmeza. Ela também não olhava para mim. O que estava acontecendo?

— Eu nunca vou estar pronto — respondeu ele em voz baixa. Lenta e dolorosamente, Nox esticou a mão e pegou a capa dos braços estendidos de Glamora, envolvendo-a nos ombros. Ele olhou para mim. — Sinto muito, Amy — disse ele.

Abri a boca para perguntar por que ele sentia muito, e aí percebi. As bruxas não queriam que eu assumisse meu lugar entre elas. Queriam Nox. Depois de tudo o que eu tinha passado, todo o meu treinamento, elas estavam me colocando de lado.

— Por que... — comecei, mas nunca tive a chance de terminar a pergunta.

Um ruído enorme e explosivo soou pela paisagem cinzenta, e uma forquilha crepitante de relâmpago azul dividiu o céu, pousando na terra diante de Nox com um chiado. Outro rugido de trovão estalou e ecoou, e a capa começou a brilhar enquanto esvoaçava ao redor dos ombros de Nox. Seu rosto foi iluminado por uma luz azul sombria, e a magia crepitou e produziu fagulhas ao redor do seu corpo. Conseguia sentir a carga no ar, como uma névoa elétrica que irradiava de sua forma magra e musculosa. As costas dele ficaram tensas, e a boca se abriu. O rosto dele se retorceu como se sentisse dor.

— Nox! — gritei, mas o zumbido da magia girando ao redor dele engoliu o chamado. A terceira bruxa estendeu a mão para me impedir quando pulei na direção dele.

— Ele vai ficar bem — disse ela. — Fique longe até terminar, Amy. — Linhas de poder crepitantes, como cordas brilhosas, se desenrolavam do corpo de Nox e se envolviam em cada uma das outras três bruxas. Pulei para trás bem na hora em que o poder acertou cada uma delas. Todos os quatro se ergueram lentamente no ar enquanto a magia formava uma rede dourada ao redor deles, conectando-os. Eu não fazia ideia do que estava acontecendo, mas claramente era alguma coisa importante. Algo que eu nunca tinha visto. Algo que eu nem chegava perto de entender. Por um único e cintilante momento, os quatro corpos dos bruxos pareceram quase se fundir em uma forma enorme e fluida. No vórtice da magia, de algum jeito dava para ver as ruas de esmeraldas brilhantes e o céu azul-claro, e eu sabia que estava olhando para Oz. E aí, com o estalo final e aterrorizante de um relâmpago, eles se separaram e caíram no chão.

As linhas de poder voltaram para seus corpos, como a fita de uma trena se enrolando de volta. Nox ficou caído e atordoado aos meus pés, envolto no manto roxo e ofegando. Então vi a forma encolhida deitada na terra atrás das bruxas. Não precisei adivinhar quem era: os sapatos vermelhos, pulsando com uma luz cintilante e sombria que machucava os meus olhos já dizia tudo. Era Dorothy. Seu vestido xadrez estava rasgado e sujo, e os braços e as pernas, cobertos de terra e arranhões ensanguentados. Mas seus sapatos ainda brilhavam com uma luz vermelha doentia.

— Rápido, agora – disse a bruxa encapuzada, com urgência. – Enquanto ela ainda está fraca. – Ela tirou o capuz, e meu queixo caiu.

— *Gert?* – ofeguei. – Mas você está *morta*! – Eu a vi morrer. Eu sofri por ela. E, agora, ela estava ali, viva, na minha frente.

— Não há tempo para explicar agora! Nunca teremos outra chance de destruir Dorothy como essa!

Glamora, Gert e Mombi deram as mãos e começaram a cantar, e eu reconheci o brilho da magia no ar sobre elas. Nox alcançou a mão livre de Mombi, e ela o segurou sem interromper o canto. A voz dele se juntou à das outras bruxas.

Tentei mais uma vez invocar minha própria magia. Desta vez tive certeza: não havia nada lá. Flexionei os dedos, entrando em pânico. A magia tinha sumido. Meu poder, meu poder todo. Dorothy estava sentada e olhando as próprias mãos, confusa, como se estivesse descobrindo a mesma coisa. Algo tinha acontecido conosco na travessia do portal do Mágico – algo que não afetou Nox e as outras bruxas. E aí eu percebi. Tanto Dorothy quanto eu éramos do Kansas. Eu nunca tinha lançado um feitiço na vida antes de ir a Oz; porque qualquer magia que o Kansas supostamente tivesse eu não tinha ideia de como alcançá-la, ou se podia fazer isso. O Mágico tinha insistido que Oz tirava sua magia da terra do Kansas, mas Dorothy e eu não tivemos sorte. De volta a um mundo onde não tínhamos poder, se Dorothy estava totalmente impotente, eu também estava.

— Ajude, Amy! — Nox gritou acima do canto das outras bruxas.

— Não posso! — falei, desesperada, e os olhos dele se arregalaram de surpresa. O corpo de Dorothy começava a brilhar com uma luz pálida que lentamente ofuscava a cintilação de seus sapatos. Mas os olhos dela de repente expressaram compreensão.

— Estamos no Kansas — disse ela, com a voz rouca e fraca. — Vocês me trouxeram de volta pro Kansas. E eu *odeio* o Kansas. — Ela lutou para se levantar, e o feitiço das bruxas enfraqueceu quando seus sapatos começaram a brilhar com mais força. Dorothy estalou os dedos em nossa direção e franziu a testa quando sua magia não apareceu. — Quero meu palácio de volta — sibilou ela. — E meu poder. E meus *vestidos*. — Ela olhou para os sapatos vermelhos, e eles arderam com uma luz vermelha forte.

— Não! — gritou Gert. — Façam ela parar! — Mas o brilho pálido do feitiço das bruxas se dissolveu em um sopro de luz iridescente quando os sapatos de Dorothy irradiaram poder. Ela oscilou um pouco, claramente exausta. Seus olhos estavam fundos. A pele parecia seca e esticada sobre os ossos do rosto. O cabelo estava escorrido e desgrenhado.

— Me levem pra casa — sussurrou ela de um jeito fraco. — Por favor, sapatos, me levem pra casa. — Mombi avançou, suas mãos irradiando a luz de um feitiço, mas era tarde demais. Com um flash de vermelho e um estalo vigoroso como o de uma rolha de champanhe saindo da garrafa, Dorothy desapareceu.

Dorothy tinha ido para casa. E nós estávamos presos no Kansas. Para sempre.

DOIS

Mombi e Glamora rapidamente conjuraram uma tenda de seda que, por mais frágil que parecesse, impedia a entrada de terra e segurava o implacável vento do Kansas. Fazia um tempo que eu não via Glamora, e sua semelhança com a irmã, Glinda, me assustou mais uma vez quando a encarei sob o brilho suave das luzes que ela pendurou na tenda. Em um instante, a lembrança do tempo que passei com ela nas cavernas subterrâneas da Ordem voltou: suas lições sobre a arte do glamour, seu amor por coisas bonitas e a intensa determinação no seu rosto quando me contou o que Glinda tinha feito com ela. Glamora quase perdeu a primeira batalha contra a irmã, e eu sabia o quanto queria derrotar Glinda. Mas ainda me surpreendia o quanto era quase impossível distinguir as duas irmãs. Eu tinha visto o suficiente de Glinda em ação para que o rosto da sua irmã me apavorasse um pouco, não importava o quanto eu soubesse que Glamora estava do lado dos Malvados. O que eu precisava descobrir agora, percebia, era o quanto os Malvados estavam do *meu* lado.

Tentei fazer Mombi, Glamora e Gert responderem às minhas perguntas frenéticas, mas elas me ignoraram enquanto se moviam pela nossa casa temporária, afofando almofadas e tirando pratos e talheres do nada.

— O que acabou de acontecer? — sibilei para Nox. Ele me lançou um olhar impotente, e eu quis bater nele.

— Tínhamos coisas demais pra te contar, Amy. Você sabe que a Ordem sempre teve que manter segredos para sobreviver.

Balancei a cabeça, indignada. Quando foi que alguém me contou toda a verdade? Eu achava que podia confiar pelo menos no Nox. Claramente, eu estava enganada. Estava furiosa. Mais do que isso, estava magoada. Nox e eu não éramos apenas soldados que lutavam juntos. Meus sentimentos por ele eram muito mais complicados do que isso — e pensei que ele gostasse de mim.

— Amy, fala comigo — disse ele. — Por favor.

— Esquece — rebati.

Glamora, sendo como era, também conjurou tapetes lindos e macios, almofadas pesadas, tapeçarias decorativas e uma grande mesa de madeira de aparência antiga, onde as bruxas estavam arrumando uma refeição. Eu me lembrei do lenço que Lulu tinha me dado — aquele que criara a versão de Glinda da mesma tenda. De certa forma, as irmãs eram estranhamente parecidas. Os toques especiais de Glamora incluíam até as mesmas velas e arranjos de flores que a tenda de Glinda. Eu me perguntei, não pela primeira vez, como duas pessoas tão parecidas podiam ter ficado tão diferentes. Havia outras semelhanças entre as irmãs? Eu tolamente tinha achado que estava segura na tenda de Glinda. Talvez a de Glamora fosse tão perigosa quanto a da irmã.

— Amy, por que você não vem comer alguma coisa? — sugeriu Glamora com delicadeza.

Ignorei a expressão no rosto de Nox quando virei as costas para ele e a segui até a mesa. O que ele esperava de mim? A seda da tenda farfalhou, e soube que ele tinha saído, o que me deixou ainda mais irritada. Era ruim o suficiente ele não ter me contado o que estava acontecendo. Mas se recusar a me encarar depois? Isso era pior.

Mombi, Gert e Glamora já estavam sentadas ao redor da mesa com pratos de comida. Eu não conseguia me lembrar da última vez que tinha comido, mas não estava com fome.

— Como vocês podem ficar sentadas aí? – explodi. – Como Gert ainda está viva? O que aconteceu agora pouco? O que estamos fazendo no Kansas e como vamos voltar pra Oz? Aqui *é* o Kansas, certo? É por isso que não consigo usar magia? – Mombi deixou o garfo de lado e olhou para mim.

— Você não consegue usar magia?

— Não – respondi. – Aqui não. Ela simplesmente... desapareceu, de alguma forma. Mas essa não é a questão. Vocês me devem respostas.

Gert suspirou.

— Você está certa, provavelmente está na hora.

— Já passou da hora – falei.

Gert deu uma risadinha.

— Essa é a minha garota. Sem rodeios, a nossa Amy.

— Eu não sou a garota de ninguém – rebati. – Estou cansada de vocês me fazerem perder tempo. Vocês obviamente sabem muito mais do que eu sobre o que está acontecendo aqui.

— Isso não é inteiramente verdade – disse Gert. – Mas entendo sua confusão e sinto muito por você estar magoada. Sei que tudo isso foi difícil pra você.

— Seria muito menos difícil se vocês me dissessem o que é que está acontecendo! – gritei.

Eu havia passado por tanta coisa e ainda não tinha conseguido matar Dorothy. Lágrimas começaram a cair, e eu chorei. Chorei porque Nox, talvez meu único amigo, provavelmente não era um amigo muito bom, no fim das contas. Chorei pela pobre Policroma, que vi morrer tentando lutar contra Glinda, e por seu unicórnio morto. Chorei pela Star, a ratinha de estimação da minha mãe, que o Leão engoliu inteira na minha frente. Chorei por todos os amigos que eu já tinha perdido naquela guerra de estúpidos tijolos amarelos, sem sentido e sem fim. E talvez, só talvez, também tenha chorado um pouco por mim. Quando parei, levantei o rosto manchado de lágrimas e vi Gert, Glamora e Mombi me encarando com olhos preocupados. Eu desconfiava de todas elas, e por uma boa razão. Estava mais do que cansada de fazer o trabalho sujo de outras pessoas. Mas talvez elas realmente se preocupassem comigo.

– Terminou? – perguntou Mombi bruscamente, mas não de um jeito indelicado. – Porque temos trabalho a fazer, criança.

– Desculpe – falei, o constrangimento já começando a substituir minha explosão.

Mombi acenou para Gert.

– Conte o que ela quer saber pra gente poder seguir em frente – disse ela.

Gert me olhou de maneira interrogativa, e eu fiz que sim com a cabeça.

– Ok, vamos começar com a pergunta fácil. Você perguntou como eu ainda estou viva. A verdade é que eu nunca morri.

Se essa era a pergunta fácil, eu mal podia *esperar* pelas difíceis.

– Mas eu *vi*. Vi quando você morreu, no meio da primeira batalha que eu lutei na vida. – Afastei a lembrança horripilante do meu primeiro encontro com o Leão e seu terrível exército de animais. Como muitas coisas que aconteceram comigo em Oz, isso era algo em que eu nunca mais queria pensar. – Eu vi você lutar contra o Leão e perder. Aconteceu bem na minha frente.

– Você viu isso mesmo – concordou ela. – E eu perdi, também não há dúvida sobre isso. – Ela estremeceu brevemente e fechou os olhos, como se sentisse dor. Eu não estava no clima de ser simpática com a Ordem, mas era difícil ficar com raiva de Gert. Era como guardar rancor da sua avó por queimar sem querer seus cookies favoritos. – Mas as bruxas são muito, muito difíceis de matar – continuou ela, abrindo os olhos de novo. – Mesmo em uma batalha como aquela. Sinceramente, não tenho certeza absoluta do que aconteceu comigo quando o Leão me derrotou. Meu melhor palpite é que a magia de Dorothy esteja enfraquecendo os limites entre o seu mundo e o nosso. Quando o Leão venceu, eu fiquei no escuro durante muito tempo. Era como se eu estivesse vagando por um tipo de país sombrio.

— As Terras Sombrias? — interrompi, e Gert pareceu surpresa. Percebi que a primeira vez que usei minha magia para entrar naquele universo paralelo assustador e desolado foi depois que Gert morreu. Ou não morreu. Não importava. Gert não sabia que eu conhecia as Terras Sombrias.

— Ela também consegue ir lá — resumiu Mombi.

Gert assentiu.

— Sua magia cresceu consideravelmente desde a última vez que te vi, Amy — observou Gert. — De qualquer forma, não, eu não estava nas Terras Sombrias, acho que não. Tem muita coisa que não sabemos sobre aquele lugar. Pelo que sei, eu estava aqui, nesta clareira, o tempo todo.

Levei um segundo para perceber que ela estava falando de Dusty Acres.

— Você estava no estacionamento de trailers? — perguntei.

Gert pareceu confusa.

— Eu não sei o que é isso — disse ela. — Mas não conseguia sair desta área. Eu começava a seguir numa direção e, de alguma forma, sem perceber, estava exatamente onde tinha começado, não importava o quanto eu andasse. Eu não podia tocar em nada, não importava o quanto eu me esticasse, tudo estava fora do alcance. Não vi outras pessoas, nem um pássaro ou um besouro.

Ela parecia triste e incrivelmente velha.

— Foi horrível — prosseguiu Gert, melancólica. — Levei muito tempo para recuperar as forças e ainda estou muito mais fraca do que era. Mas minha magia acabou se recuperando o suficiente para eu mandar uma mensagem pra Mombi e Glamora. Elas usaram a ruptura entre os mundos pra se juntarem a mim aqui. Tínhamos alguma ideia de que o Mágico tentaria usar você pra abrir um portal de volta pro Kansas, e sabíamos que o portal seria neste lugar, por isso viemos pra cá te esperar.

— Vocês sabiam que o Mágico queria me matar, me usar pra abrir um portal de volta pro Kansas, e não o impediram? — perguntei com raiva.

— Gert estava quase inútil — disse Mombi sem rodeios. — Eu mesma estou bem fraca. Nós três não estávamos poderosas o suficiente pra impedir o Mágico. Mas sabíamos que, se Nox se juntasse a nós e completasse o círculo, seríamos poderosos o suficiente pra derrotar o Mágico *e* a Dorothy.

— Espera, volta — falei. — Que círculo? Isso tem a ver com o que aconteceu lá fora? — E, se elas eram poderosas o suficiente para derrotar o Mágico e a Dorothy com Nox ajudando, por que precisaram de *mim*, pra início de conversa?

— Você já sabe sobre o equilíbrio de poder em Oz — disse Gert, e eu me lembrei do seu truque perturbador de ler mentes. — Oz depende da magia pra sobreviver, e nenhuma pessoa pode usá-la em excesso sem prejudicar a terra. Esse equilíbrio era parte do que a Ordem estava tentando manter. Sempre houve quatro bruxas, uma no Norte, uma no Sul, uma no Leste e uma no Oeste. Mas esse equilíbrio se perdeu desde a primeira visita de Dorothy a Oz, e está ainda pior agora. Quando a casa de Dorothy matou a Bruxa Má do Leste, ela abriu um vácuo que ninguém foi poderoso o suficiente pra preencher.

— Ainda não estou entendendo — falei.

— Temos tentado derrotar Dorothy lutando uma batalha de cada vez, mas é como tentar apagar um incêndio florestal transportando água num balde — disse Mombi. — A Ordem foi espalhada por Oz. Metade dos soldados com quem você treinou nas cavernas está morta. Outros... — Ela deu de ombros. — Sabemos onde estão alguns deles, mas estamos espalhados demais pra fazer qualquer coisa. O que fizemos lá fora — ela acenou vagamente para as ruínas do lugar onde morei desde que minha mãe entrou na espiral descendente do vício — foi transformar Nox em um de nós. Na Bruxa Má do Leste, basicamente.

— Ao restaurar o Quadrante, finalmente somos poderosas o suficiente pra matar Dorothy – disse Glamora. – Todas as nossas esperanças estavam em você...

— Mas eu não consigo matar Dorothy – falei lentamente. – Porque estamos ligadas de alguma forma. Então vocês têm que fazer isso.

Mombi fez que sim.

— Sem falar no fato de que Dorothy acabou de se teletransportar de volta pra Oz e nós estamos presas aqui.

Mombi assentiu de novo.

Suspirei e apoiei a cabeça nas mãos. Eu estava ficando *realmente* cansada de bruxas.

— Se vocês sabiam o tempo todo que podiam transformar Nox em um de vocês, por que não fizeram isso antes? Por que vocês não me *contaram*?

— Porque, depois que Nox fosse vinculado ao Quadrante, seria para o resto da vida – disse Gert. – Ele não tem mais chance de ser qualquer outra coisa. Nós não te contamos... ele não te contou... porque esperávamos que não chegasse a esse ponto. Somos mais velhas do que você pode imaginar, Amy, e pra nós o sacrifício... bem, já está feito. Não há volta pra nenhuma de nós. Mas esse é um destino terrível pra se desejar a alguém tão jovem quanto Nox.

— Ele nunca vai poder ter uma vida normal – disse Glamora baixinho. – Assim como nós, ele agora é responsável pelo futuro de Oz. Ele nunca poderá ter uma família. Envelhecer como uma pessoa comum.

— Se apaixonar – acrescentou Mombi, com um olhar significativo para mim.

— Ele pode se apaixonar – corrigiu Gert. – Só não pode viver a paixão. – Ela fez uma pausa. – É claro que você ainda tem um lugar ao nosso lado, se quiser. Mas estamos no Kansas, Amy. Vamos encontrar um jeito de voltar pra Oz. E, depois que estivermos lá, poderemos derrotar Dorothy sem você. Você pode ir pra casa.

Casa. Eu poderia ir para casa. De repente, percebi que eu estava no Kansas e que poderia ficar ali.

Minha casa era algo em que eu não pensava havia muito tempo. Eu não sabia mais o que Oz era para mim. Quando cheguei lá, pensei que fosse um lugar do qual eu finalmente poderia fazer parte. Um lugar onde encontrei amigos. Depois, se tornou uma coisa totalmente diferente.

Mas será que o Kansas já tinha sido minha casa, também? O que me esperava ali? Minha mãe tinha sumido, talvez nem sequer estivesse viva. Eu não era exatamente a Miss Popularidade na Escola de Ensino Médio Dwight D. Eisenhower. O trailer onde eu morava com minha mãe não era um lugar que eu quisesse ver de novo. E, mesmo que quisesse, ele já tinha desaparecido havia muito tempo. Minha casa podia não ser Oz, mas com certeza não era a paisagem vazia e destruída do lado de fora da tenda que as bruxas conjuraram. E eu tinha passado por tanta coisa em Oz, visto tanta coisa, que nem podia me imaginar voltando a uma vida normal. Aprendi a fazer coisas que eu nem sabia que eram possíveis, em um mundo completamente novo que eu não sabia que era real. Eu tinha lutado contra alguns dos inimigos mais apavorantes e imagináveis. Eu tinha voado com macacos, andado com a realeza, matado os asseclas mais maldosos de Dorothy. O que eu ia fazer em seguida, conseguir um emprego no shopping?

— Depende de você, Amy — disse Gert, lendo a minha mente outra vez e me puxando de volta para o momento. — Você não precisa decidir agora. Mas precisa decidir se quer nos ajudar a voltar pra Oz.

— Ok — falei devagar. — Então não estamos presas aqui pra sempre? Qual é o seu plano?

Gert suspirou.

— Não vai ser fácil. Mesmo com Nox fazendo parte do círculo agora, não somos poderosos o suficiente para abrir um portal de volta pra Oz. O Mágico só conseguiu fazer isso porque tinha os dons mágicos que deu ao Leão, ao Espantalho e ao Homem de Lata. — Tentei não pensar no último e terrível vislumbre do Mágico explodindo em confetes de sangue quando Dorothy devolveu o feitiço dele. — Mas temos uma ideia.

Claro que tinham — mais um plano ultrassecreto que elas só decidiam me contar quando dava na telha? Suspirei, e Gert me deu um sorriso simpático.

— Ok, sou toda ouvidos — falei, me recostando em uma pilha das almofadas de Glamora. Elas até tinham um cheiro maravilhoso, como o de um balcão de maquiagem em um shopping, meio glamoroso e relaxante ao mesmo tempo.

— Você se lembra dos sapatos de Dorothy — começou Glamora.

— Sim, é difícil esquecer deles.

— Não os sapatos que estão com ela agora — disse Gert. — Os sapatos *originais* de Dorothy.

Eu as encarei.

— Espera, o que você quer dizer com sapatos originais? Tipo os do "não há lugar como o nosso lar"? Eles também são reais? — Eu quase comecei a rir. O que eu estava pensando? Claro que eles eram reais. Se Oz era real, por que os sapatos mágicos prateados de Dorothy não seriam?

— Na primeira vez que Dorothy chegou a Oz — explicou Glamora —, ela não queria ficar pra sempre.

— Se ao menos ela nunca mais tivesse voltado — Gert suspirou.

— Minha irmã, Glinda, mandou-a pra casa com um par de sapatos prateados encantados, que vieram antes do par que a trouxe de volta na segunda vez. Dorothy sempre supôs que eles tinham se perdido quando ela atravessou o Deserto Mortal e, embora tenha tentado encontrá-los, nunca conseguiu. — Eu não sabia muito bem como explicar a Glamora que toda essa história de Oz era uma série de livros clássicos, sem falar num filme de sucesso, no Kansas, então nem me preocupei em tentar. — Mas e se os sapatos ainda estiverem aqui?

— Aqui, tipo no Kansas?

— Ela quer dizer aqui *aqui* — disse Mombi. — Onde era a fazenda da Dorothy.

— A fazenda de Dorothy ficava em *Dusty Acres*? — perguntei.

— Não exatamente — respondeu Glamora. — A fazenda de Dorothy ficava no local exato onde está sua escola neste momento.

— Ensino médio — comentou Gert. Ela olhou para mim com as sobrancelhas erguidas. — Um sistema bárbaro, sério. O método de aprendizado de Oz é muito superior.

Elas estavam falando sério? A Escola de Ensino Médio Dwight D. Eisenhower de alguma forma estava aquele tempo todo abrigando um par de sapatos prateados mágicos vindos de Oz e perdidos há anos? Era quase demais para aguentar. Se Madison Pendleton soubesse *disso* quando fez o relatório do livro *O maravilhoso Mágico de Oz*... Não que ela precisasse de mais alguma coisa para conseguir a nota máxima. Todos já adoravam Madison. Todos exceto eu, claro.

— Como vocês sabem se os sapatos ainda são mágicos? — perguntei. — E se eles não funcionarem mais? E se eles só servirem para ir pra um lado, de Oz pro Outro... hum, pro Kansas?

Mombi suspirou.

— Tem razão. É um tiro no escuro. Mas é a única chance que temos. Precisamos arriscar.

— Ok, então vocês acham os sapatos. E depois?

— Amy — disse Glamora —, não *somos nós* que vamos encontrar os sapatos. Se concordar em nos ajudar, *você* é que vai.

— Mas não entendo como — argumentei. — Quero dizer, minha magia não funciona aqui como a de vocês. Por que vocês não encontram os sapatos sem mim?

— Porque eles estão na sua escola — disse Gert. — Seria um pouco engraçado se três velhas e um adolescente aparecessem pra aula no meio do ano letivo, não acha? Considere uma missão secreta. — Ela sorriu. — Pra dizer a verdade, você é nossa única esperança neste momento. Se quiser nos ajudar a voltar pra Oz, precisa voltar pra escola.

TRÊS

— Não — falei. — De jeito nenhum. Com certeza absoluta, de maneira nenhuma eu vou voltar pra escola. Eu nem queria voltar pro *Kansas*.

— Não temos escolha — disse Mombi.

— Bem, eu tenho. Não sou membro do Quadrante.

— Amy — disse Gert com delicadeza. — Ainda precisamos de você.

— Por que vocês simplesmente não fazem um feitiço de glamour? — sugeri, desesperada. Eu queria ajudá-las. No mínimo, isso ia me distrair da decisão que eu tinha que tomar. Mas eu certamente não queria ajudá-las *desse* jeito.

— Amy, você já percebeu como é difícil usarmos magia aqui — disse Glamora. — Estamos perto de onde o Mágico abriu o portal, por isso ainda temos alguma conexão com Oz. Mas quanto mais nos afastarmos de Dusty Acres, mais fracas ficaremos. Nós simplesmente não sabemos que efeito o Kansas terá sobre o nosso poder, e não podemos arriscar um feitiço de glamour de longo prazo.

— Vocês não precisam de mim. Podem mandar o Nox — falei. — Ele pode ser... pode ser um aluno estrangeiro de intercâmbio. Tipo da França.

Glamora inclinou a cabeça, sem entender.

— De quê?

— É tipo... tipo o Condado dos Quadlings — expliquei. — Mas com baguetes.

As bruxas me encararam com expressões vazias, e caiu a ficha de como minha ideia era estúpida. Certo. Um estudante estrangeiro de intercâmbio sem documentos, sem pais e sem passaporte, que nunca tinha ouvido falar do país do qual supostamente viera. Nox duraria cerca de cinco minutos na Escola de Ensino Médio Dwight D. Eisenhower, com ou sem aquele carisma dele.

Eu não queria admitir, mas as bruxas estavam certas. Eu querendo ou não voltar para Oz, elas não tinham chance de encontrar os sapatos sem mim. E, a menos que eu conseguisse um plano melhor — não que o delas fosse muito bom —, os sapatos eram a única chance que tinham.

— Não posso nem ganhar créditos extras por aprender magia — murmurei. — Quanto tempo eu fiquei em Oz, afinal? Todos no Kansas devem pensar que estou morta.

— Você sabe que o tempo aqui funciona de forma diferente do que em Oz — disse Gert. — Pelo que descobrimos, cerca de um mês do seu tempo se passou enquanto você estava em Oz.

Só um mês? A ideia era louca. Tanta coisa tinha acontecido comigo, tanto tempo havia se passado. Eu nem me sentia mais a mesma pessoa. A Amy Gumm que tinha vivido ali era uma desconhecida total. Eu não pertencia mais àquele lugar. Nem sei se um dia pertenci.

— Você vai ter que encontrar eles logo — acrescentou Mombi. — Não temos como saber os danos que Dorothy pode causar em Oz. Precisamos voltar o mais rápido possível.

— Eu ainda nem concordei em ajudar! — falei com raiva, mas eu sabia que Mombi estava certa. Mais uma vez, tudo estava nas minhas costas. — Certo. Vou encontrar os sapatos idiotas. Então, onde devo morar enquanto repito o último ano?

— Ah — disse Glamora de um jeito animado —, essa parte, pelo menos, é fácil. Encontramos a sua mãe.

Minha mãe. A mera palavra trouxe de volta uma enchente de lembranças, a maioria ruim. Eu havia acabado de ser despejada de volta no Kansas, tinha visto Nox assumir um lugar entre as bruxas para o qual elas nem me consideraram, apesar de eu ter me esforçado tanto, e não tinha ideia se seria possível retornar a Oz — nem mesmo se eu queria isso. E agora eu tinha que ficar com a mulher que me abandonou para festejar com os amigos enquanto um tornado descia sobre a nossa casa? Era demais.

— Preciso de um minuto — murmurei, e saí da tenda.

O ar estava parado e frio; no alto, as nuvens se moviam rapidamente pelas estrelas, como se uma tempestade estivesse a caminho. Como se precisássemos de mais uma dessas. Um tornado só na vida já tinha sido muito mais do que suficiente.

Não pude deixar de me perguntar: e se, naquela tarde, no trailer, minha mãe tivesse decidido cuidar de mim, só para variar? Me levar de carro para algum lugar seguro, onde nós pudéssemos enfrentar a tempestade juntas? E se ela finalmente tivesse feito a coisa certa? O que eu tinha ganhado em Oz — força, poder, respeito, autoconfiança — valia o que eu havia perdido? Sem Nox, que motivo eu tinha para voltar? Estar com ele foi o mais próximo que eu chegara da felicidade, em Oz. Mas, se seus deveres com as bruxas significavam que nunca poderíamos sequer tentar ter um relacionamento, eu não gostava da ideia de voltar a Oz só para ser serviçal do Quadrante.

Eu me perguntei o que teria acontecido se minha mãe tivesse me mantido segura e eu nunca tivesse sido levada até Oz. Eu sabia que, em algum lugar dentro da mãe que me abandonou naquele dia, havia a mãe que já tinha me amado como se eu fosse o maior tesouro da sua vida. Mas o Kansas conseguia arrancar o bem de qualquer coisa, como os ventos hostis das pradarias que descascavam as belas tintas das paredes até que todas as casas ficassem com o mesmo cinza sem esperança. E a quem eu estava enganando? Minha vida ali no Kansas era basicamente um inferno.

Depois que meu pai foi embora, assisti à espiral descendente da minha mãe: lenta no início, se aproximando da boca do ralo cada vez mais rápido conforme as pílulas e as bebidas roubavam qualquer vestígio da mãe feliz, alegre e amorosa que eu conhecia. Quando o tornado me levou de Dusty Acres, minha mãe era uma derrotada, caída no sofá, que só se levantava por tempo suficiente para se arrastar até o bar mais próximo com a sua melhor amiga, Tawny. E, no dia em que o furacão passou, ela havia me xingado por ser suspensa, como se a tirana supergrávida da Madison Pendleton ter puxado briga comigo fosse culpa minha, antes de me abandonar à mercê da tempestade para ir a uma festa. Eu me lembrava de como ela estava na última vez em que a vi: coberta de maquiagem barata, a saia vagabunda não muito mais comprida do que um cinto, os peitos erguidos até o queixo com um sutiã de sustentação. Malvestida, mal-humorada, irritada e má: como uma versão dos Sete Anões em um estacionamento de trailers. Eu podia ter morrido por ela ter me deixado naquele dia. E agora eu tinha que voltar para ela? Fingir que estava tudo bem? As bruxas haviam me pedido muitas coisas durante o meu período em Oz, mas isso era outro nível.

— Amy? — Era Nox. Eu mal conseguia distinguir sua silhueta empoleirada em uma base de cimento destruída. De alguma forma, ele era ao mesmo tempo a pessoa que eu mais queria *e* menos queria ver. Que conforto ele poderia me dar, agora? Ele tinha feito a própria escolha. Nunca poderíamos ficar juntos. — Amy, sinto muito — disse ele. Hesitei, depois me sentei ao lado dele. Nox colocou um braço ao meu redor, e eu me encolhi. Ele rapidamente se afastou.

— Por que você apenas não me contou? — perguntei. — Por que você nem ao menos me deixou ter esperanças de que poderíamos... — Parei, grata porque ele não conseguia ver minhas bochechas ficando vermelhas no escuro. Eu tinha dezesseis anos e só o conhecia havia... bem, um mês, aparentemente. Não tínhamos nada sério, pensei, amarga. Exceto que parecera ser muito *mais* do que isso. Acho que era uma característica de Oz. Fazia tudo parecer gigantesco.

As bordas do céu estavam ficando roxas, sugerindo que o nascer do sol se aproximava. Não consegui evitar – apesar de todo o meu sofrimento e toda a minha raiva, olhei para cima. O Kansas não tinha muito a oferecer, mas o céu noturno era o máximo. As nuvens desapareceram, e toda a Via Láctea se derramava pelo céu, brilhando com estrelas. Quando meu pai estava por perto, às vezes ele me levava para fora à noite com um par de binóculos e apontava todas as constelações. Eu ainda me lembrava de algumas – muito mais do que eu me recordava do meu pai.

Nox e eu estávamos literalmente sentados em cima de onde ficava meu antigo trailer, antes do tornado fatídico que me pegou e me arrastou para fora do único mundo que eu conhecia. Estar de volta ali era impensável. Mas a Via Láctea me fez sentir, pela primeira vez, que talvez eu também tivesse um lar ali. Eu não tinha sentido saudade de nada do meu mundo, mas ver as constelações no céu me fez reconsiderar. E, se eu não podia ficar com Nox em Oz, a lista de razões para voltar tinha acabado de ficar bem mais curta.

– Sinto muito – disse Nox outra vez. – Não era assim que eu queria que isso... – Ele respirou fundo e começou de novo. – Olha, é normal ter sentimentos por alguém no calor da batalha. As emoções são intensas. Já aconteceu antes.

Certo, como eu podia ter esquecido? Melindra, a garota metade lata com quem eu tinha treinado quando cheguei a Oz, não perdeu tempo para me dizer que ela e Nox tinham tido alguma coisa. Quando ele me levou até o topo do Monte Gillikin para ver a extensa e linda paisagem de Oz e me falou que eu era especial, foi o mesmo roteiro que ele usou com ela. Agora suas palavras doíam desesperadamente. A quantas garotas Nox tinha mostrado aquela vista? Quantas garotas tinham caído no seu truque de órfão triste? Nox parecia um personagem de programa de

TV – o Revolucionário Romântico e Torturado: será que *você* é a garota que finalmente vai capturar seu coração ferido?

– Ah, que ótimo – explodi. – Quer dizer que eu não significo nada pra você.

– Me deixa terminar, Amy? – Agora ele parecia irritado. – Eu sabia que você era diferente: é isso que estou tentando te dizer. Desde o início. Eu nunca tive uma família muito grande – acrescentou, baixinho. – Gert, Mombi, Glamora... por piores que possam ser, elas eram tudo que eu tinha. Até você aparecer. Eu não te contei porque sabia que elas poderiam me chamar a qualquer momento, e eu teria que abandonar mais uma coisa com a qual me importava. Acho que eu fui burro o suficiente pra pensar que ignorar essa possibilidade faria ela desaparecer. Obviamente, eu estava errado.

– Eu não posso te ajudar? Não posso fazer parte do círculo também, de algum modo?

– Amy, acho que você não aguenta lidar com a magia de Oz por muito mais tempo – disse ele.

– Como assim? – perguntei com raiva. – Você acha que eu não consigo me controlar? Por que você simplesmente faz tudo que elas te mandam fazer? – Um pensamento repentino me atingiu. – Você está com *inveja*. Você está com inveja do meu poder e do fato de que eu *poderia* ser poderosa o suficiente pra derrotar Dorothy. Você sabe que precisa de mim e não quer admitir, porque isso seria dizer à Ordem que o bravo e perfeito Nox não consegue fazer tudo sozinho.

– Escuta o que você está dizendo, Amy – sussurrou Nox. – Você me acusou de fazer a mesma coisa quando nos conhecemos. Lembra?

Eu não queria pensar nisso, mas sabia exatamente do que ele estava falando. Na noite em que eu ainda estava treinando com os Malvados. Quando Gert me provocou a usar magia pela primeira vez e eu fiquei tão brava que nem conseguia pensar. Nox me levou para me mostrar as estrelas e me acalmar. Gritei com ele por sempre fazer o que a Ordem mandava, sem nem pensar, e ele me contou que Dorothy e Glinda tinham matado sua família e destruído seu povoado. Ele se abriu comigo pela primeira vez, e eu vi as profundezas do que o assombrava. Do que Dorothy tinha tirado dele. Em comparação com Nox, eu não tinha perdido nada. E agora ali estávamos mais uma vez, sob um conjunto diferente de estrelas, tendo a mesma briga.

– Eu lembro – falei. – Mas era diferente, naquela época. – Tudo era mais simples, eu queria acrescentar.

– Você realmente acha que estou com inveja de você? – perguntou Nox. – Como poderia? Eu *vi* o que a magia de Oz está fazendo com você. Está te despedaçando. Não posso deixar isso acontecer. Não vou deixar. Você sabe que não pode matar Dorothy. Está ligada a ela de alguma forma. E sabemos que Dorothy foi irremediavelmente corrompida pela magia de Oz, e provavelmente o Mágico também. Quando ele chegou em Oz, não era malvado, só espalhafatoso. Toda vez que você tenta usar seu poder, se transforma num monstro. Se a magia de Oz não te transformar em algo irreconhecível, ela vai... – Ele parou de repente.

– Você acha que ela vai me matar.

– Acho que há uma grande possibilidade – disse ele. – Você não pode usar a magia de Oz, Amy. Nem agora, nem nunca mais.

– A magia não matou Dorothy. De qualquer forma, não posso usar magia *nenhuma* aqui – eu disse, jogando minhas mãos no ar. – Então é uma discussão inútil, no momento. Mas, se a minha magia retornar de alguma forma, ou se voltarmos pra Oz, usá-la vai ser escolha minha. Não de Gert. Não de Mombi nem de Glamora. Nem sua.

– Não é só escolha sua, Amy – respondeu ele, olhando fundo nos meus olhos. – Não posso pensar só em você. Tenho que pensar em toda a Oz. Se você se transformar em algo como Dorothy... – Ele parou, remexendo no manto do Quadrante. – Isso é muito maior do que apenas nós.

Eu sabia o que ele queria dizer; Nox não precisava falar em voz alta. Se a magia de Oz me transformasse em outra Dorothy, ele teria que me matar também. Mas receber ordens ainda era algo que eu não conseguia engolir. Especialmente depois de Nox ter se recusado a me contar toda a verdade durante todo aquele tempo.

— Você se preocupa mais com Oz do que comigo — rebati, magoada e zangada. Eu me arrependi das palavras assim que elas saíram da minha boca. Claro que Nox se importava mais com Oz do que comigo. Oz era seu país, seu lar, o único mundo que ele conhecia. Oz era toda a sua vida. Eu era uma adolescente carente e arrogante que tinha entrado de penetra no meio da festa e aprendido a ser uma assassina. Se a magia de Oz me corrompesse, seria minha culpa. Dorothy não tivera ideia do que os sapatos fariam com ela. Mas eu? Eu sabia muito bem os perigos de usar magia em Oz.

— Você sabe que isso não é verdade — respondeu ele. A reprovação em sua voz era delicada, mas inconfundível. Eu me perguntei quanto dano tinha causado ao agir como uma garota mimada. Dava para sentir uma nova distância, como se alguém tivesse pendurado uma cortina entre nós.

— Me desculpa — falei baixinho.

Minha garganta doía como se eu tivesse engolido um alfinete, mas eu estava cansada de chorar. Por algum motivo maluco, naquele momento pensei em Dustin. O bom e velho Dustin de Dusty Acres, o fiel companheiro de Madison Pendleton, minha antiga inimiga da escola. Assim como eu, Dustin queria sair daquele fim de mundo. Eu me perguntei se ele havia conseguido. Eu me perguntei se Madison tinha tido o bebê que estava a ponto de sair quando o tornado passou. Eu me perguntei se voltar para a escola significava que eu teria que vê-la — ver os dois — de novo.

— Eu queria que as coisas fossem diferentes — disse Nox. Sua voz estava tensa com alguma emoção que não consegui identificar. Raiva? Tristeza? Ele provavelmente estava arrependido de nem sequer ter ficado comigo. Estávamos em uma guerra, como todo mundo não parava de repetir. Os sentimentos só atrapalhavam. E eu só estava atrapalhando a vida do Nox. Eu tinha obrigação de dar espaço a ele. Nox tinha que salvar o mundo e não precisava que eu o impedisse.

– É, bom, eu também – falei, deixando minha voz fria e firme enquanto me levantava. – Mas não são. Então acho que é melhor eu começar a trabalhar, já que tenho que tentar salvar a vida de todos vocês.

– Amy... – Desta vez, não dava para confundir o sofrimento na voz dele, mas eu virei as costas. Precisei de toda a força que tinha para não olhar para trás enquanto ele me observava ir embora.

QUATRO

— Tudo bem — soltei, voltando para a tenda. Gert ergueu os olhos, assustada. — Vamos fazer isso logo. Na última vez que vi minha mãe, ela estava acabada. Onde ela foi parar? Como você encontrou ela?

— Não foi a última vez, Amy — disse Gert com delicadeza. — Você viu ela depois. Lembra? Na poça de adivinhação.

Eu sabia exatamente do que Gert estava falando, mas não queria aceitar. Sim, talvez eu tenha tido uma visão da minha mãe em um novo apartamento, abraçando pateticamente o meu suéter preferido. E talvez na visão ela estivesse sóbria. Mas, se isso fosse verdade, era patético do mesmo jeito. Ela teve que me perder, perder a casa e a vida inteira para se recompor? Se ela fosse uma mãe de verdade, teria conseguido fazer isso enquanto eu ainda estava por perto. Pessoas normais não precisavam de uma tragédia para evitar passar o resto da vida misturando analgésicos com bebidas alcoólicas.

— Como posso saber se era real? — perguntei. — Ela pode estar desmaiada numa vala qualquer, até onde eu sei. Ou morta.

— Ela não está morta — disse Mombi, parecendo um pouco irritada. — Nós encontramos com ela num tabloide! — acrescentou com orgulho.

— Um o quê?

— Uma folha com notícias e anúncios – disse Gert lentamente, como se estivesse falando com uma idiota. – No Outro Lugar eles usam imagens – ela se virou para Glamora –, você acredita nisso? Imagens! Acho que é uma ideia esplêndida.

— Você quer dizer um *jornal*? – As três bruxas me olharam e eu abafei uma risadinha, a contragosto. – Certo, tudo bem. Então ela estava no jornal.

— O tabloide falava sobre o paradeiro dos sobreviventes do tornado – explicou Mombi, toda séria. – *Eu* usei essa informação e comparei com um mapa dos arredores. – Ela brandiu um velho mapa de estrada esfarrapado que parecia ter sido encontrado em um bueiro.

— Você podia ter pesquisado no Google – falei, rindo.

— Não conheço esse feitiço – disse Mombi de um jeito ríspido.

Mombi tinha guardado o jornal com os detalhes das forças de emergência pós-tornado. Minha mãe havia sido transferida para uma habitação temporária junto com os outros desta área que perderam suas casas no tornado e não tinham nenhum lugar para onde ir. Até onde eu sabia, isso abrangia todo o nosso estacionamento de trailers.

— Ótimo – murmurei. – Vai ser um reencontro de Dusty Acres. Mal posso esperar.

Conversamos por um tempo sobre qual seria o meu plano, mas a verdade era que nenhuma de nós sabia realmente o que estava fazendo. Tudo que tínhamos era uma teoria meio falha de que os sapatos mágicos e talvez míticos de Dorothy estavam em algum lugar da minha antiga escola, e que, se estivessem, eu seria capaz de encontrá-los. Nem fazia sentido. Nada daquilo fazia sentido. Além do mais, se os sapatos tinham funcionado para trazer Dorothy de volta *de* Oz, como eles levariam todos nós *para* Oz, mesmo que eu conseguisse encontrá-los? Nenhuma de nós podia usar plenamente a nossa magia. Estávamos improvisando conforme as coisas aconteciam.

Mas a perspectiva de ação me deixou estranhamente alegre. Qualquer coisa era melhor do que ficar sentada esperando o fim – até mesmo visitar uma mãe que eu tinha ficado muito feliz de deixar para trás. Era uma missão louca, estúpida e provavelmente impossível, mas não era exatamente minha primeira missão louca, estúpida e provavelmente impossível. Depois que decidi cumprir, me senti quase aliviada.

Nox não tinha voltado para dentro, e fingi que não me importava.

— Acho bom você descansar um pouco — sugeriu Glamora. — Ainda nem amanheceu; você pode ver sua mãe mais tarde.

Eu não ia discutir com essa ideia. Quando me ajeitei em um canto da tenda, me enrolando em um cobertor de casimira macio da cor dos olhos de Nox (ah, *por favor*, falei para mim mesma, *para com isso*), quase fiquei surpresa ao perceber como estava cansada. Fazia sentido, claro. Eu tinha passado por muita coisa, e não cochilávamos entre as batalhas. Mas eu estava cansada até os ossos. Parecia que eu podia dormir durante mil anos sem acordar, e o pensamento era tentador. Eu não estava apenas fisicamente cansada — estava exausta de tudo. De lutar, de correr, de perder. Eu queria que outra pessoa assumisse o fardo de salvar Oz por um tempo.

Descansa um pouco, Amy, ouvi Gert dizer na minha cabeça.

Um formigamento quente começou nos meus dedos dos pés e se espalhou pelo meu corpo, relaxando os músculos um por um, como se eu estivesse afundando em um gigantesco banho de espuma. Era parecido com a fonte de cura na caverna à qual eu tinha sido levada quando entrei para a Ordem. Antes que eu percebesse, estava mesmo *lá*. As paredes roxas da caverna, salpicadas de estalactites brilhantes de ametista, se arqueavam acima. A árvore gigantesca, cujas raízes pareciam penetrar fundo no coração da terra, se esticava em direção ao teto com galhos nodosos cobertos de minúsculas flores brancas que caíam ao meu redor como uma neve de perfume doce. Eu estava flutuando na fonte profunda e espumosa, e a água era tão quente quanto a de uma banheira. Minha roupa se dissolveu enquanto a água tirava as minhas dores e sofrimentos e exaustão. Eu sabia, em algum lugar dentro de mim, que não podia estar de volta em Oz, que a visão era coisa de Gert, mas não lutei contra isso. Mergulhei em um sono profundo e sem sonhos.

* * *

As bruxas me deixaram dormir. A tenda estava vazia, e eu conseguia ver através das delicadas paredes de seda que o sol estava alto no céu quando me sentei, bocejando e espreguiçando. Não me sentia totalmente descansada, na verdade, mas me sentia muito melhor. Eu me perguntei há quanto tempo era meio-dia, depois me lembrei que não estávamos mais em Oz. O Sol ali se movia pois a Terra estava girando no seu eixo, não porque uma escrota maluca e com sede de poder decidiu que faria sol por tanto tempo quanto ela quisesse. Eu não estava empolgada por estar de volta ao Kansas, mas pelo menos essa parte era uma mudança agradável.

— Ah, que bom, você está acordada — disse Glamora, enfiando a cabeça na abertura da tenda. — Mombi comeu todo o bacon, mas tenho certeza de que podemos arrumar um pouco mais. Ela diz que é importante provar as iguarias locais enquanto estivermos aqui.

Gargalhei com a ideia de alguém chamar bacon de "iguaria local", mas meu estômago roncou alto, e até Glamora riu.

Eu não podia usar magia para me arrumar, então passei os dedos no cabelo sujo e ajeitei as roupas da melhor maneira possível. A visão do banho criada por Gert esteve só na minha cabeça. Eu precisava desesperadamente de um banho de verdade, mas decidi não me preocupar com isso também. Se minha mãe quisesse uma bela princesa, podia escovar o meu cabelo pessoalmente. Eu já estava cansada das expectativas dos outros.

Nox vestia o manto do Quadrante, obviamente se preparava para ir a algum lugar. Ele se recusou a me olhar nos olhos. A distância entre nós, que surgira ontem à noite, parecia ainda mais forte agora. Eu queria dizer alguma coisa, estender a mão. Mas não sabia como atravessar o golfo que eu tinha criado. Fui eu que o afastei, mas já estava arrependida.

— Aonde você vai? — perguntei em voz baixa, e ele praticamente se encolheu.

— Gert e Glamora querem que eu proteja... — começou ele, mas Glamora o cortou com um aceno de mão. Gert e Glamora trocaram olhares.

— Vamos mandá-lo fazer um reconhecimento. Garantir que a área está segura.

Segura? Isso era uma piada. A coisa mais assustadora de Dusty Acres era o vazio. Obviamente, havia alguma coisa que elas não estavam me dizendo. Nox murmurou algo incompreensível, que poderia ter sido "tchau", "eu te amo" ou "vai pro inferno", e seguiu caminho em direção à estrada que ia para a cidade.

Peguei Gert me analisando com uma expressão comovida que parecia quase simpática. Elas estavam tentando nos manter separados, percebi. Se Nox e eu não podíamos ficar juntos, as bruxas iam dar um jeito de não ficarmos por perto para distrair um ao outro. Senti uma breve onda de fúria. Isso não deveria ser uma decisão nossa? Eu não tinha escolha na minha própria vida? Que jogo elas estavam jogando, afinal de contas? Eu já havia decidido manter distância de Nox. Mas isso era uma decisão *minha*, não delas.

Depois de um café da manhã de bacon e ovos, no estilo de um piquenique, Glamora acenou para sumir com a louça e a manta de piquenique, e eu me levantei.

— Quero acabar logo com isso — falei, cansada. — Onde está minha mãe?

Aparentemente, Gert estivera usando suas involuntárias férias prolongadas no Kansas para fazer um reconhecimento, além de se recuperar.

— Usei o que já sabíamos da visão da sua mãe na minha caverna — explicou ela. — A cabana dela fica bem perto da escola.

— Pelo menos não vou ter que pegar o ônibus até a escola — comentei. — E o nome é apartamento.

Mombi bufou.

— Olha essa atitude, mocinha.

O apartamento onde minha mãe morava também não era longe de Dusty Acres, e todos concordamos que seria melhor se eu simplesmente andasse até lá. Glamora estava mais cansada do que deveria por ter produzido a tenda e o café da manhã, e Gert e Mombi admitiram que o Kansas também vinha afetando a magia delas. Pelo menos não era só eu que estava sofrendo, apesar de não ser muito reconfortante saber que as bruxas teriam dificuldade para me ajudar, se alguma coisa desse errado. Com ou sem Quadrante, eu estava sozinha.

Pareceu má ideia usar o poder delas para me transportar por uma distância que eu era perfeitamente capaz de andar. As bruxas se ofereceram para me escoltar, mas eu apenas ri.

— Ah, tá. Sem ofensa, mas estamos no século XXI. Vou ter muita dificuldade para explicar como *eu* cheguei aqui, quanto mais três morcegos velhos que parecem figurantes de uma festa de cosplay de *Dungeons and Dragons* para idosos.

Mombi alisou sua capa azul, ofendida.

— Não temos dragões em Oz – disse ela.

— Esquece – falei, balançando a cabeça. – Estou bem sozinha.

Gert deu um passo à frente e me abraçou, e, por um segundo, eu me deixei afundar no seu enlace familiar e reconfortante. Não importava o quanto as bruxas tinham escondido de mim, e também o quanto eu sentia que elas estavam me usando metade do tempo para algum plano secreto e complicado só delas, os abraços de Gert ainda eram os melhores. De alguma forma, ela sempre conseguia me fazer sentir como se tudo fosse dar certo. Mesmo quando claramente não ia.

— Não vamos ficar com você aqui, Amy – disse ela. – Mombi vai nos levar pras Terras Sombrias pra esperar. Estaremos a salvo lá, e podemos poupar o nosso poder.

— Ótimo – falei. – Quer dizer que não posso usar a minha magia, estou completamente sozinha, mal tenho tempo pra realizar a tarefa basicamente impossível que vocês me deram e, além de tudo isso, tenho que voltar a morar com a minha mãe.

Glamora fez que sim, sincera, os olhos azuis arregalados.

— É – disse ela. – Isso é tudo que você tem que fazer.

Suspirei. O sarcasmo era desperdiçado praticamente em todas as pessoas de Oz, exceto Lulu. *E Nox*, uma pequena voz surgiu no fundo da minha cabeça. Mandei calar a boca.

— Estaremos com você em espírito — disse Gert, apertando as minhas mãos. — E, quando você precisar de nós, quando estiver pronta para usar os sapatos para abrir o portal para Oz, mande um sinal, e nos reuniremos de novo.

— O quê, como o sinal do morcego, do Batman? — perguntei, revirando os olhos.

— O que os morcegos têm a ver com isso? — perguntou Mombi.

— Esquece.

As três me abraçaram uma de cada vez, até Mombi, e depois deram as mãos. Mombi fechou os olhos e murmurou alguma coisa em voz baixa. Por mais fraca que estivesse, ela ainda era muito mais poderosa do que eu, que só tinha conseguido entrar nas Terras Sombrias durante um breve período quando estava lutando contra Dorothy, e Mombi estava levando outras duas pessoas para uma estada indefinida sem nem piscar. Devagar, as bruxas começaram a ficar cinza e depois desbotar, como um filme colorido fazendo *dégradé* para preto e branco. O brilho vazou dos seus corpos, e suas imagens se achataram e ficaram transparentes. Gert abriu os olhos e me mandou um beijo, depois elas desapareceram completamente.

Era isso. Mais uma vez eu me encontrava sozinha, e o futuro de tudo estava nas minhas mãos. Suspirei e comecei a andar.

CINCO

O novo apartamento da minha mãe ficava no centro da cidade, em Flat Hill — se *centro da cidade* fosse a expressão certa para um lugar que não tinha nada ao redor. O centro da minha cidade natal consistia em quatro quarteirões de negócios meio falidos: um restaurante chinês sempre vazio, uma cafeteria que também vendia animais de pelúcia empoeirados e balões de hélio de aparência triste com slogans alegres para feriados que tinham passado havia muito tempo, três bares (para sorte da minha mãe, já que ela fora expulsa de dois deles), uma farmácia, uma loja de alimentos para animais e uma loja de ferragens que ainda alugava fitas VHS em uma sala com cortina na parte de trás, na qual você tinha que ter dezoito anos e apresentar a identidade para entrar. Eu sempre soube que a minha cidade era um lixo, mas vê-la de novo depois da magia e da beleza de Oz era como levar um soco no estômago. Como alguém era capaz de viver ali? Como consegui fazer isso durante dezesseis anos? Eu sabia que existiam outros lugares — só que eu nunca tinha ido a nenhum deles.

E aí eu percebi — claro. Dorothy deve ter se sentido do mesmo jeito. E no Kansas da Dorothy, eles nem tinham encanamento. Não era de admirar que ela quisesse voltar para Oz e, também, tivesse lutado tão desesperadamente para ficar. Todos falavam sobre como a magia de Oz acabava transformando as pessoas do Outro Lugar – pessoas como eu e Dorothy. Se ela e eu éramos parecidas de algum jeito, será que isso significava que eu estava destinada a... *Não*, falei a mim mesma, decidida. Eu não era nem um pouco parecida com Dorothy. Eu nunca faria o tipo de coisa que ela fez.

Você já fez. Enterrei esse pensamento tão fundo que nunca mais seria capaz de desenterrá-lo. Eu já tinha coisas demais para resolver.

Olhar para Flat Hill me deixou estranhamente grata pelo tornado que me deu um passe livre para fora daquele inferno. Claro, as coisas tinham sido difíceis em Oz, mas também eram lindas, pelo menos boa parte do tempo. A maioria das pessoas com quem eu estudava nunca veria sequer o estado vizinho, quanto mais um macaco voador ou uma cachoeira feita de arco-íris.

De repente, me lembrei de uma das últimas coisas que minha mãe me disse. *Num segundo, você tem tudo, a vida toda pela frente. E aí, bum. Eles simplesmente sugam tudo, como pequenos vampiros, até não sobrar nada de você.* Ela estava falando de mim.

Inesperadamente, senti lágrimas se acumulando nos meus olhos e os esfreguei com raiva. Eu não precisava dessa porcaria. Nem agora, nem nunca. Quase dei as costas bem ali. Gert, Mombi e Glamora podiam ir para o inferno. Eu pensaria em outra saída. Sempre fiz isso.

Mas o quê? Eu não podia voltar para Oz sem os sapatos idiotas da Dorothy, e com certeza não ia montar um trailer para mim em Flat Hill. Então talvez minha única opção agora fosse minha mãe. Isso não significava que eu tinha que gostar. Ou perdoá-la. Pisquei até a última lágrima sumir e continuei andando.

O tornado tinha destruído Dusty Acres, mas deixou de fora a maior parte da área principal da cidade. Aqui e ali eu via pilhas dispersas de escombros, e uma casa na margem da cidade havia perdido o teto, embora o resto da construção estivesse intocada. Alguém tinha prendido lonas azuis por cima do buraco vazio onde ficava o telhado. Uma delas estava se soltando e flutuava vagarosamente na brisa úmida.

Tirando isso, Flat Hill estava exatamente como eu preferia não lembrar. Gramados irregulares e secos envoltos por cercas de piquete cuja tinta branca tinha descascado anos atrás. Canteiros de flores cobertos de ervas daninhas. Televisões cintilando atrás de janelas fechadas, apesar de estarmos no meio do dia. O sol do fim da manhã já cozinhava as ruas sem carros enquanto uma garota de rosto sujo em um triciclo andava em círculos entediados. Flat Hill era um lugar onde as pessoas levavam seus sonhos para morrer, se tivessem algum. Eu nunca amei Flat Hill, mas depois de Oz a cidade parecia ainda mais feia, mais suja e mais pobre.

O novo prédio de apartamentos da minha mãe não havia sido totalmente recuperado, apesar de estar abrigando pessoas de novo, e já tinha visto dias melhores. Eram apenas quatro andares, e não parecia ter mais de uma dúzia de apartamentos. As paredes laterais eram de um cinza surrado e triste que descascava em alguns pontos. Algumas janelas foram fechadas com tapumes. Pelo aspecto, estavam assim muito tempo antes do tornado. O toldo rasgado batia ao vento, e o vidro da porta da frente do prédio estava rachado. Passei um dedo pela lista de nomes ao lado do interfone até encontrar *Gumm* escrito com lápis manchado ao lado do apartamento 3B. Talvez ela, pelo menos, tivesse uma vista da pradaria. Respirei fundo e apertei a campainha.

Depois de um minuto, o interfone estalou.

– Alô? – A voz era cautelosa, mas definitivamente era dela. Pigarreei.

– Oi, mãe – falei finalmente. – Sou eu. Amy.

Houve silêncio por um segundo – um longo segundo –, e, em seguida, o interfone soltou um grito tão alto que cobri os ouvidos.

– *Amy?* Ai, meu Deus, querida. Não se mexe, não faz nada, vou descer... – O interfone estalou de novo, e minha mãe sumiu. Um minuto depois, ela abria a porta da frente do prédio e me agarrava. Por instinto, fiquei tensa, e ela me soltou, constrangida.

Ela estava com a mesma aparência de quando tinha um dia supostamente bom – saia muito curta, decote exagerado mostrando demais seu colo superbronzeado, excesso de maquiagem barata escondendo o fato de que, se relevasse as roupas desleixadas e a sombra terrível nos olhos, ela ainda era bonita. Mas também havia algo diferente. Alguma coisa mais nítida, mais brilhante. Mais alerta. Ela me segurou e me olhou bem, seus olhos marejados, e percebi o que era. Eles estavam vermelhos, mas de chorar, não de pílulas. Ela não estava com cheiro de bebida. Seria realmente possível que minha mãe estivesse sóbria? Eu acreditaria nisso quando macacos voassem. Ah, é. Bem, eu ainda não estava pronta para isso.

— Amy, é você mesmo — disse ela, ainda chorando. — Onde você *estava*?

Ai, droga. Onde eu estive? Eu não podia acreditar que não tivesse ocorrido a nenhuma de nós pensar em uma história para explicar minha ausência de um mês. Eu não podia dizer à minha mãe que eu tinha passado aquele tempo andando com um bando de bruxas aprendendo a lançar feitiços, decapitando o Leão Covarde e lutando contra uma garota coberta de purpurina que ninguém no Kansas acreditava que existia.

— Hum, eu estava... eu estava no hospital. Em Topeka. O tornado me pegou com o trailer e eu, hum, eu me... machuquei. E era lá que eu estava.

Minha mãe me encarou por um minuto.

— Mas eu procurei em todos os hospitais. Quando você desapareceu... espera, onde estou com a cabeça? — disse ela de repente, balançando a cabeça. — Vamos subir. Ainda não consigo acreditar que isso está acontecendo. Senti tanta saudade de você. — Ela me deu outro abraço forte, do qual não consegui me esquivar, e acenou para eu entrar no prédio.

O interior não era muito melhor que o exterior, e eu não pude deixar de notar um cheiro fraco, mas inconfundível, de colônia de xixi de gato no corredor. Segui minha mãe por três lances de escada até um curto corredor enfileirado com portas pintadas de um verde acinzentado e industrial. Minha mãe abriu a porta do 3B, e eu a segui até a sala de estar.

Era meio deprimente o fato de aquele apartamento horroroso ser muito melhor do que o nosso trailer. Era duas vezes maior, para começar, e uma janela na outra ponta da sala de estar deixava o sol da tarde entrar. Era pouco decorado, com apenas um sofá e uma pequena mesa com duas cadeiras, mas ela tinha colado algumas gravuras alegres nas paredes e havia um tapete com estampa de arco-íris no chão. Nenhum dos móveis era igual aos nossos antigos, obviamente – o governo devia ter dado a ela algum tipo de fundo de emergência, porque antes não tínhamos dinheiro para coisas novas. Mas não era só o fato de o apartamento ser mais legal – ele estava limpo.

Instintivamente, verifiquei o sofá em busca do ninho habitual da minha mãe, com maços de cigarro Newport e embalagens de comida e cobertores, mas estava vazio. O apartamento nem tinha cheiro de fumaça de cigarro. Três portas se enfileiravam em uma parede, sugeriam que o apartamento tinha quartos. Talvez até mais de um. Minha mãe estava subindo na vida.

– Não é grande coisa – disse minha mãe atrás de mim. – É só até eu poder economizar o suficiente pra conseguir algo melhor. Perdi tudo na tempestade. – Ela desviou o olhar por um segundo. – Incluindo você – acrescentou baixinho.

Devo ter parecido desconfortável, porque seu tom mudou, e ela se animou.

– Aqui – disse ela, dando um tapinha no sofá. – Vou fazer um chá pra você. Senta. Temos muita coisa pra conversar.

Sentei cautelosa na beira do sofá enquanto ela se agitava pela pequena cozinha, fervendo água e colocando saquinhos de chá em duas canecas. Eu não tinha certeza se minha mãe pré-Oz sequer sabia que existia uma coisa chamada chá. Quando nós duas tínhamos canecas fumegantes, ela se instalou na ponta oposta do sofá, como se estivesse com medo de eu fugir se chegasse muito perto. Como se eu fosse um animal selvagem.

– Sinto muito por você ter ficado tão preocupada. – Percebendo a emoção nos olhos da minha mãe, eu realmente *sentia* muito. – Eu não podia sair do hospital – expliquei. – Porque, hum, eu estava com amnésia – acrescentei em um surto de inspiração. – Perdi minha carteira e tudo o mais no tornado, e recebi um golpe muito forte na cabeça. Por isso fiquei em coma por um tempo. Quando acordei, eu não sabia quem era. O hospital me manteve lá enquanto tentava encontrar os meus pais. E aí, hum, eu acordei outro dia e me lembrei de quem eu era, e eles... hum, eles devem ter entrado em contato com o departamento de habitação de emergência, porque eles me disseram onde você estava, e aí eu vim. – Tomei um gole do chá.

Era uma história insana com um milhão de buracos – quem pagou a estada no hospital? Como foi que eu sobrevivi depois de ser levada para tão longe por um maldito tornado? Por que os próprios médicos não entraram em contato com a minha mãe? Como vim de Topeka para Flat Hill? Eu estava prendendo a respiração, vendo os olhos da minha mãe dardejando de um lado para outro enquanto pensava em tudo.

– Deve ter sido por isso que eu nunca te encontrei – disse ela. – Se você não sabia o próprio nome, não podia ter dito aos médicos. – Ela franziu a testa. – Mas por que eles não perceberam que eu podia ser sua mãe, se você era a única paciente com amnésia? Fiz panfletos e entreguei por aí, fui a todos os hospitais...

Precisei de todas as minhas forças para não gritar para ela simplesmente calar a boca. Quantas vezes minha mãe tinha mentido para mim na vida? *Vou te levar para a Disney ano que vem. Não sei onde foi parar o dinheiro que estava na sua gaveta de calcinhas. Claro que eu não estava bebendo.* Se eu tentasse fazer uma lista de todas as mentiras, levaria um ano. O mínimo que ela podia fazer por mim agora era simplesmente deixar por isso mesmo.

Ela me encarou com cuidado.

– Seu cabelo está diferente – disse ela.

Certo. Lá nas cavernas, na sede da Ordem, Glamora tinha mudado magicamente meu cabelo de rosa para loiro. Isso definitivamente não se encaixava muito bem na minha história de "passei o último mês em um hospital". Abri a boca para dizer alguma coisa, e minha mãe balançou a cabeça.

Era como se ela soubesse exatamente o que eu estava pensando. Como se pudesse ouvir todas as minhas queixas. Talvez ela não soubesse tudo que tinha acontecido, mas *entendia*. Se essa não era a primeira vez que isso ocorria, era quase. Ela realmente progrediu muito, acho.

— Tudo que importa é que você está em casa agora — disse ela com firmeza, e eu relaxei um pouco. Ela fez uma pausa. — Mas... eu devia ligar pro seu pai.

Eu não via meu pai desde que podia falar minha idade com um único dígito. E nunca quis vê-lo de novo. Eu achava que essa era uma coisa na qual minha mãe e eu concordávamos, independentemente do nível de álcool em seu sangue.

Vendo o choque no meu rosto, ela começou a explicar:

— Eu tive que contar para ele, Amy. Achei que talvez ele pudesse ajudar.

Eu ri. Pareceu — e soou — amargo.

— Tenho certeza de que ele vasculhou Dusty Acres procurando por mim.

— Ele mandou um cheque — disse minha mãe simplesmente. — Amy — ela continuou —, eu realmente te devo um pedido de desculpas. E dos grandes. Não só por te deixar quando o tornado passou. Não sei se um dia eu vou me perdoar por isso. Mas por tudo que veio antes também.

Ela estava chorando de novo, e desta vez não quis me olhar nos olhos.

— Fui uma mãe terrível — disse ela. — Por muito tempo. Não espero que você me perdoe, mas quero que você saiba que eu sei e que eu sinto muito.

Ergui as sobrancelhas. Por essa eu não esperava.

— O que aconteceu com as pílulas? — perguntei sem rodeios, e ela se encolheu.

— Quando eu — a voz dela falhou — perdi você, percebi o que tinha acontecido comigo. O que eu tinha permitido me tornar. Parei na mesma hora, Amy. Eu sabia que tinha que estar firme pra quando você voltasse. Eu te procurei em todos os lugares depois da tempestade, mas era como se você tivesse simplesmente desaparecido. De alguma forma, eu sempre soube que você ia voltar pra mim, e queria ser merecedora quando acontecesse. – Ela sorriu por trás das lágrimas. – Estou até trabalhando. Consegui um emprego na loja de ferragens como caixa.

– Você parou na mesma hora? – perguntei, surpresa. – Isso deve ter sido difícil.

– Foi a coisa mais difícil que eu já fiz – disse ela, olhando para o próprio colo. – Foi terrível. – As lágrimas escaparam, escorrendo pelas bochechas. – Mas não foi nada, comparado ao que senti quando pensei que tinha te perdido.

Parte de mim queria acabar com a distância entre nós e abraçá-la, mas eu já tinha caído demais nas promessas dela. Se ela parara de usar quando o tornado passou, isso significava que ela só estava sóbria havia um mês, o que não era tempo suficiente para confiar que alguma coisa realmente tinha mudado. Mas, se ela tinha feito folhetos e procurado freneticamente de hospital em hospital, esse era o maior esforço que havia feito por mim – por qualquer coisa que não fosse um frasco de pílulas – em muito, muito tempo. De qualquer forma, não importava, falei a mim mesma. Eu já decidira que ia voltar para Oz. Não havia nada para mim ali. Eu tinha aprendido a viver sem minha mãe. Podia fazer isso de novo. Ficamos em silêncio por um minuto.

– Mãe? – falei finalmente. – Eu sinto muito mesmo, mas a Star... hum, ela não sobreviveu.

Minha mãe me deu um sorriso triste, como se dissesse "está brincando?".

– Querida, a Star é uma ratinha. Se eu tiver que escolher entre uma ratinha e a minha filha, vou preferir minha filha sempre. – Ela pigarreou. – Bem – disse ela, com um toque de alegria forçada na voz –, quer ver o seu quarto?

— Meu quarto?

— Tive que lutar por um apartamento de dois quartos. Eles queriam me dar um conjugado. Mas eu sabia que você ia voltar. — Ela se levantou e abriu uma das portas da sala de estar. Olhei por cima do seu ombro, e meus olhos se arregalaram de surpresa. Assim como o resto do apartamento, o quarto tinha poucos móveis; apenas uma cama de solteiro estreita e uma mesinha de cabeceira com abajur. Mas minha mãe havia pintado as paredes com um rosa-pálido bonito e pendurado cortinas brancas brilhantes na janela. Ela também comprara um frasco do meu perfume preferido e deixara ao lado do abajur.

— Que legal — falei, hesitante. — Obrigada.

— Não é nada — disse ela. — Vou conseguir alguma coisa melhor pra nós em breve. Apesar de eu ter acabado de começar na loja de ferragens, já estou economizando. Você deve estar cansada... quer descansar?

— Não. Estou bem. — Percebi com surpresa que eu estava falando a verdade, para variar. Dormir me fez bem, e eu estava me sentindo estranhamente energizada por estar em casa. Minha mãe entrelaçou as mãos.

— Então, hoje temos direito a um tratamento especial. Por que você não toma um banho, e eu te levo pra comprar umas roupas novas? Hoje à noite podemos pedir pizza e ver uns filmes antigos.

Nos dias pré-acidente, minha mãe e eu adorávamos ver filmes antigos e bregas em preto e branco. Nossos preferidos eram sempre os mais engraçados, nos quais Audrey Hepburn ou alguma outra atriz superglamorosa fazia trapalhadas enquanto homens ricos e bonitos se apaixonavam por ela. Às vezes parecia por um minuto que talvez as coisas não fossem dar certo, mas o cara bonito sempre vinha salvá-la no final.

Parte de mim se sentia velha demais para isso agora. Não, não era muito velha. *Cansada* e experiente demais. Eu tinha lutado em uma guerra. Vi muitas coisas do mundo para acreditar naquelas porcarias, mesmo por uma hora.

Mas, ao mesmo tempo, estar de volta em casa e ver minha mãe assim estavam provocando uma reação estranha em mim. Era como se tudo que tinha acontecido em Oz estivesse sumindo. Como se eu estivesse acordando e olhando ao redor e percebendo, devagar, que tudo fora um sonho incomum e terrível.

Não tinha sido um sonho. Mas eu *realmente* precisava de roupas novas. Se era para tentar ser uma aluna do ensino médio de novo, precisava de alguma coisa para vestir. E fazia tanto tempo que eu não via um filme.

— Não preciso de nada novo. Podemos só ir em algum brechó. — *Amy Esmola ataca outra vez*, pensei amargamente. Minha mãe podia ter mudado, mas nada mais no Kansas mudou. Tentei não pensar nas roupas que eu tinha usado em Oz. Meu equipamento de luta, a maneira como eu conseguia usar magia em mim mesma e me transformar em uma versão irreconhecível e purpurinada daquela garota triste e pobre que eu costumava ser.

— Não — disse minha mãe com firmeza. — Quero que as coisas sejam diferentes, Amy. De verdade.

— Claro — respondi. — Isso é bom.

SEIS

Tomei um banho longo e quente no banheiro novo da minha mãe. Ela até tinha comprado um frasco do sabonete líquido de morango que eu gostava, mas agora a purpurina suspensa no líquido rosa denso, que me lembrava muito de Glinda, me dava vontade de vomitar. Eu tinha visto purpurina suficiente para muitas vidas. Passei xampu no cabelo duas vezes. Talvez xampu de verdade fosse mais eficaz que magia. Eu me perguntei como as bruxas e as princesas lidavam com a oleosidade do couro cabeludo em Oz e caí em uma gargalhada quase histérica na banheira enquanto a água quente esfriava aos poucos. Ok, talvez eu não estivesse lidando com aquela coisa de voltar-para-o-Kansas com uma atitude tão corajosa quanto eu pensava. Eu teria que procurar um grupo de apoio para transtorno de estresse pós-traumático pós-viagem-a-um-reino-fictício. Mas o fato de eu estar tão perto de desmoronar era apenas uma das muitas coisas que eu não podia contar à minha mãe sobre o que eu tinha aprontado no um mês de tempo do Kansas em que fiquei fora. *Mãe, eu realmente preciso de terapia — entre literalmente me transformar num monstro e matar um bando de pessoas num mundo mágico que você pensa que é inventado, acho que não estou me sentindo muito bem.* Ah, tá.

Por favor, Amy, falei para mim mesma, me levantando da banheira. *Se controla.* Se eu perdesse a cabeça na frente da minha mãe, não tinha como saber o que ela podia fazer ou para onde podia me mandar. Eu não podia falar sobre nada do que se passou comigo e não podia deixar transparecer tudo pelo que eu tinha passado. Eu precisava continuar sendo uma guerreira. Era para isso que eu havia praticado e treinado. E não era hora de esquecer tudo.

Enquanto eu escovava meu cabelo comprido – nada de estilistas mágicos invisíveis no Kansas, que tristeza –, me vi como minha mãe devia ter me visto, parada na soleira da porta. Eu estava com olheiras que nenhuma quantidade de sono ia apagar tão cedo. Parecia uns dez anos mais velha do que era antes de o tornado me arrancar de Dusty Acres. No geral, eu simplesmente parecia triste. Sem a magia para me ajudar, teria que fazer o melhor possível com um corretivo.

Passei muito tempo fazendo a maquiagem. Eu nunca tinha me importado com isso, mas minha mãe adorava essas coisas, e eu sabia que ela notaria que eu estava fazendo aquilo por ela. De repente, me lembrei da maneira como Nox tinha olhado para mim há o que parecia ser um milhão de anos, quando Glamora ensinou a me arrumar com magia, e senti uma dor rápida e penetrante. Passei a escova no cabelo com um último golpe brusco, vesti a roupa suja que eu estivera usando e abri a porta do banheiro. O sorriso da minha mãe foi tão brilhante e tão sincero que eu fiquei feliz por ter me preocupado em pegar emprestados o rímel e o batom dela.

Claro que não havia nenhum shopping em Flat Hill. E também nem um lugar para comprar roupas, a menos que contasse os macacões vendidos na loja de alimentos para animais. Havia um ônibus, porém, que passava de hora em hora e ia até a cidade grande mais próxima, onde se podiam encontrar conjuntos ligeiramente fora de moda em uma dessas lojas de departamento gigantescas que também vendiam utensílios de cozinha, rifles de caça e brinquedos para crianças.

A viagem de ônibus foi bem rápida, e logo estávamos entrando pela porta da frente. Deixei minha mãe escolher as roupas que queria comprar para mim; eu não me importava com o que vestia. Enquanto ela mexia em uma prateleira de casacos de moletom em tons pastel com slogans em *strass* dizendo CUTE e FLIRT, falei casualmente:

— Acho que eu devia voltar pra escola amanhã.

Ela parou de repente.

— Escola? — perguntou ela.

Dei de ombros.

— Tipo, não posso adiar pra sempre.

— Querida, você acabou de chegar em casa. Acho que você pode tirar uma semana ou duas pra se organizar. — Ela fez uma pausa. — Não sei se você se lembra — minha mãe disse delicadamente —, mas antes de você desaparecer... Quero dizer, antes de o tornado te levar, você foi suspensa. Provavelmente também teremos que lidar com isso.

Suspensa? Por um instante, eu não tive ideia do que ela estava falando, e aí tudo voltou rapidamente. Madison. A briga que ela arrumou comigo no dia em que o furacão passou — como ela fingiu que era minha culpa e disse ao diretor assistente, sr. Strachan, que eu a agredi. Depois de lutar contra Dorothy, Madison Pendleton parecia uma inimiga bem patética. Era difícil acreditar que eu já tivera medo dela. A pobre Amy Esmola tinha frequentado o acampamento ninja. Agora que pensava nisso, meio que fiquei ansiosa para ver Madison de novo.

— Certo — falei. — Eu me esqueci disso.

— Posso falar com o sr. Strachan amanhã antes de ir trabalhar — ofereceu minha mãe. — Tenho certeza que podemos dar um jeito, se você tiver certeza de que está bem o suficiente pra voltar. Sei que você perdeu muito tempo de escola, mas vou perguntar se você pode compensar o trabalho do período em que esteve ausente e ainda se formar a tempo.

Me formar? Certo. Isso também fazia parte de uma vida que parecia tão distante que eu mal conseguia pensar no assunto. Em todos os aspectos que realmente importavam, eu já tinha me formado.

— Claro, obrigada — respondi. Minha mãe me lançou um olhar pensativo, mas se virou de costas para a prateleira de roupas.

Ela acabou me comprando algumas camisetas e casacos de moletom e uma calça jeans. E não falou em voz alta, mas eu sabia que era tudo que podia comprar – e, na verdade, mal podia bancar aquilo. Ela também não falou nada sobre dinheiro naquela noite, quando pedimos uma pizza extragrande com pepperoni adicional na loja que ficava a dois quarteirões – isso era um jantar requintado em Flat Hill. Minha mãe zapeou pelos canais da velha TV surrada que ela me contou que conseguiu no Exército da Salvação.

Então talvez fosse verdade. Talvez eu fosse a Amy Esmola para sempre.

E daí? Eu não me importava. Eu não me importava com mais nada ali, exceto encontrar aqueles sapatos idiotas e voltar para Oz. De alguma forma, sem pensar muito, eu já tinha decidido: eu não pertencia mais ao Kansas, por mais feliz que minha mãe estivesse em me ver. Eu não podia simplesmente voltar a ser a pessoa que era antes. Não depois de tudo que eu tinha visto e feito. Eu não podia voltar para um lugar onde ninguém acreditaria que as coisas que aconteceram comigo eram reais. Eu havia visto pessoas de quem gostava morrerem. Arriscado a minha vida. Usado magia. Eu tinha... tudo bem, eu tinha me apaixonado. E não havia ninguém no Kansas com quem eu pudesse compartilhar essas coisas. Era como se Oz tivesse tomado a decisão por mim. Ou talvez eu simplesmente não tivesse muita escolha.

— Ah, olha! — disse minha mãe de um jeito alegre. — Está passando *O Mágico de Oz*. Lembra como a gente adorava esse filme?

Eu quase deixei cair a fatia de pizza naquele tapete surrado. Lá estava ela, em toda a sua glória — Judy Garland cantando com emoção enquanto o Leão, o Homem de Lata e o Espantalho pulavam atrás dela. Todos pareciam tão felizes, e nada assustadores. Dorothy era uma menina jovem e inocente com um cachorrinho fofo. O Homem de Lata era um ator com maquiagem prateada, com um funil pateta na cabeça. O Espantalho era um cara bobão com roupa de juta, e o Leão era simplesmente um homem com uma fantasia de pelúcia com um laço na crina falsa. Eu me lembrei do verdadeiro Leão, engolindo Star em uma mordida só, e estremeci.

— Tudo errado — resmunguei baixinho.

— Nem me fala — disse minha mãe. — Sabia que a Judy Garland já tomava pílulas quando eles gravaram isso? As coisas que fizeram com essa pobre menina. Se você acha que eu fui uma mãe ruim, devia ter visto a dela.

Esse era um assunto que eu não queria discutir.

— Estou meio enjoada desse filme. Você se importa se a gente assistir a outra coisa?

— Por mim, tudo bem — respondeu minha mãe. — Não é a mesma coisa quando você sabe a verdade, né?

Eu queria poder me explicar para ela. Minha mãe finalmente estava sendo sincera comigo, pela primeira vez na vida, e era meio chato o fato de o jogo ter virado. Mas, se eu contasse à minha mãe que o Leão Covarde era real — e eu sabia disso porque eu mesma o matei, depois que ele comeu a adorada ratinha de estimação dela —, ela faria muito mais do que falar com o diretor assistente amanhã. Ela iria direto a um psiquiatra, e eu iria para o hospício, não para o ensino médio.

Quando chegou a hora de ir para a cama, abracei minha mãe e desejei boa noite. Ela estava com o cheiro de quando eu era criança, antes do acidente e das pílulas e dos cigarros Newport: doce e floral, como a primavera. Ela retribuiu o meu abraço. Olhei por cima do ombro para o quarto dela, distraída, e a ficha caiu.

— Onde está a sua cama? — perguntei, soltando-a.

— Ah. — Ela riu, dando de ombros levemente. — Eu não podia pagar por duas, então vou dormir no sofá. Daqui a uns dois salários, devo poder comprar uma cama pra mim também.

— Mãe, por favor. Eu posso dormir no sofá. Você fica com a minha cama.

— Fui egoísta por tempo demais — disse ela, me olhando direto nos olhos. — Vou sobreviver a algumas semanas no sofá. — A culpa inundou o meu coração como sangue de um corte de papel. Minha mãe tinha transformado a própria vida na esperança de eu voltar, e eu só conseguia pensar em deixá-la de novo. O que ia acontecer com ela quando eu desaparecesse outra vez?

Você não pode pensar nesse assunto e não pode se acostumar com isso, falei a mim mesma. *Você só está aqui para pegar os sapatos*. Seria mais fácil para todo mundo se minha mãe e eu não nos aproximássemos demais. Se eu me fechasse, da maneira que aprendi a fazer em Oz. Se importar demais só significava ser muito mais fácil de magoar. E, se eu ia abandonar o Kansas para sempre, não podia deixar minha armadura se partir nem por um segundo.

— Você que sabe — falei, deixando minha voz firme e fria, e fechei a porta do meu quarto para não ver o sofrimento no rosto dela. Mas tudo que consegui pensar enquanto me virava na cama estreita e desconhecida era nas lágrimas nos olhos da minha mãe quando eu fechava a porta e a deixava de fora. Nox, minha mãe... quem seria o próximo na lista de pessoas que eu tinha que magoar para sobreviver?

SETE

Minha mãe saiu de casa cedo na manhã seguinte, e eu me mantive ocupada. Peguei seu velho notebook surrado – praticamente dava para ouvir as engrenagens girando quando entrei na internet. Antes de procurar a história de Flat Hill, não consegui resistir. Tive que procurar uma coisa no Google. Um vídeo chamado "Tragédia da Garota do Tornado" surgiu instantaneamente. De um lado, Nancy Grace, a repórter da CNN que sempre cobria grandes julgamentos e casos de pessoas desaparecidas. Do outro lado, a melhor amiga da minha mãe, Tawny. Nancy tinha o hábito de criticar as mães desleixadas que não eram encontradas quando seus filhos desapareciam.

– Então, onde estava sua amiga, a mãe da Garota do Tornado, quando o tornado passou?

– Ela estava comigo... estávamos numa festa do tornado – disse Tawny de um jeito dramático, depois explodiu em lágrimas de culpa.

– Festa do Tornado – repetiu Nancy, o sotaque do Sul envolvendo as palavras, fazendo soar ainda mais horrível.

Ao ouvir a palavra *festa*, cliquei no x para fechar a tela. Eu já tinha visto o suficiente. Voltei para minha verdadeira missão.

Durante horas, pesquisei sites sobre a história da pradaria, diários antigos de fazendeiros e fotos em preto e branco de pessoas que tinham vindo para o Kansas na época de Dorothy para construir uma vida melhor. Eu não tinha certeza do que estava procurando; só sabia que ia identificar quando visse. E, depois de ler tipo um milhão de artigos sobre nevascas devastadoras, fracassos nas colheitas, secas, doenças e pobreza, não pude deixar de sentir pena de Dorothy. Não importava o que ela tinha virado, em Oz, sua vida no Kansas fora mais difícil do que qualquer coisa que eu pudesse imaginar. *O maravilhoso Mágico de Oz* podia ter retratado a vida dela com o tio Henry e a tia Em como idílica, mas não demorei muito tempo lendo para perceber que a vida em uma fazenda do Kansas como órfã pobre provavelmente não tinha sido moleza.

E aí encontrei – em um site histórico dedicado a técnicas de impressão em jornais antigos. Eu me sentei reta no sofá da minha mãe, assustada. "Repórter de campo entrevista sobrevivente do tornado no Kansas." Era uma digitalização de um artigo de jornal amarelado e rasgado do *Daily Kansan*, datado de 1897. O papel estava tão desbotado que eu mal consegui distinguir as palavras, e a maior parte do artigo faltava. Mas vi o suficiente para saber o que estava diante dos meus olhos. "A senhorita D. Gale, de Flat Hill, Kansas, com vinte e cinco habitantes, descreve suas experiências no tornado como 'verdadeiramente maravilhosas', mas o aspecto mais maravilhoso da sua história é que ela sobreviveu ao tornado devastador que destruiu sua casa. A senhorita Gale relata visões extraordinárias experimentadas durante a tempestade, incluindo criaturas fantásticas e uma cidade enc..." A página estava rasgada ali, com tanta precisão que quase parecia que alguém tinha feito de propósito. E então vi o crédito do autor: Sr. L.F. Baum.

– Que *merda* – falei em voz alta no apartamento vazio. Dorothy *tinha* sido real. Ela *havia* morado ali na mesma cidade onde cresci. E L. Frank Baum a *entrevistara*. Como ninguém *sabia* disso? Eu não sabia muito sobre a história dos livros de Baum, mas tinha quase certeza de que teria ouvido falar se as pessoas tivessem percebido que Dorothy era baseada em uma pessoa de verdade. Ela contou a ele a coisa toda, tudo que aconteceu com ela, e Baum pegou a história e a transformou em um livro. Ela havia voltado para o Kansas, assim como eu, jogada de volta na sua vida comum e horrível. Ninguém poderia ter acreditado nela – nem o próprio Baum.

Mas, se Baum tinha colocado os sapatos de Dorothy em *O maravilhoso Mágico de Oz*, isso significava que ela havia contado sobre eles. E o resto do artigo podia ser uma pista para o local onde estavam agora. Dorothy talvez não tivesse procurado os sapatos na primeira vez que voltou ao Kansas, mas não hesitara em aceitar a oferta de uma segunda viagem a Oz. Se ela não os procurou naquela época, eles ainda deviam estar ali. E, se eu conseguisse encontrar o resto do artigo, ficaria muito mais perto de descobrir onde.

Visões extraordinárias, com certeza. Como ninguém mais descobriu o que eu tinha acabado de encontrar? Como era possível que ninguém mais tivesse percebido que Dorothy era real? Havia alguma outra coisa acontecendo ali. Alguma coisa importante. Eu tinha que encontrar o resto do artigo. Mas como?

Ouvi uma chave girando na fechadura e corri para apagar meu histórico de buscas. Eu mal tinha conseguido devolver o computador para o local onde o encontrei – embaixo de uma pilha de jornais e revistas na mesa ao lado do sofá –, quando minha mãe entrou. Ela pareceu assustada por me ver ali, em pé no meio do apartamento dela como uma idiota.

– Hum, oi – falei. – Eu, hum, acabei de acordar. – Lancei um olhar para o relógio de parede na cozinha. Eram quatro da tarde. Bem, ela que pensasse que eu era preguiçosa. Era melhor do que tentar me explicar.

– Oi, querida – disse ela. Sua voz estava cautelosa, e eu me lembrei do que tinha feito na noite anterior. Senti mais um lampejo de culpa e o afastei. – Boas notícias – ela continuou. – Conversei com o diretor assistente. Ele disse que, como as circunstâncias são tão incomuns, você pode considerar que sua suspensão acabou.

– Ótimo. Quer dizer que posso ir à escola amanhã?

Ela me lançou um olhar estranho.

– Tem certeza de que quer, querida? Você passou por tanta coisa. Achei que podia querer tirar uns dias pra descansar antes de voltar. Podemos até ver se tem um jeito de você terminar o trimestre em casa.

– Tenho que sair daqui – falei sem pensar. Ela se encolheu visivelmente. – Quero dizer, eu realmente só quero... voltar ao normal – acrescentei rapidamente. – Você sabe, voltar a fazer coisas. Acho que é a melhor maneira.

Minha mãe suspirou.

– Como quiser, Amy. Eu só... – Ela parou e depois deu de ombros, impotente. Eu sabia que ia magoá-la de novo, mas não tinha outro jeito. – Strachan não ficou feliz com isso – alertou minha mãe. – Você vai ter que se comportar. E Amy... Madison ainda vai estar lá. Eu sei que ela pega no seu pé, mas você tem que lidar melhor com isso. – Ela olhou para o chão. – Posso te ajudar, se você precisar de mim.

Eu quase ri. Àquela altura, não havia muita coisa que Madison Pendleton pudesse me dizer que me incomodaria. Mas percebi de imediato que eu ia magoar os sentimentos da minha mãe – de novo. Claro. Ela tinha se oferecido para ajudar, e agora ia pensar que eu estava rindo dela e não da Madison. Eu me senti horrível, depois também por me sentir horrível. Seria melhor para nós duas se eu mantivesse distância. Mas ela estava se esforçando tanto – e eu começava a acreditar que a mudança era real e não apenas uma encenação. Eu ia sentir saudade da minha mãe nova e melhorada. Mas ela não era o suficiente para me manter em Flat Hill. Certo? Eu não podia me permitir pensar de outra maneira. Havia decidido voltar para Oz. O que significava que eu *tinha* que encontrar aqueles sapatos – e tinha uma ideia de como fazer isso.

OITO

Na manhã seguinte, vestida com a minha calça jeans nova e uma das camisetas que minha mãe tinha escolhido para mim, voltei a ser aluna do último ano na Escola de Ensino Médio Dwight D. Eisenhower. Os corredores continuavam com o mesmo linóleo sem graça, cheirando a produto de limpeza e a bolinhos velhos do refeitório. Os armários ainda eram do mesmo metal cinza embotado que nem uma camada de tinta fresca conseguiria fazer parecer novo. As luzes do teto piscavam como as de um campo de prisioneiros. Mas, desta vez, tudo estava diferente. Antes, eu não era ninguém. Amy Esmola, uma pobretona qualquer. Quando as pessoas se preocupavam em olhar para mim, era só com desprezo. Desta vez, eu era uma celebridade. E definitivamente não estava gostando disso.

Em todo lugar por onde eu andava, sussurros me seguiam, e as pessoas se viravam para me encarar quando eu passava. Alguns disseram oi em tons doces e enjoativos que me fizeram querer revirar os olhos. Eles nunca tinham falado comigo na vida; só queriam fazer parte do drama. Meu desaparecimento e meu retorno milagroso eram a coisa mais interessante que havia acontecido na escola desde que Dustin engravidou Madison Pendleton. Eu não era burra o suficiente para aceitar aquela falsa recepção calorosa. Eu sabia quem eram meus verdadeiros amigos em Flat Hill: ninguém.

Podem olhar, pensei. Eles *deviam* olhar mesmo. Porque o que quer que eles pensavam que tinha acontecido comigo quando sumi a verdade era muito mais louca. E, de qualquer forma, eu não estava ali para concorrer a rainha do baile. E sim para salvar o Todo. Maldito. Mundo. A única coisa irritante era que essas pessoas nunca sequer saberiam disso.

Levei um minuto para encontrar meu armário – porque não o reconheci. Tinha sido praticamente transformado em um santuário. Fitas enroladas no metal liso. Flores secas presas nas frestas de ventilação. Cartões e bilhetes grudados em cada centímetro da superfície – "Saudade de você", "Volta logo", um coração cortado em papel de artesanato com SAUDADE, AMIE escrito em uma letra cursiva que parecia a de uma criança do jardim de infância. Alguém até colou uma foto minha com lantejoulas formando um coração ao redor do meu rosto. De onde veio a foto, eu não tinha ideia. A Amy pré-Oz me encarava furiosa na sua calça jeans suja, pronta para uma briga.

A coisa toda me deixou enojada. Eu queria arrancar os cartões e as flores do meu armário e jogar tudo no chão, rasgar em pedacinhos. Nenhuma daquelas pessoas tinha dado a mínima importância para mim até acharem que eu estava morta. Até eu dar a elas uma desculpa para se sentirem tristes, importantes, úteis. Até eu finalmente fazer alguma coisa interessante ao morrer. Meu estômago revirou, e girei a tranca usando a antiga combinação, os números vindo à minha cabeça sem esforço. *Quanto mais as coisas mudam, mais elas ficam iguais*, pensei amargamente.

– Gostou? Fui eu que organizei o comitê de decoração.

Não importava quanto tempo tinha passado em Oz, eu nunca me esqueceria daquela voz. Virei-me devagar.

– Oi, Madison – falei. Quero dizer, o que mais eu devia falar?

Minha boca caiu quando a vi. Madison grávida agora era Madison mãe, e ela sorriu com orgulho por cima do bebê de cara enrugada amarrado ao peito dela com um daqueles *slings* esquisitos que sempre parecem ter sido projetados para sufocar a criança. Com ou sem bebê, ela ainda era Madison. Estava usando um top rosa-choque coberto de lantejoulas que exibia uma barriga pós-bebê surpreendentemente tonificada, calça de corrida em veludo rosa com um coração rosa enorme e purpurinado na bunda e tênis cor-de-rosa de plataforma. Ela também tinha um cheiro intenso de spray corporal de morango, e seus lábios estavam cobertos com uma grossa camada de brilho rosa.

– Olha se não é Amy Gumm, voltando do mundo dos mortos – disse ela. – Todo mundo pensou que você tinha morrido, sabe. – Madison deu uma risadinha. – E sabe que você não apareceu durante um tempão... eu quase senti saudade. *Quase*. Este é Dustin Jr., a propósito. – Ela acariciou o bebê, que fez um barulho borbulhante. O bebê de Madison era bem feio. Por outro lado, acho que a maioria dos recém-nascidos é feia. Parecia um velhinho que não tinha conseguido encontrar a dentadura. As bochechas eram gordas demais, e o rosto era esmagado, como se alguém tivesse pisado na sua cabeça. Além disso, ele era careca como um ovo. Mas eu senti pena dele. Não era culpa do bebê a mãe ser a maior escrota do Kansas. Bem, a segunda maior, agora que eu estava de volta.

De qualquer maneira, eu tinha aprendido havia muito tempo que podia enfrentar vadias bem maiores que Madison Pendleton de Flat Hill. Mas, pensando bem, Madison gostava tanto de porcarias brilhantes cor-de-rosa quanto Glinda. Talvez, quando você se inscrevesse para o status de Arqui-inimigo Supermalvado, alguém te mandasse um galão de spray corporal com purpurina. Ou talvez todos os malvados simplesmente tenham o mesmo gosto cafona. De qualquer forma, eu aparentemente seria amaldiçoada com uma inimiga cor-de-rosa purpurinada em todos os lugares aonde eu fosse.

– Ele é, hum, muito fofo – respondi. Essa coisa de mentir ficava cada vez mais fácil, não? Eu tinha matado monstros em Oz... ela simplesmente deu à luz um.

Madison sorriu, e, estranhamente, não era o sorriso de sempre, de gato-prestes-a-engolir-um-canário. Era um sorriso de verdade – quase meigo. Ela olhou para Dustin Jr. e acariciou suavemente o topo da cabeça careca.

– Eu sei – disse ela com alegria. – É meio louco o quanto as coisas podem mudar em um mês.

– Nem me fala – murmurei. Olhei de volta para o meu armário. – Obrigada, hum, por tudo isso.

Por algum motivo, Madison não estava indo embora.

Ela deu de ombros.

– Quero dizer, era o mínimo que eu podia fazer, sabe? Sei que a gente nem sempre se deu bem, mas eu não queria que você, tipo, *morresse*. Sinceramente... – Ela deixou a voz morrer, roendo uma unha com esmalte cor-de-rosa. Ergui uma sobrancelha. – Sinceramente, acho que eu *fui* meio escrota com você algumas vezes – disse ela, depressa. – Quero dizer, você facilitava, sabe? Você também foi horrível comigo. E você ficava correndo atrás do meu namorado.

– Eu não fiz isso! – protestei.

Ela revirou os olhos.

– *Até parece* – disse ela. Sua voz assumiu um tom agudo. – "Ah, Dustin, claro que eu faço seu dever de álgebra. Ah, Dustin, deixa eu ser sua *tutora*." Você nem *tentou* ser sutil.

– Ele é que me pedia.

– Dustin não é muito inteligente – disse Madison. – Mas ele sabe reconhecer uma otária.

Eu a encarei, sem saber se ria ou se dava um soco nela. Madison – do seu jeito estranho, malvado – estava tentando ser minha *amiga*? Debochando do próprio namorado atleta? Eu sempre tive uma queda pelo Dustin, nisso tinha razão. Mas também estava certa ao dizer que ele não era exatamente a lâmpada mais brilhante do lustre.

– Olha – disse ela, dando de ombros outra vez. – Quando você desapareceu daquele jeito, eu percebi que você é, tipo, uma das únicas pessoas interessantes por aqui. Tudo ficou chato sem você, Amy Esm... – Ela colocou o dedo na boca de novo, roendo a unha e sorrindo para mim. – Vou me atrasar pra primeira aula. Te vejo por aí – disse Madison, e se afastou enquanto Dustin Jr. babava no ombro dela.

Olha, isso foi muito esquisito. Mas não estava nem perto da coisa mais estranha que ia acontecer comigo naquele dia.

NOVE

O sr. Strachan tinha dado à minha mãe meu horário antigo, e em cada sala de aula, a história foi a mesma. Um zumbido alto de conversa morria imediatamente assim que eu entrava pela porta. Todo mundo – e quero dizer *todo mundo mesmo* – virava para me olhar enquanto eu me arrastava até o meu assento, fazendo o máximo para fingir que era invisível. Poucos segundos depois, a conversa recomeçava – desta vez, sussurros baixos para eu não ouvir, apesar de eu não conseguir evitar capturar alguns trechos. *"Ficou maluca e..." "Fugiu com um cara, igual à mãe dela..." "Ficou caída de bêbada, tipo, o mês todo e depois mentiu que estava num hospital..."* Ok, então ninguém acreditou na história do hospital. Que pena, poxa. Sentei com as costas retas e os olhos fixos na frente da sala, anotei os deveres de casa e falei quando falaram comigo – ou seja, nunca, o que convenientemente me deixou muito tempo para pensar em como eu ia começar a busca pelos sapatos. Nem meus professores me olhavam nos olhos. *Não importa*, pensei. *Eu também não tinha amigos antes.* Pelo menos, desta vez ninguém estava jogando comida em mim nem gritando "Comprou esses sapatos no Kmart, Amy Esmola?", enquanto eu tentava passar. Ser uma pária total definitivamente tinha suas vantagens.

No almoço, atravessei uma nuvem de silêncio que me seguiu pela sala e explodiu em sussurros sibilantes no instante em que saí. Mantive a cabeça erguida e as costas retas, fingindo que estava caminhando pelo salão de banquete de Dorothy. Encontrei uma mesa vazia junto à janela, no canto mais distante do refeitório, e tirei o sanduíche da sacola de papel que minha mãe tinha embalado para mim. Um pedaço de papel caiu no chão, e reconheci a caligrafia rebuscada dela quando me abaixei para pegá-lo. *Eu te amo, Amy. Estou muito feliz por você estar em casa.*

Bilhetes na minha sacola de almoço? Ela estava tentando conseguir o Oscar pelo novo papel de Mãe Preocupada e Carinhosa. Mas, mesmo enquanto eu tentava desprezar seu esforço, parte de mim ficou muito emocionada. Eu me lembrei da mãe que tinha feito um bolo para minha festa de nove anos e me servido um balde de Sprite para afogar as mágoas quando ninguém apareceu. Mas eu não podia pensar assim, lembrei a mim mesma. Não podia. Guardei o bilhete no bolso da calça jeans.

E então, para minha surpresa total, duas figuras afundaram em cadeiras, uma de cada lado meu.

— Oi, Amy — disse Dustin timidamente.

— Oi de novo — disse Madison.

— Lrrbbbu — acrescentou Dustin Jr.

— Tudo bem — falei, deixando o sanduíche de lado. — Para de brincadeira, Madison. Talvez você esteja tendo alguma coisa pós-parto, só que, em vez de ficar muito deprimida, ficou toda simpática. Mas não estou interessada. O que você quer?

— Quero almoçar com você — disse ela, calma. O almoço dela, um sanduíche de carne assada em um pão branco grosso e caro, do tipo que se comprava inteiro na mercearia e se cortava, estava embalado com perfeição em um pote Tupperware que também tinha espaço para palitos de cenoura e fatias de maçã. Ela ofereceu um palito de cenoura a Dustin Jr., mas ele o soltou com um resmungo alto.

— Ele não é muito pequeno pra comida sólida? — perguntei com cuidado. Madison deu de ombros.

— Estou tentando adiantar as coisas. Amamentar é horrível. — E aí, sem nenhum constrangimento, ela levantou a camiseta, como se me desafiasse a dizer alguma coisa. Dustin Jr. caiu de boca no almoço com entusiasmo.

Dustin pai optou pela pizza do refeitório. O cheiro era um horror. Se havia alguma coisa para concretizar a minha decisão de fugir do Kansas para sempre, era a pizza do refeitório.

— Hummm — disse ele, sem me convencer.

— D, de jeito nenhum esse negócio é bom — respondeu Madison, revirando os olhos.

— Não, sério, volta o filme — falei. — Por que vocês estão aqui? Que história é essa? — Aguardei a conclusão. Esperei que Madison fizesse a piada que tinha na manga ou dissesse alguma coisa horrível sobre o meu cabelo ou a minha roupa ou fizesse o refeitório todo rir de mim.

Dustin olhou de uma para a outra, nervoso.

— Não é isso, Amy Esm... — começou ele. — Quero dizer, não é mais. Sei que a Madison não foi muito legal com você...

— Não foi *muito* legal? — Apesar de todas as coisas que eu tinha aguentado em Oz, não consegui afastar a mágoa do meu tom. Madison havia transformado a minha vida no Kansas em um inferno. Foi ela que fez de tudo para eu não ter amigos e ser ridicularizada todos os dias pelas minhas roupas de segunda mão. Foi ela que espalhou boatos sobre todas as vezes que minha mãe voltou para casa caindo de bêbada ou com caras esquisitos que nem ficavam a noite toda. Acho que ela nem sabia como esses boatos estavam perto da verdade.

— Tudo bem, olha — disse Madison. — Conversa sincera, ok? Eu sei que fui uma escrota. Sei que eu *sou* uma escrota. Pelo menos eu *reconheço* isso. Mas olha só de onde eu venho. Eu achava que estava no topo do mundo... — Sua voz pingava desprezo quando acenou para o refeitório. — Rainha de toda essa porcaria... que negócio de alta classe, não é mesmo? E aí eu engravidei, e quando percebi isso já era tarde demais pra fazer alguma coisa. Quero dizer, estamos no meio do Kansas, não é como se eu pudesse arrumar alguém pra me levar até Nova York pra cuidar disso.

Todo mundo achava que a Madison Pendleton grávida-rainha-do-baile-noiva-do-astro-do-futebol-americano era uma ótima mascote, mas a Madison Pendleton mãe-solo-vagabunda arrastando o filho *bastardo* por toda a Escola de Ensino Médio Dwight D. Eisenhower depois de destruir a vida do astro do futebol americano? Não muito. Era pra eu abandonar a escola depois que tivesse a criança, pra ninguém ter que olhar pra nós, ou dar o bebê pra adoção ou parecer arrependida, e eu não fiz nada disso. Tive que ficar gritando no escritório do Strachan durante vinte minutos antes de ele finalmente me deixar trazer o bebê pra escola pra eu poder me formar na hora certa. E agora, se quiser saber a verdade, Amy Gumm, *eu* também não tenho amigos. Somos você e eu, baby. Agora podemos ser as escrotas-chefes juntas. Supondo que você seja dessas.

— Ei, não esquece de *mim* — disse Dustin, meio magoado. Madison sorriu para ele, aquele mesmo sorriso caloroso que tinha dado ao filho, mas seus olhos estavam tristes. — Ela não destruiu a minha vida — acrescentou ele. — Eu ferrei meu joelho num jogo pouco antes do Dustin Jr. nascer, de qualquer maneira.

Encarei Madison, totalmente sem palavras. Eu nunca a tinha ouvido falar tanto sem soltar um insulto, e muito menos admitir alguma coisa parecida com vulnerabilidade. De repente, pensei em todas as vezes em que fingi ser algo que não era, em Oz — para me proteger, para sobreviver. E pensei em como devia ter sido para Madison, grávida aos dezessete anos, saber que provavelmente ia ficar presa naquele fim de mundo pelo resto da vida. Eu não lhe perdoei, exatamente, mas achava que talvez pudesse entendê-la.

— E a... — Fiz um gesto vago, tentando me lembrar do nome das melhores amigas da Madison, que pareciam saídas da Guerra dos Clones.

— Amber? — Madison bufou e olhou pelo refeitório. Amber, vestida com uma roupa estranhamente idêntica ao traje luxuoso e cheio de purpurina que a Madison estava usando, mantinha a corte como chefe da mesa popular, cercada de atletas admiradores, seguidoras usando roupas combinando e algumas pessoas agregadas. Como se sentisse a intensidade do olhar da Madison, ela voltou os olhos para nós com desprezo. Madison ergueu o dedo do meio, devagar. Amber ficou branca e desviou o olhar. Sendo abelha-rainha ou não, Madison ainda era bem assustadora.

— Fui rebaixada — disse ela quase com alegria. — Tanto faz. Me economiza muito tempo.

— Mas você e Dustin podiam se casar — falei. — Você poderia arrumar uma babá pro bebê, pra poder terminar a escola.

— Meus pais me expulsaram de casa — disse ela, casualmente. — Então, nada de babá grátis. E Dustin e eu terminamos. — Ela olhou para ele e ergueu uma sobrancelha.

Apesar de Madison parecer sincera e ter experimentado o próprio remédio, eu definitivamente não estava preparada para confiar nela. Seu esporte favorito era me magoar, como se fosse uma atividade extracurricular.

Mas havia uma intimidade no relacionamento entre agressor e agredido. Eu conhecia Madison melhor do que a maioria das pessoas. Eu precisava conhecer, para conseguir evitá-la ou para antecipar o próximo insulto e me preparar. E eu nunca tinha visto aquele lado da Madison. Na verdade, ela *quase* parecia arrependida. Mas talvez a maternidade simplesmente tivesse dado a ela melhor poder de fingimento.

Percebi que Dustin continuara falando enquanto eu tentava desvendar a Madison.

— Quero dizer, claro que eu ajudo com o bebê. Meus pais são bem legais, eles estão deixando a Madison ficar com a gente até conseguirmos uma coisa melhor. — Ele suspirou e apoiou a cabeça nas mãos. — Nós só percebemos que não nascemos um pro outro, apesar de ainda nos gostarmos. É muita coisa. Mas vamos dar um jeito.

Madison deitou a cabeça no ombro dele, e Dustin apertou a mão dela. O negócio era que eles *realmente* se amavam. Isso ficava óbvio nos pequenos olhares que trocavam quando achavam que eu não estava observando. Madison e Dustin conseguiram um tipo de paz pós-separação. Era meio estranho. Mas acho que existem muitos tipos de amor. E era totalmente óbvio, também, que os dois amavam Dustin Jr. Como se pudesse ler meus pensamentos, Madison entregou o bebê para Dustin, que o embalou delicadamente, com uma expressão de felicidade total, enquanto ela olhava para os dois com carinho.

Se eu não podia ter Nox na minha vida do jeito que eu queria, será que podia tê-lo na minha vida desse jeito?

Madison pigarreou.

– Ok, Amy, fala logo – disse ela. – Onde é que você *estava*? Obviamente não era num hospital. Você não conseguiu nem enganar Strachan com essa mentira, embora essa seja a história que ele passou pra escola. Deu sorte, acho.

De jeito nenhum eu podia contar a eles. De jeito nenhum mesmo. Mas, apesar de tudo, eu estava começando a gostar desse novo e inusitado Time Madison. E fiquei estranhamente emocionada pelo quanto eles estavam sendo legais comigo. Será que eu podia confiar neles? Será que isso importava? Caramba, eu não tinha mais ninguém.

– Tenho uma ideia melhor – falei. – Por que vocês não me ajudam com uma coisa?

Dustin Jr. fez um ruído empolgado e vomitou. Madison, sem nem hesitar enquanto limpava o bebê com um punhado de guardanapos, ergueu uma sobrancelha perfeita.

– Que tipo de coisa?

– Uma coisa secreta.

Os olhos de Madison se iluminaram.

– Eu *adoro* segredos – disse ela enquanto o bebê dava uma risadinha. – Eu *sabia* que tinha um motivo pra eu sentir a sua falta.

– Lembra do seu trabalho sobre Dorothy? – Madison fez que sim. – Você vai me ajudar a encontrar os sapatos dessa escrota.

DEZ

– Os *sapatos* de Dorothy? – Os olhos de Madison estavam arregalados de incredulidade. – Você realmente *foi* atingida na cabeça, né? Tenho uma novidade, baby. Dorothy não é uma pessoa real.

– Bem... – falei, hesitando. – Posso explicar... – Mas fui interrompida pela campainha do quinto período. Dustin e Madison estavam me encarando. Dustin Jr. arrotou e fechou os olhos. – Me encontrem depois da aula – falei depressa. – Nos degraus da frente. Tudo vai fazer sentido. Mais ou menos. Eu prometo. – Mas eles estavam juntando seus livros e suas bolsas.

– Tenho que dar banho nesse carinha – disse Madison, sem me olhar nos olhos.

Certo, tudo bem. Madison fora a pior coisa da minha vida antes de eu ir para Oz, e Dustin era só um sonhador idiota com quem eu achava que tinha alguma coisa em comum. A quem eu estava enganando? Nós não éramos amigos. E isso não importava, porque eu não precisava deles. Eu tinha feito todo o resto sozinha. Também podia fazer isso. Dustin me deu um pequeno aceno enquanto eles se afastavam. Acenei em resposta. Pelo menos, ele sempre foi legal. Mesmo que fosse só porque queria alguma coisa de mim.

Eu precisava de um plano, mas nem sabia por onde começar. Gert, Mombi e Glamora não tinham me dado muitas instruções. Entre as aulas de pré-cálculo e educação física, fui até o banheiro feminino, me tranquei em um reservado e fiz o melhor possível para enviar uns feixes de magia, só para ver se de repente eu conseguia. Mas não deu certo. Eu teria que fazer isso da maneira mais difícil, e não tinha a menor ideia de onde começar.

Para tornar meu dia ainda pior, eu tinha um encontro com o diretor assistente Strachan. Ele havia dito à minha mãe que eu teria que ir vê-lo no primeiro dia de volta. A última coisa que eu queria era causar problemas, então cheguei ao escritório dele dez minutos adiantada. A recepcionista, sra. Perkins, provavelmente já trabalhava na escola quando minha avó usava fraldas. Era uma velhinha fofa que sempre vestia terninhos combinando, não importava o clima, e mantinha um estoque de pirulitos na gaveta da mesa. E eu sabia disso porque passara muito tempo no escritório do diretor assistente. Mas a sra. Perkins nunca me julgou, não importava quantas vezes eu me encrencava. Acho que, secretamente, ela torcia por mim.

— Amy! — exclamou a sra. Perkins quando entrei na secretaria. — Faz tempo que você não aparece! — Ela piscou para mim e tirou um pirulito da gaveta antes mesmo de eu pedir. — O diretor vai te receber em um instante. Senta.

— Cereja! Você lembrou — falei, me sentando em uma das cadeiras de plástico desconfortáveis. Eu realmente não ligava muito para os pirulitos da sra. Perkins, mas ela sempre parecia tão feliz quando eu pegava um fingindo ficar animada. Poucos minutos depois, ouvi Strachan gritando meu nome de seu escritório. A sra. Perkins piscou para mim outra vez quando respirei fundo e entrei.

Se eu havia mudado no último mês, Strachan definitivamente não tinha. Seus óculos com armação de metal escorregavam pelo nariz grande e bulboso. Sua peruca preta estava um pouco torta, revelando um minúsculo tufo de cabelos grisalhos por baixo. O terno era o mesmo todos os dias – e provavelmente ele usava desde 1995, mais ou menos. Os olhos castanhos pequenos me espiavam por trás dos óculos. E, como de costume, ele não parecia feliz em me ver.

– Srta. Gumm – rosnou ele, apontando para uma cadeira no canto, como se eu fosse criança. Bem, acho que eu ainda estava com o pirulito. – Muito bom você se juntar a nós depois da sua pequena viagem.

– Eu estava no hospital – falei.

– Sua mãe já dividiu suas preocupações comigo – disse ele, me ignorando. – Ela achou que devíamos te ajudar, devido às circunstâncias, mas não tenho tanta certeza se concordo. Você começou brigas várias vezes...

– Eu nunca comecei brigas! – protestei, e ele franziu a testa.

Strachan soltou um muxoxo.

– Já está discutindo comigo. Vejo que você não mudou muito. Olha só, mocinha. Sua mãe me contou essa história de que você estava no hospital. Acho que nós três sabemos que isso é mentira. Não sei onde você esteve no último mês, srta. Gumm, mas, se eu sentir qualquer cheiro de problema, você será expulsa. Pra sempre. Fui claro?

Abri a boca para protestar outra vez, depois a fechei. Se eu fosse expulsa da escola, não teria como procurar os sapatos, o que significava que não haveria nenhum jeito de voltar para Oz – nem para mim nem para mais ninguém.

– Sim, senhor – falei, comportada, engolindo o orgulho. – Me desculpa.

– Você devia ser suspensa – resmungou ele, mas meu pedido de desculpa pareceu tê-lo acalmado. – Volta pra aula. Não quero te ver no meu escritório de novo. – Fiz que sim, obediente. Quando saí, a sra. Perkins me deu outro pirulito.

No caminho de volta para a aula, parei na frente do velho diorama em uma redoma de vidro ao lado das portas da frente da escola. Era uma exposição dedicada ao produto de exportação mais famoso do Kansas, *O Mágico de Oz*: uma fazenda do tamanho de uma casa de boneca com um tornado pintado ao fundo e, ao longe, uma imagem fraca e purpurinada de Oz. Havia até pequenas vacas pastando na grama falsa que cercava a fazenda, e uma Dorothy de plástico, com um pequeno vestido xadrez, protegendo os olhos enquanto encarava o tornado. Um pequeno Totó de plástico saltava aos seus pés. Quando era novo, o diorama devia ser bonito, mas isso já fazia muito tempo. Ao longo dos anos, a poeira havia entrado e coberto as figuras, escondendo suas feições sob uma camada de cinza. A grama estava irregular e falha, e várias vacas tinham caído.

Eu nunca havia pensado muito no diorama, mas agora ele tinha uma importância totalmente nova – ainda mais depois que encontrei o trecho do artigo. Embora eu *soubesse* que Dorothy era real – ela quase me matou várias vezes –, ainda era loucura o fato de Dorothy ser *real*. Ela fora uma garota de fazenda naquele exato trecho de terra. Seus sapatos encantados provavelmente, eu esperava, ainda estavam ali. Mas, se as bruxas estivessem certas, como ninguém sabia? Eu tinha encontrado o artigo sem muitos problemas, fazendo uma pesquisa básica na internet. Todo mundo conhecia a história de Dorothy. Então, como era possível que, em cem anos, ninguém tivesse descoberto que era verdade? Será que alguém tentou encobrir a história? Era a única explicação possível, mas eu não conseguia imaginar quem – nem por quê.

Não fazia sentido me preocupar com isso agora; eu tinha problemas bem maiores. Se os sapatos realmente estivessem ali, eu teria que descobrir um jeito de procurá-los sem ser pega, ficar longe de problemas, manter o diretor assistente Strachan feliz e convencer minha mãe de que tudo estava bem. E não pude deixar de pensar no que ele dissera no escritório sobre nós três sabermos que eu tinha mentido sobre estar no hospital. Será que foi por isso que minha mãe aceitou a minha história totalmente implausível – porque ela sabia o tempo todo que eu estava inventando? Será que minha mãe pensou que eu tinha simplesmente fugido? Será que ela fingiu acreditar em mim porque achou que a verdade podia doer demais? Arquivei isso em "coisas para descobrir mais tarde" e corri para a aula de química. Eu tinha muito trabalho para fazer e precisava que todo mundo acreditasse que eu estava feliz por estar em casa até ter outra chance de escapar.

ONZE

Quando eles me largaram no refeitório, eu não imaginava ver Madison e Dustin esperando por mim nos degraus da frente, depois da escola, como pedi. Fingi surpresa de um jeito teatral, e Madison sorriu.

— Não sei qual é o seu lance — disse ela —, mas você é a coisa mais interessante que aconteceu em Flat Hill desde que um idiota achou que uma colina podia ser plana.

O alívio que me inundou me pegou de surpresa. Eu não estava *totalmente* sozinha — pelo menos, não naquele momento. Se dissessem à velha Amy Gumm que ela ia sair depois da escola com Madison, Dustin e seu recém-nascido babão, eu teria dito que estavam completamente loucos. Mas, por outro lado, muita coisa tinha acontecido com aquela Amy Gumm. Era melhor pensar nisso tudo com calma.

— É meio que uma longa história — falei, pensando rápido. Eu tinha que inventar *alguma coisa* para convencê-los de que Dorothy era real, mas não podia falar nada perto de toda a verdade.

— Então vamos tomar sorvete no centro da cidade e conversar — disse Madison. Ela riu da minha expressão. Madison? Comendo alimentos calóricos? Realmente era um mundo totalmente novo. — O quê? Acho que ainda não superei meus desejos de grávida. Aquele negócio sobre picles também é totalmente verdade.

— Ela toma, tipo, meio litro de sorvete de chocolate por *dia* — disse Dustin.

— Cala a boca — respondeu Madison, batendo nele.

— Então vamos — falei.

A farmácia do centro de Flat Hill parecia ter saído direto da década de 1950. Provavelmente *tinha* saído direto da década de 1950 — e ninguém se preocupou em limpá-la desde então. O balcão antiquado estava sempre pegajoso, o estofamento do banquinho de bar encontrava-se rachado e descascando, revelando o preenchimento de espuma amarelada por baixo, e eles só serviam três sabores de sorvete: baunilha, chocolate e morango. Mas não havia outro lugar para ir. As crianças da escola já estavam se empilhando nas cabines perto da janela, lançando olhares hostis para Madison e eu, mas Madison ergueu a cabeça e os ignorou, se ajeitando como uma rainha no banquinho de bar com Dustin Jr. em seu embrulho de bebê e Dustin pai do outro lado.

— Ok, então — comecei, depois que Madison pediu um sundae de chocolate com três andares gritando "Com calda extra!", e estava ocupada colocando sorvete na boca. — Vocês sabem que, em *O maravilhoso Mágico de Oz*, Dorothy é do Kansas?

— Sim, Amy, nós sabemos disso — respondeu Madison, seca.

— Encontrei parte de um artigo de jornal de 1897. Foi escrito *por* L. Frank Baum, o cara que escreveu os livros originais, e era uma entrevista com uma garota chamada Dorothy, que sobreviveu a um tornado que atingiu Flat Hill naquele ano. Ela falou sobre ter visões malucas de um lugar maravilhoso.

Madison e Dustin me olharam com expectativa.

— E? — perguntou Dustin.

— Bem, isso prova que Dorothy era real, certo? Então seus sapatos devem ser reais — expliquei. Ok, talvez eu não tenha encontrado o argumento mais convincente.

A testa de Dustin se franziu, e Madison sorriu.

— Esse é o rosto pensativo dele — disse ela de um jeito carinhoso. Ele lançou um olhar hostil para ela.

— Amy — disse Dustin, devagar —, mesmo que essa coisa que você achou prove que *Dorothy* era real, *Oz* não é. Ela era só uma garota que bateu com a cabeça durante um tornado e alucinou. Por isso os sapatos dela não podem ser reais, porque na história ela conseguiu os sapatos em Oz, e Oz não existe.

— Certo. É, hum, eu quero tipo... *metaforicamente* procurar os sapatos dela. Quero dizer... — Pensei rápido. — Quero dizer, podemos provar que ela era real se acharmos o resto desse artigo. E aí nós seremos, hum, famosos! — acrescentei, animada. — Totalmente famosos. Vamos viralizar. É a nossa passagem pra sair de Flat Hill.

Madison me encarou com os olhos semicerrados.

— Então, qual é a parte que você não está contando pra gente?

— Qual parte?

— Amy, essa história é maluca. Sua casa é destruída por um tornado. Você desaparece por um *mês*. Você volta e diz pra todo mundo que estava no hospital, o que claramente não é verdade, e agora está obcecada em provar que uma personagem de um filme velho e brega era uma pessoa de verdade?

— Eu... É, é isso. Quero dizer, eu posso fazer isso sozinha. Entendo se vocês não quiserem me ajudar.

— Ajudar você a fazer *o quê*, exatamente? — perguntou Madison pacientemente, como se eu tivesse o desenvolvimento cerebral do Dustin Jr.

— Encontrar os sap... hum, encontrar mais evidências de que Dorothy existiu — falei, desajeitada. — Você sabe, tipo... Eu nem consegui encontrar o resto do artigo. Mas sei que tem que ter algum tipo de... Não sei, arquivo de jornais ou alguma coisa assim. A fazenda dela ficava onde a nossa escola está agora. Quero dizer, tem que ter mais coisas sobre ela.

— Como você sabe que a fazenda supostamente real de Dorothy ficava no mesmo lugar da nossa escola? — perguntou Madison.

— Eu, hum... — Hesitei. — Eu só, hum, chutei. — Os dois estavam me olhando como se eu tivesse uma cabeça a mais. — Vai, gente, se pudermos provar que Dorothy existiu, vamos ser muito famosos. Na tv. Entrevistas e tal. Todas essas coisas. — Madison estava começando a parecer intrigada, em vez de desconfiada. — De qualquer forma, pensei que talvez eu pudesse começar tentando encontrar todo o artigo de Baum e, hum, partir dali.

— Por que você simplesmente não vai à biblioteca? — perguntou Dustin.

— À biblioteca?

— O arquivo histórico de Flat Hill fica na biblioteca da nossa escola — observou ele. — Uma vez eu fiquei na detenção, e eles me fizeram tirar a poeira de lá.

— Ai, meu Deus, Dustin, você é um gênio — ofeguei. Claro. Era tão óbvio. Ali estava eu, me preocupando com magia, quando tudo que eu precisava era encontrar um jornal antigo.

— Ele é na média — disse Madison, dando um tapinha no ombro dele.

— A única coisa é que eles mantêm as coisas realmente velhas trancadas, e você tem que ter permissão especial pra pegar — acrescentou Dustin. — Acho que você tem que estar escrevendo um trabalho sobre o assunto ou algo assim.

Meu coração afundou. Ótimo, exatamente o que eu precisava. Tudo que eu necessitava estava trancado em uma sala antiga empoeirada com a qual ninguém realmente se importava, e eu nem podia invadir usando magia.

— Talvez eu possa entrar na escola à noite.

— Uau, você está falando sério *mesmo* — disse Madison. — Por que não consegue uma detenção?

— O quê?

— Se foi assim que o Dustin entrou lá, provavelmente também vai funcionar pra você — respondeu Madison, sensata. — Podemos pegar detenção também, se você quiser companhia — acrescentou ela, segurando Dustin Jr. com um brilho malvado no olhar. — Irritar o Strachan é tipo meu novo emprego em tempo integral. Dustin pode fazer xixi na mesa dele ou alguma coisa assim.

— De jeito nenhum — disse Dustin.

— Eu estava falando do bebê.

— Eu *sei* que você estava falando do bebê. Quero dizer, de jeito nenhum você pode irritar o Strachan, Mad. Ele está doido pra ter uma desculpa pra te expulsar da escola. Mas, se você quiser ajuda pra procurar, Amy, posso ir com você. Só preciso me atrasar pra aula algumas vezes.

Madison fez um biquinho falso.

— Você é tão chato — suspirou ela.

— Strachan adoraria me expulsar também — argumentei. — Tenho que descobrir uma maneira de me encrencar sem realmente me encrencar.

— Você já não está na detenção? Tipo, tecnicamente? — perguntou Madison, piscando. — Acho que eu me lembro de certa briga no corredor com uma grávida indefesa.

— Claro — falei, praticamente batendo na minha testa. — Vou só dizer a ele que me sinto mal por sair da suspensão. Você é muito brilhante, Madison.

— Eu sei — disse ela, distraída, acabando com o sundae e olhando a taça como se estivesse pronta para pedir mais um. Como ela conseguia estar tão magra? — Amamentação — Madison respondeu à minha pergunta não feita. — Além disso, carregar esse mocinho o dia inteiro é tipo musculação. Estou na minha melhor forma.

— Se eu te vir tomando mais sorvete, vou vomitar — disse Dustin com firmeza, afastando a taça. Dustin Jr. acordou e gemeu alto, como se protestasse. Cabeças se viraram enquanto Madison tentava, sem sucesso, calar a boca dele. — É melhor irmos pra casa — acrescentou Dustin. — Mas eu te vejo amanhã na prisão. — Ele sorriu, e eu quis abraçar os dois. Pela primeira vez desde que voltei para o Kansas, eu tinha um plano.

— Até amanhã — falei.

DOZE

Entrei no prédio da minha mãe. No corredor escuro e silencioso, o gato de alguém passou por mim – possivelmente a fonte do cheiro de xixi de gato no corredor. Minha mãe se encontrava em casa, e o apartamento cheirava a aromas deliciosos de comida. Um cara que eu não reconheci estava sentado no sofá.

– Oi – disse ele, ficando de pé em um pulo quando entrei. – Você deve ser a Amy. Ouvi falar muito de você. Sou Jake. – Ele estendeu a mão, e o encarei por um segundo antes de perceber que ele queria que eu a apertasse.

– Hum, oi – respondi. Ele era bem bonito, com um jeito de fazendeiro; não fazia a barba havia alguns dias, mas isso dava a ele um ar viril e forte, e não sujo. Usava uma camiseta que revelava braços musculosos e bronzeados e uma calça jeans limpa, mas longe de ser nova. Ele tirou o boné de beisebol John Deere enquanto apertava a minha mão.

– Amy? – Minha mãe veio da cozinha para a sala. Ela vestia sua saia preferida (e mais curta) e uma blusa decotada. Seu cabelo estava preso em um coque desarrumado que lhe caía bem, e suas bochechas brilhavam com blush cor-de-rosa. E usava um avental por cima da roupa de bar e segurava uma colher de pau comprida em uma das mãos. Ela me abraçou com um braço só. – Como foi a escola? Já conheceu o Jake?

— A escola foi bem — falei. — E, sim, acabamos de nos conhecer.

— Jake mora no fim do corredor — disse minha mãe, mas, pelo olhar que lhe lançou, tive a impressão de que ele era muito mais do que apenas o novo vizinho. — Ele também perdeu a casa no tornado.

— Você é de Dusty Acres? — perguntei, surpresa. Eu tinha certeza de que me lembraria daquele cara se o tivesse visto antes.

— Não, de Montrose — disse ele, citando uma cidade ainda menor do que a nossa, a alguns quilômetros de distância. — Fomos basicamente esmagados no tornado, mas a habitação de emergência mais próxima era aqui. Perdi tudo: minha fazenda, minha casa toda. Sua mãe tem sido muito gentil comigo desde que me mudei pra cá. Não sei o que eu faria sem ela.

Aposto que sabe, pensei amargamente. Eles estavam se olhando de um jeito que me fazia querer vomitar ao mesmo tempo que me fazia pensar em Nox. Pigarreei, e minha mãe deu um pulo.

— Desculpa, querida! Eu devia ter te avisado que o Jake talvez viesse pro jantar. Estou fazendo espaguete!

Você devia ter me dito que Jake existia, pensei. Mas minha mãe parecia tão feliz que eu não quis dizer isso em voz alta. Mesmo assim, fiquei um pouco magoada. Ela não estava triste demais com a minha ausência para começar um romance com o vizinho gostosão. Passei por eles, entrei na cozinha e peguei uma Coca-Cola. Isso, pelo menos, era uma coisa boa que o Kansas tinha e Oz não.

O jantar foi tão normal que pareceu meio estranho. Contei à minha mãe e ao Jake sobre meu dia na escola, enquanto ela passava um grande prato de espaguete e uma cesta de pãezinhos. Qualquer um que nos observasse teria pensado que éramos uma família jantando unida. Obviamente, deixei de lado a parte sobre planejar uma busca secreta com Madison e Dustin — e também não falei do meu encontro com Strachan. Mas, depois que Jake voltou para a casa dele — dando um belo beijo na boca da minha mãe que ignorei totalmente —, eu a segui até a sala de estar e me sentei ao lado dela no sofá.

— Você não precisava mandar ele embora — falei. — Eu meio que gostei dele.

Ela sorriu para mim, radiante.

— Ele não é ótimo? Não é nem um pouco parecido com os outros caras que eu namorei. — *Como o meu pai?*, eu me perguntei. — Acho que eu não estava pronta pra alguém decente antes, sabe? Quero dizer, eu realmente não estava bem. — Ela ficou quieta de repente. — Como você sabe — acrescentou baixinho.

— Escuta, mãe — falei, ignorando o excesso de informações. Eu não queria entrar em outra conversa sobre nossos sentimentos na qual eu simplesmente acabaria magoando os dela. — Eu me encontrei com o Strachan hoje, e ele disse que você não acreditou na minha história sobre o hospital. Isso é verdade?

Ela olhou para as próprias mãos e suspirou.

— Eu não queria que ele tivesse te contado isso.

— Então é verdade.

— Amy... — Ela se virou para mim e, para minha surpresa, vi que seus olhos estavam se enchendo de lágrimas. — Olha, Amy, como eu disse, sei que fui uma péssima mãe nos últimos anos.

Não consegui evitar. A mãe que deixei para trás em Dusty Acres tinha causado muitos danos.

— Não só nos últimos — falei antes de conseguir me impedir.

Ela fez que sim.

— Ok, não só nos últimos. Quando o tornado passou... Bem, digamos que eu não te culpo por usá-lo ele como desculpa pra ir embora. Mas estou muito agradecida por você ter me dado outra chance e voltado. — Ela fez uma pausa. — Você está... você ficou... *bem* enquanto estava fora? Você estava segura?

Nem perto disso, pensei, mas eu sabia o que ela estava perguntando. Ela imaginava coisas do mundo real, em garotas-em-caixas-de-leite: desconhecidos assustadores, furgões escuros, episódios de *Unidades de vítimas especiais*. Ela provavelmente passou cada minuto desde que voltei se perguntando que trauma eu estava reprimindo.

— Uhum. Conheci umas pessoas legais, e elas, hum, cuidaram de mim. Não foi nada... quero dizer, o que você está pensando. — Seu rosto relaxou de alívio. Eu sabia que ela queria que eu falasse mais, só que já tinha tentado inventar histórias demais para um dia. — Desculpa, eu só... estou cansada demais. Essa coisa de voltar, escola e tal. Eu te conto depois, prometo. — Contanto que o *depois* nunca chegasse, essa era uma promessa que eu não teria que quebrar.

— Claro, querida. Mas, se quiser falar sobre o que aconteceu enquanto você estava fora, sempre estarei aqui para ouvir. Ok?

Eu queria *poder* contar o que tinha acontecido em Oz. Queria falar com alguém, e alguém pelo menos relativamente são. Mas eu sabia que, mesmo que confiasse nela — e eu não confiava —, não havia nenhuma maneira de eu poder sequer começar a explicar tudo que tinha acontecido comigo, e de jeito nenhum ela acreditaria. Pela primeira vez, desejei nunca ter ido a Oz. Minha vida no Kansas era uma droga, mas eu não tinha que ver ninguém que eu gostava morrer. Eu não havia me transformado num monstro e não tivera que matar. Por mais que o Kansas fosse ruim, Oz podia ter sido ainda pior. Eu fui uma heroína em Oz, claro, mas ninguém realmente me tratou como se eu fosse. Ninguém me olhou do jeito que minha mãe me olhava agora — como se eu fosse a única pessoa no mundo, cuja segurança importava mais do que qualquer outra coisa.

— Pronta pra dormir? Você vai ter um grande dia na escola amanhã.

— É, certo — falei, rindo. — A química não é páreo pra mim.

Ela sorriu e me abraçou.

— Essa é a minha garota.

Quando me afastei, eu a vi. Mombi. Parada no canto, atrás da minha mãe, e parecia irritada.

— Se controla, Amy! — sussurrou a bruxa. — Não estamos aqui pra você ganhar o prêmio de filha do ano.

Com isso, ela desapareceu.

TREZE

Na manhã seguinte, eu praticamente corri até o escritório do diretor assistente. Ficar com a minha mãe era legal e tal, mas eu tinha um trabalho a fazer: salvar todo um reino encantado antes que um pesadelo enlouquecido pela magia o destruísse. Strachan estava prestes a conhecer a nova e melhorada Amy Gumm. E eu ia descobrir a verdade sobre Dorothy.

Tive que esperar para vê-lo, mas, por sorte, eu tinha chegado cedo na escola. A sra. Perkins me deu outro pirulito, e eu o comi enquanto esperava. Não pude deixar de pensar em Gert, Mombi e Glamora, espreitando naquele estado estranho do limbo, esperando que eu fizesse alguma coisa. Qualquer coisa. E Nox. Onde ele estava? Será que também pensava em mim? Será que se perguntava se eu estava bem? Será que ele se importava? Era possível enlouquecer completamente em quinze minutos em uma cadeira de plástico em um corredor ou só parecia que sim? Finalmente, Strachan me chamou para o escritório dele, não parecendo nem um pouco feliz em me ver.

— O que foi agora, srta. Gumm?

— Senhor, eu andei pensando no que disse ontem. Estou muito agradecida por cancelar a minha suspensão, mas isso realmente não parece justo.

Ele ergueu uma sobrancelha, mas não disse nada enquanto eu continuava:

— Entendo que eu me meti em muitas confusões antes, e quero te convencer que mudei. — Tentei me lembrar do discurso que minha mãe usou comigo. — Sei que não mereço perdão, mas vou tentar mesmo assim.

— Como é?

— Quero fazer um serviço de detenção, senhor. Depois das aulas, pela mesma quantidade de tempo que eu deveria ter sido suspensa.

Strachan me encarou.

— Você *quer* ir pra detenção?

— É a única maneira de mostrar que estou falando sério — expliquei. Isso não fazia sentido nenhum, nem para mim, mas ele pareceu acreditar. Ou, pelo menos, não conseguiu descobrir um motivo sinistro por trás do meu súbito desejo de lavar os corredores e tirar o pó da biblioteca.

— Muito bem — disse ele, com olhos semicerrados. — Você vai servir o período da sua suspensão como detenção nas próximas duas semanas. Não sei o que você está aprontando, srta. Gumm, mas se eu descobrir que está fazendo alguma coisa suspeita...

— Não é nada disso, senhor! — falei rapidamente, agarrando a minha mochila e resistindo ao desejo de dar um beijo na bochecha dele. Strachan ainda me olhava confuso quando saí correndo porta afora.

Eu estava tão pronta para começar a procurar que não prestei muita atenção em nada naquele dia. Almocei com Dustin e Madison de novo; fiel à sua palavra, Dustin chegou atrasado para a primeira aula e também foi condenado ao purgatório pós-escolar.

— Você não está preocupado de eles te expulsarem da escola também? — perguntei a ele.

— Está brincando? Eu fiz parte do time de futebol americano — disse ele. Madison resmungou e murmurou alguma coisa que parecia muito "merda de tratamento diferenciado".

Eu praticamente quicava no banco comprido e duro do refeitório. Dustin Jr. estava com um humor alegre, balançando os braços e babando no macacão felpudo. Vendo Madison cuidando do bebê, fiquei impressionada com o quanto ela mudou. Ainda era durona, mas agora parecia protetora. Dava para ver que ela não sabia bem o que estava fazendo. Às vezes, parecia quase apavorada com o bebê, como se pudesse deixá-lo cair ou fazer alguma coisa errada. Dustin, obviamente, também não tinha a menor ideia de como lidar com uma criança. Mas os dois olhavam para o carinha com muito amor. Era estranho ver a pessoa que tornara a minha vida infeliz por tanto tempo ser tão atenciosa e vulnerável. Madison era boa em tudo sem se esforçar. Mas acho que nem ela era páreo para cinco quilos de recém-nascido berrando, cuspindo e se machucando com facilidade.

Eu me perguntei se minha mãe tinha sido assim quando eu era bebê. Se ela e meu pai me olhavam com a mesma expressão desamparada e boba de amor animal. Se alguém um dia me amaria assim de novo. *Nox*. Empurrei esse pensamento para dentro de um armário na parte de trás do meu cérebro e bati a porta. Nox fez sua escolha, e eu não o culpava. Sabia que Oz sempre viria em primeiro lugar no coração dele. Se eu sentisse algo tão forte em relação a um lugar, também o colocaria antes das pessoas. Talvez eu simplesmente não estivesse destinada a ter um lar. Mas o mínimo que eu podia fazer era ajudar Nox a salvar o dele.

— Está pensando em quê, Amy? — Madison, depois de ter envolvido Dustin Jr. no embrulho de bebê outra vez, estava me olhando. — Parece que foi pra outro planeta. Um planeta, tipo, muito triste.

— Em nada — falei, um pouco rude demais. Mas ela não pareceu se importar.

— É, sei bem como é.

Por um instante, eu quis explodir com ela. O que Madison sabia sobre tristeza de verdade? E aí pensei em como a vida dela devia ser agora, em como suas supostas amigas tinham fugido no instante em que ela se transformou em uma história de alerta sobre mães adolescentes, e percebi que Madison provavelmente sabia muito mais sobre sofrimento do que eu achava.

A detenção era uma coleção heterogênea dos maiores fracassados da escola (nos quais eu provavelmente teria sido incluída, mesmo que *não tivesse* me oferecido para prestar serviços no período da minha sentença): alguns maconheiros, um cara que eu reconheci de uma das minhas turmas no primeiro ano, que sempre se metia em brigas nos corredores, e uma menina com permanente louro-platinado malfeito e calça jeans lavada saída de 1997, que revirou os olhos para mim quando aceitei ansiosa o aspirador de pó e o pano de limpeza. O orientador, sr. Stone, entregou suprimentos para os meus companheiros detentos e depois murmurou instruções tão baixo que podia muito bem estar falando em outro idioma. Naquele momento, a porta se abriu, e Dustin entrou.

— Oi, Amy — disse ele. — A gente devia...

— Nada de socialização! — disse o sr. Stone, meio que voltando à vida. Dustin pediu desculpas e aceitou seu frasco de limpador de vidro. — Ajude Gumm com as salas de aula de ciências — acrescentou Stone.

— Na verdade, senhor, achei que podíamos limpar a biblioteca — disse Dustin inocentemente. — Esse foi o meu trabalho da última vez. Sou um verdadeiro especialista.

O sr. Stone encarou Dustin como se ele estivesse aprontando alguma coisa — o que, claro, ele estava. Mais ou menos. Mas Dustin simplesmente devolveu o olhar com uma expressão vaga e inocente. Tive que desviar o olhar, senão eu ia cair na gargalhada.

— Tudo bem — grunhiu o sr. Stone. — Mas vou ficar de olho em vocês. Qualquer promiscuidade... — Ele parou de repente e ficou vermelho. Um dos maconheiros riu e espirrou o nome de uma doença venérea.

— Já chega! — gritou o sr. Stone. — Por causa disso, você vai cuidar do banheiro, Carson. — O sr. Stone jogou um conjunto de chaves para Dustin, e eu escondi outro sorriso enquanto o seguia até a biblioteca.

Eu nunca tinha ido à biblioteca da escola. Pelo que sabia, ninguém tinha. Dustin destrancou a porta do que parecia um armário de zelador aumentado: uma pequena sala sem janelas cheia de prateleiras de metal enferrujadas repletas de livros que não eram novos nem quando minha mãe estudou ali. Parecia que as prateleiras não eram limpas desde a última vez que Dustin esteve na detenção. A pequena e triste exibição de livros em uma mesinha perto da porta tinha o tema da primavera – apesar de estarmos no outono. Não havia nem um bibliotecário; se quisesse pegar livros, tinha que apanhar as chaves emprestadas de um professor e honrar a devolução. O roubo de literatura não era exatamente um crime muito preocupante na nossa área da pradaria. A escola provavelmente ficaria empolgada só de saber que alguém sabia ler de fato.

O "arquivo", na verdade, era um armário na parte de trás da biblioteca. Dustin testou as chaves que o sr. Stone deu a ele, mas nenhuma se encaixava na fechadura.

– Droga – disse ele. Olhei para a frágil porta de madeira e depois para Dustin. Ele sorriu. – Sério?

– Vamos lá. Eu fiz seu dever de casa por um ano. Você me deve.

Ele fez que sim, solene.

– Bom argumento. – Colocando um pé contra o batente da porta, ele agarrou a maçaneta e puxou. Os músculos ficaram tensos sob o tecido macio da camiseta azul-violeta, e eu me lembrei, com uma pontada, de que já tinha tido uma *crush* enorme por ele. Dustin podia ser um pouco burro, mas era gostoso. A porta rangeu de um jeito alarmante e, com um puxão final, se separou do batente com uma rachadura.

– Uau. Não achei que isso ia funcionar. Você é forte mesmo.

Dustin corou de modéstia.

– É só, tipo, laminado – murmurou ele.

– Isso vai dar um problemão – falei, olhando para a tranca destruída.

– Que nada – disse ele. – Ninguém entra aqui. Eles só vão notar daqui a alguns anos.

Empolgada, olhei por cima do ombro dele para o conteúdo do armário: uma pilha inclinada de caixas de papelão empoeiradas, montes de tecido desbotado e, estranhamente, uma enxada antiga enferrujada. Só isso. Todo o arquivo histórico de Flat Hill, Kansas.

— Acho que este lugar sempre foi um lixo — falei. Dustin puxou a caixa superior da pilha, grunhindo de surpresa com o peso. Levantei a tampa, revelando uma pilha de anuários antigos. O primeiro era datado de 1967.

— Bem longe — disse Dustin, folheando-o. — Olha o cabelo desse cara.
— Ele apontou para um hippie com aparência feliz e cachos louros passando dos ombros, dignos de um comercial de xampu.

— Totalmente injusto — comentei. Afastei a caixa e fui para a próxima, enquanto Dustin olhava os anuários antigos. Mais anuários, uma caixa de jornais velhos, nenhum deles da época do artigo de Baum, um livro encadernado em couro cujo título, *Tales of the Prairie*, era destacado em relevo na frente com letras trabalhadas. Nada. Meu coração afundou. As pilhas de tecido eram aventais antiquados e uma bandeira azul esfiapada com PARABÉNS, TURMA DE 1934 costurado em letras vermelhas brilhantes.

— Acho que isso é tudo — disse Dustin, decepcionado.
— Tem mais uma caixa. Bem lá no fundo.
— Não estou vendo.

Estiquei as mãos para a caixa e as recuei com um grito. A caixa tinha me *espetado*. Coloquei o dedo na boca, sentindo gosto de sangue.

— Tem uma coisa afiada ali atrás — falei.
— Eu nem estou vendo o que você está tentando pegar.

Estendi as mãos de novo, com mais cautela desta vez, e aí senti, como um halo em torno da velha caixa surrada: o zumbido inconfundível da magia. A empolgação percorreu meu corpo. Eu estava *certa*. Havia alguma coisa ali — e alguém tinha tentado esconder. Alguém poderoso o suficiente para usar magia no Kansas. Alguém que conseguiu manter a verdade sobre Dorothy em segredo durante mais de um século. Alguém que *tinha* que ser de Oz.

— Me dá esses panos de limpeza — falei. Assim que Dustin me entregou, a porta da biblioteca se abriu, e nós dois congelamos.

— Não estou vendo muita limpeza acontecendo por aqui — resmungou o sr. Stone. Os olhos de Dustin estavam enormes.

— Ai, droga — sussurrou ele.

CATORZE

— O que está acontecendo aqui? — perguntou o sr. Stone, irritado, entrando na biblioteca.

Estávamos escondidos pelas prateleiras, mas, se desse mais alguns passos, ele nos veria, e não havia como explicar o que estávamos fazendo explorando uma pilha de caixas antigas ao lado de uma porta de armário arrombada. Dustin se levantou em um pulo e foi para a porta. Instintivamente, joguei a velha bandeira de formatura sobre mim e a pilha de caixas. Meu braço roçou na última caixa que eu tinha encontrado. Desta vez, ela não me espetou: ela me *queimou*. Como a sensação de metal frio o suficiente para congelar a sua pele e descascar a camada externa. E aí a queimação terrível desapareceu e uma sensação estranha rastejou pela minha pele, como o frio que se sente quando se passa tempo demais na neve.

Tudo ao meu redor foi escurecendo, até que as extremidades da sala se perderam em uma sombra densa e cada vez mais espessa. Fios de escuridão atravessavam o chão na minha direção. Uma forma esbelta e prateada saiu das sombras e olhou para mim. Estava quase toda escondida pela escuridão, mas eu conseguia ver túnicas negras e um crânio pálido e careca com uma coroa de ferro retorcido no topo.

Então, sibilou a criatura. Ouvi a voz apenas dentro da minha cabeça, e coloquei as mãos nos ouvidos em uma tentativa fútil de calá-la. *Você encontrou o que escondi, pequena bruxa. Meus parabéns.*

Lutei para dizer alguma coisa, mas a magia da criatura tinha colado a minha boca. *Quem é você?*, pensei desesperada.

Eu podia *sentir* seu sorriso cortando os meus pensamentos.

Você vai descobrir em breve, pequena bruxa. Você é poderosa e inteligente para ter descoberto com tanta facilidade o que escondi com tanto cuidado. Suas bruxas não conseguiram ver o que guardei aqui tantos anos atrás. Nem mesmo a sua Dorothy conseguiu encontrar o que tinha sido dela. Mas você encontrou sem magia, como se ela estivesse te chamando. Você é muito poderosa, de fato – talvez até mais poderosa que a minha outra amiguinha.

Que outra amiguinha? Ela estava falando de Dorothy?

Vamos nos ver outra vez, minha querida. Estou começando a achar que você vai ser muito útil para mim. Mas agora não é hora de explicações. Mande meus cumprimentos aos seus... amigos.

Uma pontada de dor aguda apunhalou o meu crânio, e gritei de agonia. Podia *ver* Mombi, Gert e Glamora, com a escuridão girando ao redor, e com olhares de medo e alarme. Nox, na pradaria em algum lugar, olhando para cima como se soubesse que eu estava observando do alto, abrindo a boca para dizer alguma coisa. A criatura riu e estalou os dedos, e uma nuvem de escuridão turbulenta desceu sobre os quatro, apagando os rostos da minha mente.

Até a próxima, pequena bruxa. Tome cuidado. Nem todos os seus amigos são confiáveis. E aí ela voltou para as sombras e desapareceu. Senti sua magia me soltar e caí no chão, com lágrimas de dor escorrendo.

– ... Amy? Ela está no banheiro – Dustin estava dizendo. – Está tudo bem por aqui, sr. Stone.

O orientador resmungou alguma coisa que não consegui entender, e a porta da biblioteca voltou a se fechar.

– Ufa – Dustin suspirou, seus passos vindo na minha direção. – Essa foi, tipo, realmente por pou... Amy? Cadê você?

— Estou bem aqui — respondi, com a voz arrastada. Minha boca estava com gosto de cinza e terra. Com esforço, afastei a bandeira de formatura e me sentei. Dustin estava me encarando com a boca aberta.

— Como você fez isso? — sussurrou ele.

— O quê?

— Você simplesmente... não estava aí. Amy, você não estava *aí*. E depois estava. Você simplesmente, tipo, apareceu. Você está bem?

— Estou ótima — falei, fingindo espirrar. — Não fui a lugar nenhum, eu me escondi embaixo dessa bandeira idiota. — Eu ainda estava atordoada com os efeitos da magia da criatura, mas tinha que convencer o Dustin de que ele não havia visto nada incomum. — Está muito escuro aqui, você só não me viu. Achei que eu podia me *esconder* embaixo dessa coisa, acredita? Como uma criança brincando de esconde-esconde, ha-ha. Que idiota. Hum, de qualquer forma, tem outra caixa lá dentro.

Dustin ainda estava me olhando como... bem, como se eu tivesse sumido e depois reaparecido do nada. Mas o fato de não ser fisicamente *possível* sumir e reaparecer do nada estava funcionando a meu favor. Qualquer que fosse a explicação que ele ia criar sobre o que tinha acabado de ver, definitivamente não seria "um tipo de entidade sobrenatural muito assustadora e surreal simplesmente saiu das paredes, deixou a Amy invisível por um tempo para murmurar um monte de sugestões sinistras vagas e depois desapareceu".

— O que tem nela? — perguntou ele, sem conseguir controlar a curiosidade. Envolvendo as mãos nos panos empoeirados, levantei cautelosamente a caixa da parte de trás do armário. Mas a magia que a estava protegendo tinha desaparecido com o visitante misterioso, e desta vez ela parecia uma caixa comum quando a toquei. Era leve e pequena, mas alguma coisa se moveu dentro dela. Levantei as abas e, sem respirar, olhamos lá dentro.

Não havia nada na caixa, exceto um livro antigo. Eu o peguei e folheei as páginas. Estavam todas em branco. Meu coração afundou enquanto eu encarava o livro, virando as páginas várias vezes, como se olhar para elas de novo fosse fazer as palavras aparecerem. Um segredo, um feitiço – droga, até mesmo um mapa para chegar aos sapatos de Dorothy. Nada. Eu queria chorar. Tudo isso para quê? Eu nunca ia encontrar os sapatos idiotas, mesmo que eles existissem. As bruxas e eu estávamos presas no Kansas para sempre. Dorothy ia destruir Oz, e não tínhamos como impedi-la.

— Amy, o que foi?

— Eu só estava esperando uma resposta – falei. Quem quer que fosse o visitante misterioso, ele estava desperdiçando seu tempo protegendo um livro em branco.

— Podemos continuar procurando, Amy – disse Dustin, querendo me animar. — Podemos... não sei, Topeka provavelmente tem uma biblioteca. Posso te levar de carro até lá se você quiser, desde que a Mad não se importe de cuidar do bebê. Não é nada...

A porta da biblioteca se abriu de novo, e nós dois quase pulamos até o teto.

— Acabou o tempo! – berrou o sr. Stone. – Vão pra casa, seus pequenos canalhas.

Felizmente, ele saiu sem se preocupar em verificar o nosso trabalho. Empurrei as caixas para dentro do armário e as cobri com a bandeira. No último minuto, coloquei o livro na minha bolsa. Talvez eu estivesse tentando me lembrar de que minha missão era mais desesperadora do que encontrar uma agulha em um palheiro. Fechamos a porta da biblioteca ao sairmos e devolvemos as chaves e o aspirador de pó para um sr. Stone mal-humorado.

— Posso te dar uma carona pra casa – ofereceu Dustin.

— Obrigada.

Fiquei em silêncio no carro, apoiando a cabeça na janela e olhando para fora, tentando ver alguma beleza no céu cinzento e banal e na terra lisa e empoeirada. *Acho bom eu me acostumar com isso*, pensei. *Desta vez, estou aqui para sempre.*

QUINZE

Minha mãe e Jake estavam sentados lado a lado no sofá quando voltei para o apartamento dela, vendo o noticiário de mãos dadas. Quando entrei, os dois se separaram em um pulo, corando, como se eu tivesse acabado de pegá-los fazendo alguma coisa realmente escandalosa. Abafei uma risadinha.

– Querida! – exclamou minha mãe. – Eu não esperava que você chegasse tão tarde. Onde você estava?

Eu definitivamente não me sentia no clima para conversar, mas já tinha sido má o suficiente com minha mãe. Expliquei sobre a detenção, e ela sorriu radiante.

– Que decisão madura, Amy. Estou tão orgulhosa de você. – Até o Jake estava assentindo. Pelo menos eu tinha feito alguma coisa certa, mesmo que por razões erradas.

Naquela noite, Jake cozinhou. Ele era tão legal com a minha mãe que era difícil não gostar dele. Minha mãe tivera alguns namorados aqui e ali – se "namorado" fosse a palavra certa para os fracassados que ficavam no trailer por um mês ou dois, comendo toda a nossa comida e arrotando na frente da TV com um engradado de seis latas de cerveja, antes de desaparecerem de novo –, e tinha um instinto infalível para idiotas, aproveitadores e babacas.

Teve o cara que gostava de me seguir quando ela não estava em casa, me olhando de um jeito que me fez começar a carregar spray de pimenta para todos os lugares. Felizmente, não durou muito. Teve o que "pegou emprestado" um monte de dinheiro dela e depois desapareceu sem pagar. Por incrível que pareça, ela ficou surpresa. E também o que eu nunca vi sóbrio. Mas o Jake realmente parecia legal. Talvez ele *fosse* e não estivesse só fingindo até conseguir o que queria. Minha mãe desligou a TV, e nós nos sentamos à pequena mesa e comemos a caçarola que ele preparou, como se fôssemos uma família de verdade. Eu ficava esperando ele dizer alguma coisa cruel para minha mãe, ou encarar meus peitos, ou cuspir alguma coisa muito machista ou racista ou simplesmente nojenta, mas ele na verdade era... normal. Eu só havia ficado fora um mês no tempo da minha mãe, mas era como se eu tivesse voltado para um planeta diferente.

— Como foi a escola hoje, Amy? Deve ser difícil se ajustar à volta depois do seu... — ele fez uma pausa, como se não soubesse muito bem o que dizer — ... acidente — completou. Eu me perguntei o quanto minha mãe tinha contado a ele das suas teorias sobre meu desaparecimento.

— Foi bom — respondi, educada. — Não estou tão atrasada quanto pensava, na verdade. A Dwight D. Eisenhower não é exatamente Harvard.
— Ele riu da minha piada boba como se eu tivesse dito uma coisa incrivelmente engraçada. Minha mãe sorria enquanto ele me fazia mais perguntas. Que livros eu gostava de ler? Quais eram os meus filmes preferidos? E as comidas preferidas? Se ele se esforçava tanto para me impressionar, devia estar realmente interessado na minha mãe. Fiquei surpresa com o quanto eu estava feliz por ela. Precisava que Jake fosse bom assim depois. Quando eu fosse embora de novo.

Jake até lavou os pratos após o jantar — eu me ofereci, mas ele insistiu. Falei ao Jake e à minha mãe que eu estava cansada, embora só quisesse mesmo dar um pouco de privacidade para eles — e ficar sozinha para pensar. Assim que fechei a minha porta, o ar na minha frente começou a tremular, e Mombi se materializou.

— De novo? – sibilei. – Não consigo explicar uma velha aleatória em pé no meu quarto, se minha mãe entrar!

— "Velha" não é um termo muito educado, mocinha – grunhiu Mombi. – Pode me chamar de "bruxa velha". Enfim, não estou aqui de verdade. Gert, Glamora e eu ainda estamos nos escondendo nas Terras Sombrias. Só estou me projetando para ver como estão as coisas. Você e eu precisamos conversar.

— Achei que sua magia estava fraca demais pra você passar por aí como se estivesse de férias. Ou vale tudo quando se trata de me espionar?

— Eu só espiono porque me preocupo – sibilou Mombi. – Ao contrário de algumas pessoas que parecem ter esquecido por que estão aqui.

— Não me esqueci de nada. Agora me fala: o que está acontecendo?

— Parece que estamos nos ajustando a ficar distante de Oz. Ainda está longe de perfeito, mas pelo menos estamos nos tornando poderosas o suficiente pra uma pequena projeção astral.

— Não tenho certeza se isso vai ajudar – falei, sem emoção. Afundei na minha cama e contei tudo para ela. Sobre o artigo do jornal, invadir o armário da biblioteca, encontrar a caixa misteriosa. Quando cheguei à criatura que se intrometeu na minha detenção com Dustin, Mombi me interrompeu.

— Me conta essa parte outra vez – disse ela, com a voz baixa e urgente. – O que você viu?

— Uma coisa alta e magra. Roupas pretas. Careca. Acho que tinha uma coroa.

— E o que ela disse pra você?

Eu me esforcei para lembrar, mas era como tentar olhar através de uma névoa.

— Não consigo lembrar exatamente. Alguma coisa sobre eu ter descoberto o que ela tinha escondido. Acho que deve ser a pessoa que encobriu a verdade sobre Dorothy. O fato de ela ser real, quero dizer. – Estremeci. – Dustin não conseguiu ver.

— Ele não seria capaz — disse Mombi de um jeito sombrio. Ela olhou para o nada por um instante, massageando o queixo com o polegar. — Não pode ser ele — murmurou ela. — Ozma o eliminou. Será que ele realmente esteve aqui todo esse tempo?

— Quem? — perguntei. Mombi continuou falando consigo mesma. — Mombi, *quem*?

Ela suspirou e balançou a cabeça.

— O Rei Nomo — disse ela. — Acho que você viu o Rei Nomo. Mas se for... estamos com problemas de verdade.

— O que é um Rei Nomo? Parece um tipo de cogumelo.

Mombi bufou.

— Quem, não o quê — disse ela. — *Quem*. O Rei Nomo é o rei dos Nomos. Nomo começando com *n*, não *g*, devo ressaltar. Não erra isso. Ele é muito vaidoso em relação à ortografia. Arrancou os membros de um dos seus escavadores um por um enquanto ainda estava vivo, só porque ele pronunciou com *g*.

Engoli em seco. Isso se encaixava muito bem com o cara assustador que apareceu magicamente diante de mim na biblioteca. Meu interesse em me encontrar com ele outra vez estava bem... digamos que sempre estaria bem baixo.

— Escavadores? Ele escava coisas? O que ele é, tipo um troll? Eles não vivem nas montanhas?

Mombi deu um suspiro irritado.

— Todo o tempo que Glamora passou te ensinando a diferença entre um pão e um bolinho, e ninguém se preocupou em te ensinar sobre o Rei Nomo. Típico.

— Bem, não foi culpa minha.

— Um troll é um monstro grande e estúpido — Mombi falou por entre os dentes cerrados, como se doesse ter que explicar uma coisa tão básica. — Você bate com força suficiente na cabeça... acabou o troll. Um troll é molezinha. Um Nomo é mais como um cruzamento entre uma fada e um demônio. Coisas malignas. Eles vivem no submundo de Ev, do outro lado do Deserto Mortal.

— Nunca ouvi falar disso.

— Sinceramente, não faz muito sentido saber disso — disse Mombi. — A questão é que o Rei Nomo tentou invadir Oz séculos atrás, mas Ozma o deteve. Ela o obrigou a fazer um juramento para deixar Oz em paz enquanto ela governasse... — Mombi deixou a voz morrer e me olhou enquanto esperava a ficha cair.

— Ozma não está mais no poder — falei.

— Parabéns, aluna preferida — respondeu ela, e ignorei seu tom de desprezo.

— Mas, se ele está tentando invadir Oz, o que está fazendo aqui?

— Ainda não sei. Mas pelo menos parte disso faz sentido. Se foi ele que apagou qualquer prova de que Dorothy era uma pessoa de verdade, *deve* saber sobre os sapatos. É possível que os esteja usando para viajar de um lado pro outro. Ou ele tem um poder próprio. A magia em Ev não é como a magia em Oz. Não segue as mesmas regras. Ev é tão diferente de Oz quanto o Outro Lugar. É impossível adivinhar o que exatamente ele está aprontando, mas de jeito nenhum é uma boa notícia pra nós.

— Ele disse alguma coisa sobre eu ser mais poderosa do que a "outra". Acho que ele quis dizer Dorothy. E me disse pra não confiar em ninguém — falei, me lembrando.

— Minha nossa — disse Mombi baixinho. Seu rosto curtido ficou branco. Foi quando eu soube que estávamos com problemas sérios. — Ele sabia quem você *era*? Isso não é nada bom.

— Você não está me tranquilizando.

— Isso significa que precisamos encontrar os sapatos antes que ele faça qualquer outra coisa. Faz isso, e pode ser que a gente volte ao páreo. Talvez. — Ela franziu a testa. — Mas não gostei nada disso, mocinha. Você vai ter que ficar muito esperta. Se ele estiver usando Dorothy de algum jeito e decidir que você pode ser uma mascote mais valiosa... — Ela não precisava terminar. Eu não queria pensar no resto dessa frase. Não ali, no lugar em que eu quase me sentia segura pela primeira vez em meses: o quartinho cor-de-rosa que minha mãe criou enquanto esperava a minha volta. Eu sabia que a segurança era uma ilusão. Aprendi em Oz que sempre foi. Mas eu não podia evitar. Parte de mim queria fingir que o quarto era suficiente para me proteger. Que eu podia ficar ali e voltar a ser uma pessoa comum. Que eu podia sair daquela missão sem fim e deixar alguém assumir o cargo por um tempo.

Mas não consegui dizer nada disso à bruxa velha — apesar de que, pelo modo como me olhava, eu tinha certeza de que ela era capaz de adivinhar pelo menos uma parte. Voltei meus pensamentos para a missão. Que já estava, afinal, bem encrencada por si só.

— Mombi, eu não sei como encontrar os sapatos. Pensei que poderia achar uma pista na biblioteca, mas foi um beco sem saída.

— Por que o Rei Nomo apareceria pra você envolto em poço de trevas, se você estivesse num beco sem saída, Amy?

Ela tinha razão nisso.

— Mas eu não encontrei nada. Só um velho livro em branco.

— Deixa eu ver — ordenou ela.

Vasculhei a minha bolsa e peguei o livro, entregando a ela, mas ele atravessou as mãos de Mombi.

— Maldita projeção — murmurou ela. — Eu sempre esqueço. Vire as páginas pra mim.

Mais uma vez, folheei o livro enquanto os olhos afiados de Mombi observavam as páginas em branco.

— Dá pra sentir o poder nesse livro. Você não sente?

Fechei os olhos, me concentrando no peso do livro nas mãos. E, quando prestei atenção, entendi o que Mombi queria dizer. Mal dava para sentir, mas era inconfundível — como a carga em uma tela de televisão depois que era desligada.

— Você está certa. Tem alguma coisa nele.

— Vou canalizar minha magia através de você — disse Mombi. — Deve funcionar. Você não vai precisar de nenhum poder seu, só precisa ser um canal. Mas pode ser demais eu desbloquear o que esse livro está escondendo e continuar me projetando aqui. Se eu desaparecer... você vai estar por conta própria de novo. E se não houver nenhuma pista de como encontrar os sapatos...

Ela não precisava terminar. Se eu não encontrasse os sapatos, estávamos ferrados.

— Vamos logo — falei, com mais confiança do que sentia. A ideia de Mombi me usar como um canal era estranha e meio assustadora, mas pelo menos faríamos alguma coisa. Se Mombi não estava pronta para desistir, eu também não estava. — Ninguém se esforçaria tanto pra esconder um livro se não tivesse alguma coisa importante nele.

Mombi me olhou de forma aprovadora, e vi algo parecido com respeito cintilando nos seus olhos. Foi meio legal. Nem sempre nos entendíamos, e eu ainda não tinha ideia se ela se importava muito comigo. (Vamos encarar: provavelmente não.) Mas ainda significava alguma coisa para mim ter o respeito da bruxa velha. Ela fechou os olhos e começou a pronunciar sem som as palavras de um feitiço. De repente, eu me lembrei do que vi quando o Rei Nomo me paralisou. As bruxas, me olhando com medo. E Nox, sozinho em algum lugar na pradaria. Será que o que eu tinha visto era real? O que ele estava fazendo lá?

— Espera! — falei. Ela abriu os olhos de novo, desta vez parecendo um pouco irritada. Que pena. — Como está Nox? Onde ele está? — Mombi me lançou um olhar tão seco que, se ela realmente estivesse no quarto, eu provavelmente teria me encolhido.

— Ele está *ótimo*, e você não precisa saber mais nada — disse ela, indignada. — Está pronta agora?

Eu queria perguntar mais, mas sabia que não devia forçar a barra. Onde quer que Nox estivesse, ele não podia ou não queria entrar em contato comigo — e nenhuma das opções era atraente. Se as bruxas o tivessem mandado para uma missão secreta, Mombi obviamente não ia me contar. Ela já tinha fechado os olhos e voltado ao seu feitiço. O livro nas minhas mãos começou a irradiar calor.

Eu podia sentir a magia de Mombi se movendo através de mim, mas era estranho e conflitante, não o sentimento familiar de compartilhar poder que eu tinha experimentado antes. Como se eu fosse apenas um pedaço de cano pelo qual seu poder estava fluindo, tão sem importância quanto um pedaço de plástico sem vida. Lutei para me libertar do sentimento incômodo, para deixar Mombi trabalhar através de mim.

— Não relute — sibilou ela por entre os dentes trincados.

A tensão do feitiço ficava evidente no seu rosto. Ela estava pálida, e as rugas profundas nas bochechas velhas e marcadas se destacavam com um contraste pungente. O livro se abriu nas minhas mãos por vontade própria, suas páginas virando freneticamente em uma brisa invisível. Ofeguei alto e quase o deixei cair quando uma minúscula nuvem negra de tinta serpenteante se formou sobre as páginas, pingando e se moldando em pequenas linhas que se transformavam em letras. As páginas passavam cada vez mais rápido, se enchendo de palavras. O livro explodiu em calor nas minhas mãos, a capa fumegando. Não aguentei; deixei o livro cair com um grito e ouvi sua lombada rachar quando bateu no chão.

— Amy! — Mombi ofegou. — Você tem que... — Mas seu contorno já estava enfraquecendo, e tudo que ela ainda tinha a dizer se perdeu enquanto sua imagem tremulava e desaparecia.

— Tudo bem aí dentro, querida?! — gritou minha mãe, batendo de leve na porta.

— Tudo ótimo! — gritei, chutando o livro ainda fumegante para baixo da cama.

— Você estava me perguntando alguma coisa?

— Só estava falando sozinha! — Eu a tranquilizei. Ela desejou boa noite de novo, e eu a ouvi se ajeitar no sofá com um suspiro. Esperei longos minutos até ouvir seus roncos suaves do outro lado da porta, depois peguei o livro. Ele tinha refrescado o suficiente para se tocar, mas ainda o manuseei com cuidado, meio esperando que me mordesse.

Continuava sendo só um diário comum e velho, a capa de couro enegrecida nos lugares onde o feitiço de Mombi o havia queimado, mas agora as páginas estavam preenchidas com uma caligrafia cursiva miúda em estilo antigo. Eu o abri em uma página aleatória e, com os olhos semicerrados, tentei distinguir as letras minúsculas e elegantes.

... Millie está crescendo e ficando muito bonita. Todos os dias ela coloca pelo menos um ovo. E diz que vai ser uma Poedeira Premiada e talvez eu possa inscrever ela na Feira no próximo verão! Eu ficaria tão orgulhosa se ela ganhasse uma medalia!

Totó está tão fofo hoje. Estou ensinando ele a pegar a bola, mas ele só quer brincar!

— *Cacete* — sussurrei. Era isso. Tinha que ser. Só havia uma garota no Kansas com uma tia chamada Em e um cachorro chamado Totó: Dorothy Gale, a garota que foi a Oz. Virei as páginas, observando as entradas do diário de Dorothy. Mais sobre suas galinhas, seu cachorro, suas tarefas na fazenda. E aí: duas páginas em branco, e depois disso, em uma letra mais pesada e mais irregular:

NINGUÉM ACREDITA EM MIM. MAS EU FUI. ELES VÃO SE ARREPENDER UM DIA CADA UM QUE DISSE QUE EU MINTI.

Só isso. O diário acabava aí. O resto das páginas estava em branco. Nada sobre os sapatos, a volta ao Kansas ou qualquer coisa que tivesse acontecido em Oz. Se havia mais alguma escrita escondida, o feitiço de Mombi não tinha revelado. Suspirei e fechei o diário. Tudo que descobri foi que Dorothy era real — e eu definitivamente já sabia disso — e que alguém queria esconder esse fato. Alguém com muito poder. Alguém que eu tinha muita certeza de que não estava do meu lado. Escondi o diário de Dorothy embaixo do meu colchão e fechei os olhos. Eu teria outra ideia de manhã. Mas, no momento, estava exausta.

Me revirei na cama estreita durante um tempo e, quando finalmente dormi, tive sonhos terríveis, revivendo alguns dos piores momentos em Oz. O feitiço que usei para separar permanentemente Pete e Ozma enquanto Ozma gritava de dor. Decapitar o Leão, o jorro de sangue esguichando em mim. O corpo quebrado de Policroma. E, no fundo, Dorothy gargalhando, zombando da minha incapacidade de derrotá-la, seus sapatos vermelhos pulsando com aquela luz horrível.

Todo o resto desapareceu, e eu a encarei sozinha em uma planície aberta e empoeirada que era estranhamente familiar. Um relâmpago verde-acinzentado atingiu a terra estéril ao nosso redor, e trovões ressoavam ao longe. Os olhos de Dorothy estavam loucos, e um vento quente chicoteava seu vestido xadrez e soprou poeira nos meus olhos até eu mal conseguir enxergar. Procurei fundo dentro de mim a magia para lutar contra ela, mas não havia nada lá. Ela riu enquanto me observava em dificuldades, depois estalou os dedos. Impotente, vi uma escuridão serpenteante se juntar na palma aberta de sua mão. Dorothy ergueu a mão para jogá-la na minha direção, e levantei os braços como se isso de alguma forma fosse me proteger. Dava para ouvir alguém gritando o meu nome, mas de um jeito fraco, como se estivesse longe. Alguém familiar. Alguém que poderia me proteger. Dorothy avançou na minha direção, gargalhando aos gritos, e eu sabia que ela estava prestes a me matar.

— Mas você é só uma garota — falei, e seu rosto se enrugou de confusão. — Você é só uma garota do Kansas. Exatamente como eu.

— Não! — gritou ela, levantando a mão. — Eu não sou como você! Nunca mais serei aquela garotinha!

— Amy! — gritou a voz distante. — Amy, não! — De repente, eu soube quem era.

— Nox! – gritei seu nome no meu quarto escuro, sentando em um pulo com o coração disparado. Segundos depois, minha mãe abriu a porta do meu quarto e entrou correndo.

— Amy? Amy, você está bem? O que está acontecendo?

Levei muito tempo para me lembrar de onde eu estava.

— Tive um pesadelo – sussurrei. Minha mãe fez um sonzinho solidário e me abraçou, cantarolando o trecho de uma canção que ela costumava cantar para me fazer dormir quando eu era pouco mais do que um bebê.

— Está tudo bem – disse ela com delicadeza. – Estou bem aqui. Não vou a lugar nenhum. – Se eu *ia* voltar para Oz, não podia me deixar enfraquecer. Ninguém cantava canções de ninar no meio de uma guerra.

— Estou bem – falei de um jeito ríspido. – Pode voltar a dormir.

— Está bem, querida – disse ela baixinho e se virou para sair, fechando a porta. Precisei de toda a força de vontade que eu tinha para não chamá-la de volta. Eu só queria que alguém me abraçasse e me dissesse que ia ficar tudo bem. Mas teria sido uma mentira. Nada ia ficar bem de novo enquanto Dorothy estivesse viva.

Enquanto pegava no sono, pensei uma última vez em Nox. O sonho pareceu tão real – eu podia jurar que realmente o ouvi, como se ele estivesse mesmo tentando me ajudar. Mas eu não tinha ideia de onde ele estava, ou se queria me ajudar, mesmo que pudesse. Mombi havia desaparecido, e eu não sabia como entrar em contato com ela. Eu não sabia como voltar para Oz e não tinha nenhuma pista do que fazer. Desta vez, eu estava completamente sozinha. Senti as lágrimas umedecendo o travesseiro enquanto eu deslizava de volta para um sono escuro e misericordiosamente sem sonhos.

DEZESSEIS

Jake foi embora na manhã seguinte, mas minha mãe acordou antes de mim e fez ovos mexidos e torradas. Uma torrada muito, muito queimada. Peguei uns dois triângulos para ser educada, e ela suspirou.

— Ainda estou pegando o jeito dessas coisas domésticas — admitiu ela. — Você não precisa comer.

— A parte queimada faz bem — garanti, mas, quando ela virou de costas, joguei minha torrada no lixo.

Ela colocou outra sacola de almoço na minha mão enquanto eu ia para a porta.

— Te vejo à noite! — gritou ela. — Não vou chegar tarde do trabalho. — Ela fez uma pausa de apenas um segundo quando abri a porta. — Te amo, Amy — disse ela baixinho. Eu hesitei, e a porta se fechou em sua cara ansiosa.

— Eu também — murmurei enquanto me afastava.

Dustin e Madison já me esperavam quando cheguei à escola. Havia uma parte de mim que quase ansiava por aquela nova vida quase normal, com uma mãe que se preocupava em cuidar de mim e amigos que não eram Munchkins nem macacos falantes. Eu não tinha percebido o quanto queria aquele tipo de vida normal até tê-la (mais ou menos). Mas aí eu me lembrei de que Dustin e Madison só estavam sendo gentis comigo, e minha mãe só havia conseguido se recompor porque eu tinha desaparecido por um mês. Se eu tivesse ficado no Kansas, minha vida normal seria igual: um dia longo e terrível após o outro. Era muito estranho pensar nisso, e decidi não pensar.

— Pronta pro segundo dia de detenção? — Dustin me perguntou enquanto caminhávamos em direção à primeira aula. Eu tinha deixado o diário de Dorothy em casa, achando que estava seguro embaixo do meu colchão. — Talvez a gente encontre mais alguma coisa na biblioteca.

Eu estava prestes a dizer que não achava provável quando a ficha caiu. Se Baum tinha entrevistado a verdadeira Dorothy, talvez o segredo dos sapatos dela estivesse em algum lugar nos livros dele. Pelo menos, eu poderia pesquisar sobre o Rei Nomo. Baum usou as lembranças da Dorothy de verdade para escrever suas histórias, apesar de provavelmente ter achado que ela estava inventando tudo. Se ele tivesse descrito o Rei Nomo, eu poderia descobrir alguma coisa útil.

Estávamos passando pelo diorama velho e empoeirado de Dorothy quando Dustin parou de repente.

— Lá vem problema — disse ele em voz baixa. — Mad, talvez você devesse sair daqui. — Strachan estava vindo direto para nós, e parecia *muito* irritado.

— Não vou abandonar vocês — protestou Madison. Dustin Jr. começou a chorar.

— Srta. Gumm, sr. Cheever — disse o diretor assistente com frieza enquanto nos alcançava. — Tenho algumas perguntas sobre o trabalho de limpeza que fizeram ontem à tarde. — Ele enfatizou a palavra *limpeza* com um sarcasmo inconfundível. — Srta. Pendleton, pode ir pra aula.

— Mas... — Madison reclamou quando o primeiro sino tocou.

— Algum *problema*, srta. Pendleton?

Madison o encarou e, por um segundo, achei que ela ia brigar. Quando a capacidade de intimidação da Madison estava do meu lado, era bem legal. Até Strachan pareceu um pouco abalado. Mas, depois de uma pausa tensa, ela deu de ombros.

— Hoje não, *senhor* — disse ela, ninando Dustin Jr., que ainda chorava no embrulho de bebê. — Vejo vocês por aí — acrescentou, dando a Dustin pai um beijo ostentoso na boca com um estalo satisfeito antes de se virar e se afastar, sua bunda coberta de veludo cor-de-rosa rebolando de maneira atrevida. Eu tinha que reconhecer: a garota tinha atitude.

O corredor havia esvaziado, e só ficamos eu, Dustin e o diretor assistente diante da redoma de vidro velha e empoeirada. Pigarreei.

— Precisa de alguma coisa de nós, senhor?

Os olhos de Strachan se estreitaram.

— Tenho perguntas para você, Amy — sibilou ele. — Talvez seja melhor responder a elas no meu escritório.

Havia um brilho estranho e prateado nos seus olhos. Ao meu lado, Dustin ficou tenso. Eu também pressentia. Alguma coisa estava errada. O diretor assistente nunca tinha me chamado pelo primeiro nome. E havia alguma coisa estranha na sua voz. Parecia quase ecoar dentro da minha cabeça. Como o Rei Nomo na biblioteca. Assim que o pensamento atravessou a minha mente, o diretor assistente sorriu.

— Muito parecido mesmo, Amy Gumm — grunhiu ele. Eu não tinha falado nada em voz alta.

— Amy? — chamou Dustin, com um toque de medo se esgueirando na voz.

— Dustin, sai daqui — falei em voz baixa. — *Agora*. — Mas era tarde demais. O rosto de Strachan estava se esticando, seus traços se derretendo e escorrendo pelo peito para revelar o rosto retorcido e cruel da criatura que tinha me confrontado na biblioteca. Seu terno velho e sem forma caiu do corpo. Ossos estalaram e surgiram enquanto ele ficava mais alto. E, desta vez, Dustin definitivamente conseguia ver.

— Amy, o que está acontecendo? — perguntou ele quando a casca que tinha sido o diretor assistente desabou e o Rei Nomo deu um passo na nossa direção.

— Silêncio, garotinho — sibilou o Rei Nomo, estalando os dedos. Senti sua magia conforme ela se movia pelo ar como uma onda de choque... direto para o Dustin.

— Se abaixa! — gritei, me jogando em cima dele e levando nós dois para o chão. O raio de mágica do Rei Nomo nos errou por centímetros e bateu na parede atrás com um enorme estrondo que ecoou. O prédio estremeceu, e as telhas do teto caíram ao nosso redor.

— O controle da pequena Dorothy em Oz está enfraquecendo — disse o Rei Nomo, sua voz assustadoramente calma. — Em breve, a magia de Oz terá minado completamente a força dela, e Dorothy não vai mais me servir de nada. Mas você, minha querida srta. Gumm, é feita de um material mais forte. Acho que você pode ser muito útil.

Absurdamente, pensei naqueles velhos episódios de *Scooby-Doo*, em que um personagem que todos achavam simpático era revelado como o vilão disfarçado. "Eu teria conseguido, se não fossem essas crianças enxeridas", soltava ele quando era levado. Era sempre difícil dizer se devia ser assustador ou engraçado.

Mas aquela situação não era nada engraçada. Sem minha magia, eu não tinha como me defender — e estava sozinha. Eu tinha que nos tirar daqui antes que o Rei Nomo matasse Dustin e me pegasse, e não tinha ideia de como ia fazer isso.

— O que você quer dizer com útil? O que você fez com o verdadeiro Strachan?

Se eu não podia lutar contra ele, talvez pudesse distraí-lo por tempo suficiente para Dustin fugir. Seus olhos se moveram involuntariamente para o diorama de Dorothy, e, pela primeira vez, notei uma figurinha extra — a imagem cuspida do diretor assistente Strachan, até o terno desalinhado e os sapatos gastos. Estremeci. Eu nunca tinha gostado do cara, mas não teria desejado *aquilo* para ele. E aí percebi outra coisa. A Dorothy em miniatura estava usando um par de sapatos em miniatura que brilhavam sob uma camada de poeira. Sapatos prateados.

Quando se aprendia a reconhecê-la, a magia ficava inconfundível. Só era preciso saber o que procurar. Era como o talento que minha mãe tinha para detectar a única blusa na prateleira com um buraco minúsculo, para conseguir um desconto. E os sapatos prateados no diorama eram mágicos pra caramba. Eram tão mágicos que ficar tão perto deles estava me dando uma sensação de formigamento no estômago.

Eu tinha encontrado. Não fazia ideia de como chegaram até ali, mas os sapatos estavam bem na minha frente o tempo todo.

O Rei Nomo sorriu.

– De fato – disse ele. – Escondidos bem à vista até hoje. Achei que poderiam ser úteis um dia. Não tenho o menor problema para me movimentar entre os mundos, querida srta. Gumm, mas nem todos têm tanta sorte. Se você for a próxima governante de Oz, vai precisar de um jeito para voltar. Posso te oferecer um novo par de sapatos?

A próxima governante de Oz? Do que ele estava falando? Se o Rei Nomo queria o controle de Oz, qual seria a minha utilidade? Será que ele estava por trás do retorno de Dorothy a Oz? E, se estava, por quê?

– Talvez possamos chegar a um acordo – falei com cuidado, dando um empurrão em Dustin. Por mais que estivesse confuso, ele entendeu a mensagem. Enquanto eu me levantava devagar, encarando o Rei Nomo, Dustin se afastou engatinhando.

O Rei Nomo riu.

– Um acordo? Acho que você não está em posição de negociar, Amy Gumm.

– Ela não está – disse uma voz familiar atrás de mim. – Mas talvez eu esteja.

O sorriso do Rei Nomo se alargou, e seu esgar cheio de dentes era ainda mais assustador do que sua expressão normal.

– Que emocionante – disse ele. – Bem-vindo à festa, pequeno mágico.

DEZESSETE

— Nox — sibilei. — O que você está fazendo aqui?

— Você não pode usar magia, Amy. De jeito nenhum você consegue lutar sozinha contra o Rei Nomo.

— Foi Mombi que te mandou? — Ele não respondeu, mantendo os olhos no Rei Nomo, o que me fez pensar que tinha vindo por conta própria. Eu não sabia quais eram as consequências para quem desobedecesse às ordens do Quadrante, mas imaginei que Gert, Glamora e Mombi não ficariam muito felizes com a missão solitária de Nox.

O Rei Nomo obviamente estava curtindo o momento.

— Você realmente acha que pode protegê-la de *mim*, garoto? A *sua* magia mal funciona aqui. Você está fraco e longe de casa. Recomendo que deixe o assunto morrer. Não tenho nenhuma vontade de fazer mal à sua *amiga*. — A maneira como ele enfatizou a palavra indicava que tinha adivinhado o que Nox e eu sentíamos um pelo outro, e que achava isso engraçado.

— Isso não é um jogo — murmurou Nox. Eu sabia o que ele estava fazendo. Afinal, Nox me treinara. Ficava testando as defesas do Rei Nomo, procurando uma fraqueza. Mas o Rei Nomo já tinha falado que a magia dele não funcionava como a nossa.

— Amy, quem são essas pessoas? O que... o que aconteceu com o Strachan?

Droga. Eu tinha me esquecido do Dustin. Ele ainda estava no corredor.

— Dustin, estou falando sério! Sai daqui! – sibilei.

— Eu não vou te deixar!

— Eu sei me defender! – Ele não se mexeu. – Vai chamar a polícia! – gritei. Não havia nada que um policial do Kansas pudesse fazer para impedir uma criatura como o Rei Nomo, mas pelo menos isso ia tirar Dustin do caminho para ele não se machucar.

— Eu não vou te deixar! – repetiu ele.

— *Sai daqui!*

O Rei Nomo pulou para a frente, estendendo os dedos longos e finos na minha direção.

— Amy! – gritou Nox.

— Estou vendo! – Eu me desviei dos braços do Rei Nomo, meu treinamento entrando em ação enquanto dava cambalhotas pelo corredor e aterrissava agachada ao lado da redoma. Mas o Rei Nomo não vinha na minha direção: ele estava atacando Nox, que lançou um rápido escudo que o Rei Nomo afastou como se fosse feito de teias de aranha.

— Este assunto não diz respeito a você, criança – disse ele, sem emoção. – Se quiser partir, vá agora.

— Eu não sou criança – disse Nox com raiva.

Ele ergueu as mãos incandescentes, com feixes de fogo lambendo seus dedos e se condensando em uma bola de fogo nas palmas das mãos. O Rei Nomo riu – aquela mesma risada horrível e sinistra que deslizou para dentro do meu crânio como a lâmina de uma faca. Uivei de dor, levando as mãos aos ouvidos. Nox também estava encolhido, com línguas de fogo escorrendo inofensivas de seus dedos. Eu tinha que nos tirar dali. Não podíamos lutar contra o Rei Nomo se eu não tivesse magia. E não tinha dúvida de que mataria Nox se ele se metesse no caminho do que o rei queria comigo.

Podia ser pior, pensei. *Pelo menos ele não gosta de purpurina.*

Os sapatos prateados eram a única chance que eu tinha para escapar com Nox. Mas o Rei Nomo queria que eu os usasse. No que ia me meter, se obedecesse a ele sem querer enquanto tentava salvar a vida de Nox? O Rei Nomo avançou em direção a Nox, sorrindo, os dedos longos e finos de cada mão se estendendo e ficando prateados como os dos asseclas com dedos de faca do Homem de Lata. Se eu não agisse agora, Nox estava ferrado. Tirei meu casaco de moletom, enrolei duas vezes no braço e bati com o cotovelo na redoma de vidro do diorama com toda a minha força. A dor subiu queimando pelo meu braço, e, por um segundo, achei que eu tinha sido idiota o suficiente para quebrar o braço em vez do vidro. Mas uma rachadura comprida e gratificante apareceu na redoma. Mais um golpe, e ela se estilhaçou. Atrás de mim, Nox e o Rei Nomo estavam se rondando, o rei se movendo com leveza e os movimentos de Nox tensos de ansiedade. O Rei Nomo ficava brincando com ele como um gato batendo em um rato antes de matá-lo. Mas, pelo menos, seu joguinho doentio estava mantendo Nox vivo por enquanto.

— Amy! — Nox ofegou. — O que você está fazendo?

— Tentando salvar sua vida, tenho certeza — disse o Rei Nomo, parecendo entediado. — Não sei por que ela se dá o trabalho.

— Você realmente não parece um cara que entende muito de amizade — resmunguei, pegando a figurinha de Dorothy no meio dos cacos de vidro. Assim que encostei nos sapatos, deu para sentir a magia percorrendo-os como uma corrente elétrica. Eles começaram a brilhar com uma luz suave e quente que encheu o corredor. Dustin, Nox e o Rei Nomo congelaram. Os sapatos cresceram nas minhas mãos, como um daqueles bichinhos esponjosos que se mergulhava na água, até ficarem exatamente do tamanho certo para os meus pés. Chutei meus tênis para longe e calcei os sapatos.

— Muito bom, Amy — ronronou o Rei Nomo no instante exato em que Dustin gritou:

— Amy, não! Só pode ser uma armadilha!

Eu não era idiota. Essa possibilidade já me ocorrera. Mas eu não sabia que outra opção nós tínhamos. Eu precisava deixar Nox e Dustin em segurança antes que o Rei Nomo matasse os dois.

Mas uma coisa incrível estava acontecendo. Assim que calcei os sapatos, eles começaram a mudar. As solas engrossaram e o fino tecido de seda, coberto com dezenas de lantejoulas costuradas à mão, subiu pelos meus tornozelos. Os cadarços prateados se enfiaram nos ilhoses prateados e polidos.

Os sapatos mágicos da Dorothy se transformaram em um par de coturnos de couro enfeitados com diamantes – e se encaixavam melhor em mim do que qualquer sapato que já tivera. Não dava para descrever a sensação de usá-los. Era como ser abraçada por um velho amigo querido. *Tudo vai ficar bem*, os sapatos pareciam sussurrar. Sua delicada presença me encheu dos pés à cabeça. Levantei as mãos e vi que elas brilhavam com a mesma linda luz prateada que vinha dos sapatos. Dava para sentir a magia fluindo pelo meu corpo como se eu fosse uma madeira oca em um riacho transparente. Eu estava calma, mais calma do que nunca. Nada mais importava. Eu me sentia a mil quilômetros de distância do caos no corredor. Sabia que, se pedisse, os sapatos me levariam para qualquer lugar que eu quisesse. E eu sabia aonde queria ir: de volta para Oz. Fechei os olhos e me preparei para invocar o poder para ir para casa.

– Amy! – gritou Nox, e meus olhos se abriram de novo. Como foi que eu me esqueci dele? O que eu estava fazendo? Encarei meus pés brilhantes. Se os sapatos faziam parte do plano do Rei Nomo, como eu podia confiar na magia deles?

Não tinha tempo de me preocupar com isso. O Rei Nomo bateu palmas, alegre, quando viu os sapatos nos meus pés. Nox avançou, tentando derrubá-lo, bem quando Dustin saltou para a briga. Seus olhos estavam enormes de medo, mas tinha uma expressão determinada. Ele ia morrer lutando por mim – mesmo sem ter a menor ideia do que estava enfrentando.

— Dustin, para! — gritei, mas era tarde demais. O Rei Nomo jogou uma bola de fogo nele com tanta rapidez que eu nem vi suas mãos se moverem. — Não! — berrei, estendendo a mão livre para o fogo.

Minhas botas brilharam com luz e poder, e eu finalmente senti o impulso de resposta da minha magia enquanto uma teia de fios de luz fracos e cintilantes saía da ponta dos meus dedos. Não foi suficiente para desviar a bola de fogo do Rei Nomo, mas minha rede sugou um pouco de sua força antes que ela batesse diretamente no peito do Dustin. Sua boca se abriu formando um O redondo de surpresa quando ele olhou para a cratera enegrecida se espalhando pelo peito, então soltou um gemido baixo e caiu devagar para trás.

— Dustin! — gritei. Ouvi pancadas e gritos no corredor e uma sirene ao longe.

Alguns professores viraram a esquina correndo. O Rei Nomo ergueu as mãos, e outra onda de choque os fez voar para trás. Nox, abandonando a magia, se jogou contra o Rei Nomo, que o afastou com facilidade. O rei estendeu a mão e conjurou uma massa de longos e finos fios de escuridão, que começaram a girar e a se expandirem, rodopiando cada vez mais rápido.

— Minha querida srta. Gumm — disse ele suavemente, sua voz arrastada provocando arrepios na minha coluna. — Sinto dizer que está na hora de dar adeus ao seu namoradinho. Vou te levar de volta para Oz agora, onde é o seu lugar.

A massa serpenteante de escuridão subiu como um balão, arrancando azulejos do chão e os fazendo girar e atravessar as janelas quebradas. De repente, percebi o que ele estava fazendo. Convocara um tornado. Eu estava com os sapatos de Dorothy e sabia que o Rei Nomo queria me mandar de volta para Oz. E também que ele não ia simplesmente deixar Nox para trás — o rei não podia se arriscar a deixar um dos Quadrantes. Ele ia matá-lo.

Não tínhamos muito tempo. Na verdade, nenhum. Eu queria ajudar Dustin. E também dizer a Madison o quanto eu esperava que ela saísse de Flat Hill um dia. Queria me despedir da minha mãe. Mas eu não tinha escolha. Era voltar para Oz ou ver Nox morrer naquele corredor.

— Nox! — gritei. — Vamos! — Ele notou meus sapatos com um olhar de relance e se afastou do Rei Nomo, me envolvendo em seus braços. — Nos leve para casa! — berrei por cima do uivo furioso do tornado. Os sapatos dispararam raios de luz branca, e nós flutuamos... para *dentro* do olho da tempestade.

Em pé no meio do corredor destruído, cercado de vidros estilhaçados, sangue e escombros, o Rei Nomo nos observou indo embora. Um sorriso enorme e aterrorizante se espalhou lentamente pelo rosto dele. *Te vejo em breve, srta. Gumm*, sua voz terrível perfurou a minha cabeça. E aí o tornado nos pegou, e tudo ficou escuro.

DEZOITO

A primeira coisa que ouvi foi o canto dos pássaros. O pânico se apossou de mim. Se eu não me apressasse, ia me atrasar para a escola. Minhas pálpebras pareciam estar grudadas. Levantei a mão para esfregá-las e estremeci quando a dor percorreu meu corpo. Tudo doía, desde a cabeça até os dedos dos pés. Me mexer só piorava as coisas. Algo pesado estava prendendo meu outro braço. E o canto dos pássaros que eu estava ouvindo não era nada que alguém do Kansas reconheceria. Para começar, as notas estavam todas erradas. Depois, o som vinha do chão.

— Amy? Você está bem? — A voz era familiar. Áspera e baixa. Uma voz de garoto. — Fica parada. Acho que você pode estar machucada. — O peso no meu braço imóvel mudou, e dedos gentis tocaram minha bochecha. — Precisamos conseguir ajuda pra você.

Finalmente, abri os olhos. A centímetros do meu rosto, alguém estava me olhando preocupado. Alguém que eu reconhecia. Fiz um esforço para lembrar o seu nome.

— Nox — balbuciei. — O que aconteceu? Onde estamos?

— Você conseguiu, Amy — disse ele. — Estamos de volta a Oz. Do lado de fora do antigo palácio do Homem de Lata. Acho que pousamos na horta.

Apesar de tudo, comecei a rir. Doía pra caramba, mas eu não me importava.

– Acho que estou chateada com você – falei.

– Eu sei – disse ele, e depois me beijou.

Eu não conseguia me mexer sem que a dor subisse pelo meu corpo, e imaginei que Nox estava igual – só que ele estava deitado em cima de mim. Nox tinha o gosto de Oz: como um campo de flores cantantes com aroma doce ou um punhado de frutassol da Lulu – selvagem e limpo. Seus lábios eram tão macios. Tudo ainda doía, mas de repente eu não me importava. Fechei os olhos outra vez e me entreguei à sensação do beijo. Ele se remexeu e gemeu de dor, e comecei a rir de novo. Depois de um segundo, Nox também riu. Sua boca foi até o meu pescoço e, em seguida, para a orelha.

– Amy – disse ele suavemente, com a voz rouca de emoção. – Eu realmente não devia fazer isso, mas...

Eu sabia que beijos não iam resolver o que havia de errado entre nós. Mas eu queria os lábios dele nos meus. Desejava Nox perto daquele jeito pelo tempo que durasse. O beijo tinha gosto de roubado.

Alguém tossiu alto, e ele levantou a cabeça. Gritei, porque seu movimento desencadeou um novo fluxo de dores pelo meu corpo, depois abri os olhos, relutante. Mombi assomava sobre nós, com uma careta de desaprovação.

– Como você chegou aqui? – perguntou Nox, perplexo.

– Como você acha? Estamos todos unidos pela magia do Quadrante.

– Como um dos bruxos do Quadrante, Nox, você agora está conectado a nós – explicou Gert. – Podemos ver o que você vê e sentir o que você sente.

Espera... Isso significava que eu tinha acabado de beijar *todos* eles? Esse pensamento era nojento demais para expressar. Gert ergueu uma sobrancelha para mim antes de continuar:

— Nós percebemos o que estava acontecendo assim que você encontrou os sapatos originais da Dorothy e conseguimos pegar carona na magia que trouxe vocês dois de volta pra Oz.

— Este foi o primeiro lugar seguro em que conseguimos pensar, por isso teletransportamos vocês pra cá – acrescentou Glamora. – O palácio está abandonado; os Winkies se foram, o Homem de Lata está morto, e não é provável que alguém nos procure aqui. Mas não vai demorar muito pra Dorothy e Glinda descobrirem onde estamos. Não podemos nos esconder pra sempre da magia delas.

Esperei que me dissessem que eu havia feito um bom trabalho encontrando os sapatos, mas Mombi não tinha acabado de brigar com Nox.

— Você *sabe* como são as coisas – disse ela para Nox. – Isso não é brincadeira. Você nos desobedeceu no Outro Lugar e está nos desobedecendo agora.

— Achei que éramos iguais agora, como membros do Quadrante – respondeu Nox, casualmente. Será que ele tinha ignorado as ordens delas no Kansas para cuidar de mim? Isso explicaria por que havia aparecido do nada na escola. Lancei um olhar para ele, mas Nox não me encarou de volta.

— Você tem uma responsabilidade com Oz que é muito maior que qualquer outra coisa! – gritou Mombi. – Isso não está claro?!

Nunca a tinha visto tão irritada, e isso não era pouca coisa. Nox parecia um garotinho que foi pego roubando biscoitos ao se levantar em um pulo, pedindo desculpas com um murmúrio.

— Eu sei, Mombi – disse ele. – Me desculpa. Você está certa.

Ela ainda o encarava como se ele fosse um pedaço de alguma coisa podre que encontrara agarrado no sapato.

— Você leva o Quadrante a sério ou não, Nox? Há outros que poderiam ocupar o seu lugar.

Havia? Olhei de relance para ele. Nox parecia assustado. Se houvesse outras bruxas que pudessem ocupar seu lugar, talvez isso não fosse ruim.

Talvez ele pudesse simplesmente... pedir demissão. Talvez tivéssemos uma chance de ficar juntos.

Para com isso, falei para mim mesma. Estava me comportando como se ainda estivesse na escola. Isso era muito mais importante que os meus sentimentos – ou os de Nox.

– Vou cumprir o meu dever – disse ele rapidamente, sem me encarar. Não consegui evitar uma pontada de dor ao ver como foi fácil Nox desistir de mim, mas me mandei parar de ser criança.

– Nós acreditamos em você, Nox – respondeu Gert, com muito mais delicadeza que Mombi. – Eu sei que isso é difícil. – Ela olhou para mim. – Todos devemos nos sacrificar pelo bem maior – completou ela, e tive certeza de que as suas palavras eram dirigidas a mim. – Amy, você está muito ferida. Precisa da fonte de cura, mas infelizmente não temos esse luxo aqui. Fica parada, por favor.

Dava para sentir o calor da magia saindo das palmas das mãos dela e fluindo através de mim. Dava para senti-la se espalhando pelos meus braços e pernas. No início, a sensação era boa, como receber uma massagem maravilhosa.

Mas sabe aquele momento durante uma massagem em que você pensa *ok, já chega?*. Gert passou desse ponto, e depois de outros.

Gritei de agonia enquanto seu feitiço repuxava os meus ossos e os meus músculos, colocando-os no lugar e conectando-os. Parecia que o meu corpo todo estava sendo espremido através de um minúsculo buraco de fechadura.

Quando pensei que não ia aguentar a dor por mais nem um segundo, tudo parou. Mexi os dedos com cuidado, depois os braços e as pernas. Gert tinha conseguido de novo. Eu ainda me encontrava ferida, esgotada, um pouco irritada e um pouco triste. Mas estava ali e viva.

A fonte do canto dos pássaros chilreou outra vez, e olhei para baixo e vi um pequeno sapo amarelo me encarando com olhos brilhantes e trilando alegremente.

— Sapos cantores? — falei. — Como foi que não vi isso antes?

— Os sapos cantores de Oz são nativos do Condado dos Winkies — disse Glamora.

— Temos assuntos mais importantes do que sapos — grunhiu Mombi. Nox olhou para os meus pés, e segui seu olhar até onde as botas prateadas cintilavam suavemente. Os acontecimentos dos últimos dias me inundaram. Madison. Dustin. O Rei Nomo. Dorothy. Minha mãe.

— Por que estamos no palácio do Homem de Lata? — perguntei. — E onde está Dorothy?

— Venham — disse Mombi, acenando. — Vamos ter essa conversa lá dentro.

DEZENOVE

O palácio dos Winkies, na verdade, era muito nojento. O que eu esperava, considerando que seus inquilinos anteriores tinham sido o Homem de Lata e, antes dele, a Bruxa Má do Oeste?

Basicamente, parecia que o palácio fora saqueado. Tapeçarias empoeiradas pendiam das paredes, e a maioria das portas estava estilhaçada como se tivessem sido abertas com chutes. Aqui e ali havia pisos ou paredes manchados com alguma coisa que parecia estranhamente com sangue. Todos os móveis estavam derrubados ou quebrados. Mombi acenou com a mão quando entramos no salão de banquetes, e a mão invisível endireitou algumas cadeiras e as arrumou ao redor de uma mesa.

Flexionei os dedos, sentindo meu poder formigar e voltar à vida em resposta. Não importava o que tinha acontecido com a minha magia no Kansas, ela agora estava de volta. E eu me sentia diferente de um jeito que não conseguia explicar. *Os sapatos*, pensei. Os sapatos faziam alguma coisa comigo, eu tinha certeza disso. Mas seria uma coisa boa ou ruim? E será que eu poderia voltar a usar magia sem que ela me transformasse em Dorothy?

— Primeiro o mais importante — disse Mombi. — Não sabemos onde está Dorothy. Estamos supondo que ela foi pra Cidade das Esmeraldas assim que voltou pra Oz, mas ainda não temos como saber. E precisamos avançar rapidamente antes que ela descubra que nós também encontramos um jeito de voltar. — Ela se virou para Glamora. — É hora de convocar o resto dos Malvados — disse ela, e Glamora fez que sim com a cabeça. — O Rei Nomo está armando contra Oz, e agora temos três inimigos para combater. Todos os nossos planos antigos estão fora de cogitação. É um jogo totalmente novo.

O confronto final com o Rei Nomo voltou à minha memória de repente.

— O Rei Nomo *queria* que eu voltasse pra Oz. Ele disse que Dorothy não era mais útil pra ele, mas que eu poderia ser.

Mombi e Gert trocaram olhares.

— Não gosto nem um pouco dessa ideia — grunhiu Mombi.

— É possível... — Glamora parou, e as bruxas se entreolharam.

— Glinda trouxe Dorothy de volta pra Oz — disse Gert. — Sempre pensamos que ela estava orquestrando a volta de Dorothy ao poder pra se colocar atrás do trono. Mas se ela estiver trabalhando com o Rei Nomo...

— Ou sob o controle dele — falou Mombi baixinho. — Não temos nenhuma ideia real do quanto ele é poderoso. Ele pode ir e vir entre Ev, Oz e o Outro Lugar. Ele quer tomar o poder em Oz há séculos.

— Séculos? — perguntei.

— Ele é muito, muito velho — disse Glamora. — Alguns dizem que ele é ainda mais velho que Lurline, antepassada de Ozma, a primeira fada que veio a Oz.

A magia é perigosa pra forasteiros. Vocês não são feitos pra ela. Minha impressão era de que Nox tinha me falado nisso uma vida atrás, quando comecei minha formação nas cavernas subterrâneas secretas dos Malvados.

— Dorothy não é mais útil pra ele porque a magia de Oz a corrompeu — falei.

Se a magia de Dorothy era tão destrutiva a ponto de transformá-la da garota doce e inocente que escrevia sobre suas galinhas e seu cachorro na tirana sanguinária e insana que ela era agora, o que faria comigo? Porque, assim que comecei a pensar nela como uma pessoa real, foi fácil ver o quanto Dorothy fora parecida comigo. O Rei Nomo me disse que eu era mais poderosa do que ela, mas a magia de Oz já tinha me transformado em um monstro.

Gert assentiu, lendo a minha mente.

– Está decidido – disse ela. – Você não pode mais usar magia, Amy. É muito perigoso.

– Mas como posso lutar sem magia? – protestei. – Foram vocês que me treinaram. Vocês me transformaram no que eu sou. Querem que eu simplesmente finja que nada disso aconteceu?

Nox tinha ficado quieto enquanto conversávamos, mas então:

– Não vale a pena, Amy.

Eu me lembrei da conversa que tivemos no que parecia meses atrás, mas tinham sido apenas alguns dias antes. Se a magia de Oz me transformasse em outra Dorothy, o Quadrante teria que me matar. E eu sabia que Nox também faria isso. Ele veria como um ato de piedade – e seria. Pensei no que Dorothy tinha feito e estremeci. Eu preferia morrer a acabar assim. Mas como poderia me proteger em Oz se não pudesse usar os meus poderes? Eu tinha os sapatos de Dorothy, mas e se usá-los de novo fosse apenas reforçar os planos do Rei Nomo?

De repente, pensei na minha mãe. A magia para mim era tão destrutiva quanto as pílulas foram para ela. O mesmo vício – e os mesmos resultados. Eu tinha me apaixonado pelo poder do mesmo jeito que ela pelo esquecimento. Eu a havia odiado pelo que o vício fizera com ela – conosco –, mas será que eu era mesmo diferente?

Onde ela estava agora? O que achava que tinha acontecido comigo? Que horas eram no Kansas? Quanto da escola fora destruído pelo tornado? A esta altura, alguém já devia ter dito a ela que eu fui embora de novo. Outro tornado me carregando – quais eram as probabilidades disso? Desta vez, Dustin tinha me visto ser engolida pela tempestade.

E ele – será que sobreviveu à batalha com o Rei Nomo? Em algum momento, a polícia teria que me declarar como morta. Como essas coisas funcionavam? Quanto tempo ia demorar para minha mãe ser obrigada a abandonar as esperanças de vez? E o que aconteceria depois? Será que ela ia começar a usar drogas de novo, sem motivo para parar, sem ninguém por quem ficar sóbria? Se ela achasse que eu nunca mais ia voltar, não dava para saber o que podia fazer. Senti lágrimas se acumulando nos meus olhos. Eu estava presa em Oz, sem nenhuma habilidade para me proteger, dependendo de um garoto que não podia me amar, sem ter como salvar minha mãe daquilo que ia destruí-la. Era coisa demais em que pensar.

– Preciso de ar – falei, empurrando minha cadeira para longe da mesa.

– Amy, você precisa ter cuidado – disse Gert. – Dorothy pode estar em qualquer lugar.

Ouvi Mombi atrás de mim, murmurando:

– Tudo bem, deixa ela ir. Podemos protegê-la se acontecer alguma coisa.

Eu não sabia para onde ir, então subi a primeira escada que vi e, em seguida, a próxima. Depois de alguns minutos tropeçando pelo palácio, cheguei a um cômodo que parecia ter sido um quarto. O ar tinha um cheiro fraco de óleo de máquina. Não havia uma cama, só um armário de madeira alto na extremidade mais distante, enegrecido como se alguém tivesse tentado incendiá-lo. Eu me lembrei dos aposentos do Homem de Lata no Palácio das Esmeraldas e senti um arrepio apavorante subindo pelas costas quando percebi o que tinha encontrado. Ele dormia de pé. Eu estava no seu antigo quarto.

Bem em frente ao ponto onde eu achava que era a cama dele havia um retrato de Dorothy. Eu tinha arrancado o coração do peito dele, mas em pé ali no seu quarto percebi: se ele não tivesse conhecido Dorothy, não teria se tornado tão mau. Eu me pergunto o que teria acontecido se eu não tivesse conhecido Nox.

Eu quase me virei para sair, mas vi um conjunto de portas duplas que levavam para fora e as empurrei, inalando o ar fresco enquanto pisava em uma varanda com vista panorâmica do reino.

Era uma bela vista. Primeiro, os jardins que cercavam o palácio, cobertos de vegetação e pisoteados em alguns pontos. Mas, além deles, dava para ver todo o caminho até as montanhas de um lado e o Reino dos Ápteros do outro. Sob o céu azul aberto e claro – com toda a Oz adiante –, eu ainda sentia paredes invisíveis se fechando sobre mim. E tinha chegado até ali, aprendido muito e lutado várias batalhas, mas não sentia que isso havia feito qualquer diferença. Na verdade, Oz parecia pior do que antes de eu chegar.

– Amy? – A voz de Nox soou hesitante atrás de mim. Não me virei.

– Quero ficar sozinha, Nox.

Mas ouvi passos, e, um instante depois, ele estava ao meu lado. Nós dois ficamos em silêncio por um longo tempo.

– Eu costumava achar que Oz era tão bonita – falei, ainda sem olhar para ele. – Mesmo quando as coisas estavam muito ruins, ainda era linda, sabe? Ainda era, tipo, *incrível*. Mas agora parece que não importa o quanto ela é bonita. São só mais coisas pra alguém destruir.

– Você tem razão.

Agora olhei para ele. Nox parecia muito mais velho do que quando o conheci, apesar de não ter sido há tanto tempo.

– Eu não quero ter razão – falei.

– O que você quer que eu diga? – Ele tirou uma mecha de cabelo do rosto. – Você tem razão. Tudo ficou tão bagunçado. E sabe o que eu me pergunto às vezes?

– Eu *quero* saber?

– Às vezes eu me pergunto se é culpa da Dorothy ou se este lugar estava podre desde o início, por baixo de tudo. Se talvez esse seja o preço que se paga pela magia.

— Meu mundo não tem magia e também é bem bagunçado.

— É mesmo? Me pareceu tranquilo. Melhor, pelo menos.

— Você não viu muito dele.

— É, eu sei – respondeu Nox. – Mas você sabe do que eu gostei de lá?

— O quê?

— Ele me lembrava de você. Todo lugar que eu olhava, não conseguia parar de pensar: *foi daqui que Amy veio. Essa é a terra sobre a qual ela andou. Esse é o céu sob o qual ela cresceu.* É o lugar que te transformou em quem você é. E foi isso que me fez gostar de lá.

— Aquele lugar também criou Dorothy.

— Ah, ela que se dane – disse Nox. E nós dois rimos. Mas só um pouco, porque realmente não era tão engraçado.

— Eu queria poder ver o lugar de onde *você* veio – falei.

— Você está olhando pra ele, não está?

— Não, quero dizer, tipo, de onde você *realmente* veio. Seu povoado. A casa em que você cresceu. Todas essas coisinhas idiotas.

Ele estremeceu.

— O lugar acabou – disse Nox com amargura. A dor na voz dele me atravessou como se também fosse minha. Àquela altura, talvez fosse. – Você sabe disso. Foi queimado até o maldito fim.

— Eu sei. Mas mesmo assim eu queria poder ver.

— Os rios eram cheios de elfos que cantavam quando você ia nadar. No verão, dava pra caminhar pela Floresta Cantora e ver as montanhas se reorganizarem... – Ele deixou a voz sumir, com um olhar triste e distante.

— Talvez... – comecei. Talvez *o quê*? Talvez tudo fique bem? Talvez as coisas não sejam realmente tão ruins? Não havia nenhuma maneira de terminar a frase sem parecer mais falsa que a bolsa Prada que meu pai me mandou no meu décimo terceiro aniversário, com uma etiqueta que dizia *Praba*.

Mas eu não precisei terminar, porque Nox fez isso por mim.

— Talvez não valha a pena lutar — disse ele. — Talvez devêssemos simplesmente desistir.

— Não! Não foi isso que eu quis dizer.

— Eu sei. Foi o que *eu* quis dizer. Acho que nunca falei isso em voz alta, mas é o que eu realmente penso, às vezes. Tipo, talvez seja melhor deixar todo mundo se matar. Mombi, Glinda, Dorothy... todo mundo. Deixar que continuem lutando até destruírem tudo. E aí talvez tudo volte a crescer. Aposto que isso aconteceria. Em algum momento, quero dizer.

— Não — respondi. — Quero dizer, talvez você esteja certo; eu não sei. Mas não podemos desistir. Não depois disso tudo.

Um minuto atrás, eu mesma estava pronta para desistir. Mas ouvir Nox dizer isso me fez perceber como eu estava errada até de pensar em algo do tipo.

— Olha — falei. — As coisas também não são como deveriam no meu mundo. Você acha que andar pelo Kansas por alguns dias foi bom? Tá, é tudo lindo lá fora, mas nosso planeta está surtando. Os oceanos estão subindo, as pessoas estão brigando cada vez mais, as plantas e os animais estão morrendo, a cada duas semanas um garoto leva uma arma dos pais pra escola e começa a atirar... — Parei de repente quando vi a expressão no rosto do Nox. — O mundo em que cresci também acabou — disse baixinho. — Mas isso não significa que vou desistir dele. Porque se a gente desiste... o que mais fazemos da vida?

Ficamos em silêncio por um longo tempo, olhando fundo nos olhos um do outro. Ele estava tão perto. Dava para sentir seu cheiro fraco e delicioso de sândalo. Eu podia ter estendido a mão para tirar o cabelo dos seus olhos. E também ter me inclinado só um pouco, e nossas bocas teriam se encontrado. E eu queria tanto isso que meu coração estava martelando no peito.

— Que tal isso? — perguntou Nox, sem desviar o olhar. A luz rosa arroxeada do pôr do sol refletia nos seus olhos cinza, fazendo-os parecer praticamente néon. — Que tal você e eu simplesmente irmos embora? Deixa elas guerrearem. Podemos encontrar um esconderijo, só nós dois, e aí, quando tudo acabar, saímos dos destroços e começamos tudo de novo. Vamos reconstruir tudo. Juntos.

Ele se aproximou e pegou a minha mão, e meu coração quase parou de bater. Parecia tão bonito. Só ele e eu. Sozinhos. Nada de guerra, nada de sofrimento. Nada de fugir. Era como um belo sonho — só que era impossível, não importava o quanto parte de mim desejasse que pudesse se tornar realidade. Eu não podia sacrificar as pessoas que amava só para ficar com o menino que queria. E eu já conhecia Nox o suficiente para saber que ele também nunca ia conseguir fazer isso. Ia destruí-lo. E aí nós seríamos apenas duas pessoas amargas e com o coração partido em um mundo morto e em ruínas. Eu sabia disso. E ele também.

— Você não acredita nisso — falei.

— E se eu acreditar?

— Não acredita. É a coisa mais egoísta que eu já te ouvi dizer. Não é você.

— Talvez eu seja um babaca.

— Você pode ser babaca, mas não é um babaca egoísta.

— Como você sabe disso, Amy?

— Porque eu não conseguiria amar uma pessoa egoísta — falei.

Os olhos dele se arregalaram em choque.

— Amy — disse Nox com a voz rouca. — Eu... — Mas ele não terminou. Estava olhando por cima do meu ombro, para a vista abaixo da varanda do Homem de Lata.

— Você o quê? — perguntei baixinho, sem saber se eu tinha falado demais.

Foi quando percebi que não foi o que eu disse que o surpreendeu. Não era nem para mim que Nox estava olhando. Ele encarava o horizonte por sobre o meu ombro.

— Acho que estamos com problemas — disse ele. Virei-me para trás.

Na planície abaixo do palácio, um exército estava nos esperando. Mas não um exército qualquer. Eram clones. Um mar de clones assustadores com olhos azul-violeta e pele clara e de idade indefinida. Fios de cabelo dourado escapavam dos capacetes. Todos eram praticamente idênticos, e por trás dos olhos azuis fixos existia um vazio aterrorizante. E não havia dúvida quanto à figura cor-de-rosa purpurinada que flutuava na frente deles.

Nem quanto à garota e ao garoto acorrentados ao lado dela.

VINTE

— Vai chamar os Malvados — sibilou Nox, me puxando para que Glinda não conseguisse nos ver por cima do peitoril da varanda. — *Agora*.

Ele não precisou falar duas vezes. Eu me joguei escada abaixo até dar de cara com...

— Melindra! — ofeguei.

Ela estava igual a quando a vi pela última vez, alta, feroz e pronta para a batalha. Os cabelos louros na metade humana da cabeça achavam-se raspados, e a metade lata do corpo estava amassada e surrada. Atrás dela, Annabel, a menina-unicórnio de cabelos ruivos com a cicatriz roxa na testa que também tinha treinado comigo. Havia mais pessoas na sala que eu não reconheci, todas com a mesma postura agressiva e cautelosa de um guerreiro. Glamora estava massageando as costas de Gert, que parecia exausta. Ela devia ter usado seu poder para convocar os Malvados um por um.

— Amy, o que foi? — perguntou Gert quando entrei correndo na sala.

— Está acontecendo! — falei ofegando. — Lá em cima, agora! — Virei-me e corri de volta para Nox, sem esperar para ver se estavam me seguindo.

Glinda tinha vindo preparada para a batalha: em vez dos vestidos com babado de sempre, ela usava um macacão rosa justo que parecia de couro e era cheio de pequenas escamas. O cabelo dourado estava puxado para trás em um coque rígido, e ela carregava um enorme cajado cor-de-rosa na mão esbelta.

— Ah, céus — disse Gert enquanto olhava para Glinda e suas legiões. Elas usavam armaduras prateadas combinando, polidas até ficarem com um brilho ofuscante que me fez pensar, incomodada, no Homem de Lata, e suas lanças de ponta prateada cintilavam como diamantes.

— Quando foi que ela conseguiu um exército? — perguntei.

— Ela sempre teve um exército — respondeu Mombi. — Só não usa com muita frequência.

— O que você quer dizer com muita *frequência*?

— O general Jinjur invadiu a Cidade das Esmeraldas e depôs o Espantalho antes de Dorothy voltar pra Oz — disse Melindra. — Ninguém te ensinou isso?

— Pulei a lição de história no caminho pra batalha.

Melindra revirou os olhos. Qualquer que fosse o problema que ela tinha comigo, ainda não havia superado. Ótimo.

— Glinda convocou seu exército naquela época e expulsou Jinjur do palácio — explicou Mombi. — Juntos, Glinda e o Espantalho colocaram Ozma no trono.

— Espera, eu achava que Ozma é que tinha banido Glinda — falei, confusa.

Gert fez que sim.

— E foi. Glinda achou que ia conseguir controlar Ozma, governar Oz através dela. Mas Ozma tem... tinha vontade própria. Glinda tentou expulsá-la. Ozma a baniu. Glinda só foi libertada quando Dorothy voltou para Oz.

"Dorothy não está com ela", disse Gert, olhando para o campo de batalha, onde as tropas de Glinda estavam entrando em formação.

— Se ela vai nos atacar sem Dorothy, isso é importante — disse Melindra. — Ela nunca contrariou abertamente os desejos de Dorothy. Agora não daria para deixar mais claro que ela quer tomar o poder pra si nem se fizesse um cartaz.

— Se Glinda estiver trabalhando com o Rei Nomo de alguma forma, ele pode tê-la forçado a fazer isso – disse Mombi. – De qualquer modo, não estou gostando disso. Enfrentar Dorothy e Glinda unidas já é bem ruim, mas com as duas agindo sozinhas...

— Não cometa o erro de pensar que essas garotinhas bonitas não vão te rasgar em pedaços – disse Melindra. – A própria Glinda treina todas, e dá pra imaginar o tipo de exercício que ela cria. – Todos nós estremecemos coletivamente. – Te dão uma olhada e já estão cortando sua garganta. São as melhores lutadoras de Oz.

— Costumavam ser as únicas lutadoras de Oz – disse Gert.

— Bem, esse tempo já passou – disse Mombi com poucas palavras –, e elas vão nos derrubar dessa varanda se ficarmos parados aqui como bobos por muito mais tempo. Nada a fazer além de entrar e se preparar pra batalha. Por sorte, as paredes têm um metro de espessura. O palácio vai ser fácil de defender, contanto que a gente fique aqui dentro.

— Nós não nos preparamos pra isso – disse Melindra, parecendo quase reclamona.

— Vocês treinaram pra batalha – disse Nox, sem rodeios. – Significa que treinaram pra isso.

Melindra lançou um olhar magoado para ele, e eu tentei não me alegrar com isso.

O exército de Glinda tinha terminado de se organizar em formações, e a Bruxa pairava acima dele no centro de tudo. Ladeando-a estavam Pete e Ozma, enfraquecidos e acorrentados. A princesa encantada olhava ao redor com aquele ar vazio muito familiar. Pete parecia arrasado e triste. *Você merece*, pensei com raiva, me lembrando de como ele tinha entregado Nox e eu para Glinda no palácio de Policroma. Pete fugira com Glinda – se fuga fosse a palavra certa para o que ela havia feito com ele.

Eu não me importava se ele estava sofrendo agora. Eu me lembrei do corpo retorcido de Policroma, da Cachoeira do Arco-Íris em chamas. O felino-unicórnio de Policroma, Heathcliff, quebrado e ensanguentado. Pete podia ir para o inferno, na minha opinião. Mas Ozma era diferente.

Ozma era inocente em tudo isso. Mas também era mais do que isso. Ela era a governante legítima de Oz. Havia muitas chances de ser a única com poder para mudar qualquer coisa. Se ao menos conseguíssemos desbloqueá-lo.

— Temos que resgatá-la — disse Nox, ecoando os meus pensamentos.

— Deve haver um jeito — concordei e fiquei satisfeita ao ver o flash de aprovação nos olhos dele. Talvez eu estivesse só fingindo coragem, mas Nox estava certo. Agir de maneira confiante me deu uma sensação renovada de força. Como a nova batalha poderia ser pior do que tudo por que já tínhamos passado?

Abaixo de nós, uma trombeta soou, e Glinda subiu ainda mais no ar para flutuar sobre o seu exército.

— Boa tarde, queridos Malvados — disse ela, e, apesar de falar baixinho e ainda a centenas de metros de distância, soou perto o suficiente para estar ao alcance das nossas mãos.

Ela e todas as soldados tinham um sorriso fixo, e os dentes brancos brilhavam de modo aterrorizante enquanto olhavam para nós.

— Bem-vindos a Oz. Estamos *tão* felizes por vocês terem voltado pra ver a *nova* era que está por vir.

— Conheça a nova bruxa, igual à bruxa velha — murmurou Mombi.

— Onde está Dorothy, querida irmã? — cantarolou Glamora.

— É você, querida?! — gritou Glinda. — Não te vejo há séculos! Desde que eu te fiz aquela plástica facial *tremendamente* gratificante.

— Não esqueci — respondeu Glamora com frieza.

O modo como se falavam era estranho — como se estivessem tendo uma conversa íntima, apesar de tensa, durante um chá com biscoitos.

Mombi não teve paciência com a brincadeira das duas.

— O que você quer, Glinda?! – berrou ela.

— Achei que podíamos ser amigas – ronronou Glinda. – Sua festinha do Quadrante não passou despercebida, sabe. Eu esperava que vocês me convidassem. – Sua voz era triste, mas o sorriso fixo não a deixava franzir a testa.

— Acho que esquecemos – grunhiu Mombi.

— Não, acho que não foi isso – sibilou Glinda. – Vocês acharam que podiam unir forças sem mim, minhas irmãs bruxas?

— Engraçado, agir pelas *nossas* costas não pareceu te incomodar quando você apagou as lembranças da rainha de Oz e colocou uma tirana no poder – disse Gert.

Ao meu lado, Nox apertou o meu ombro.

— Precisamos voltar pro andar de baixo. Se houver uma oportunidade de resgatar Ozma enquanto elas discutem, temos que aproveitar.

Fiz que sim e Nox sinalizou para Melindra, Annabel e alguns outros guerreiros. Começamos a rastejar furtivamente em direção à escada. Mombi balançou a cabeça para nós.

— Já chega dessa bobagem – disse ela de repente. – Vamos juntar forças como Quadrante e descemos lá para acabar com ela. Não tínhamos planejado que isso fosse acontecer tão cedo, mas sabíamos que era inevitável. Leste, Oeste, Norte, Sul. Trabalhamos como quatro. Nox, precisamos de você.

— Não – disse Glamora. Todos olhamos para ela, surpresos. Seus olhos azuis, gêmeos sombrios dos de Glinda, queimavam com uma energia violenta como um relâmpago. – Ela é minha irmã, e essa luta é minha.

— Minha querida – disse Gert –, você não pode estar falando que vai encará-la sozinha. Ela tem um exército inteiro à disposição, e quase te matou na última vez que vocês brigaram.

Por reflexo, Glamora tocou o próprio rosto, onde, muito tempo atrás, tinha levantado o véu de glamour para me mostrar a cicatriz pavorosa que Glinda esculpira em sua bochecha.

Eu havia lutado ao lado de Glamora. Mas nunca a tinha visto como agora. Poderosa e violenta, sim, mas com algo a mais também.

Eufórica. Faminta. Querendo sangue. Eu me lembrei da caverna onde conheci os Malvados, quando Glamora me ensinou a arte do glamour. Na época, eu me perguntei se ela era mais assustadora que Glinda. Olhando para ela agora, eu não tinha a menor dúvida.

— Estive esperando por esse momento desde a primeira vez que a enfrentei, tantos anos atrás – disse Glamora com calma. — Estive esperando para acabar com a vida dela da maneira que ela teria acabado com a minha, se tivesse tido a chance. Esta é a minha chance de livrar Oz do seu mal, e esta batalha é só minha.

Com calma, ela passou a mão pelo rosto, tirando todo o glamour que usava como maquiagem e revelando a cicatriz aberta em forma de meia-lua que saía da orelha, descia pela maçã do rosto e atravessava o queixo. Ainda parecia fresca como se tivesse sido feita naquela manhã.

Dava para perceber que Gert e Mombi queriam protestar, mas elas sabiam tão bem quanto eu que Glamora não hesitaria em atacar todas nós no caminho para destruir a irmã. O brilho nos olhos dela era quase insano, e o ar ao redor cintilava como se ela fosse uma panela de água prestes a ferver.

— Não vejo sabedoria nesse curso de ação – murmurou Mombi, mas Glamora a ignorou.

— Esperem por mim aqui – disse ela, e se ergueu no ar.

— Glamora está certa – disse Gert. — Essa batalha é dela. Deixa ela lutar, Mombi.

— Essa ideia é terrível – grunhiu Mombi, se desvencilhando da mão de Gert que a segurava. Mas, assim como o resto de nós, ela correu ansiosa até a beira da varanda, olhando por cima do peitoril.

Mesmo da varanda dava para ver a tensão nos ombros de Glinda. Apesar de seu exército, e também de toda a magia, estava claro que parte dela ficava com medo. Glamora tinha esperado muito tempo por aquele momento, carregando aquele ódio e aquele desejo de vingança durante anos. Eu também teria medo, mesmo que tivesse um exército nas minhas costas.

Não, eu *estava* com medo.

— Não adianta tentar detê-la — disse Gert em voz baixa. — Mas precisamos criar um plano B. *Agora*. Dorothy provavelmente vai aparecer a qualquer momento. Se Glinda nos encontrou aqui, ela não pode estar muito longe.

Enquanto Gert falava, Glamora flutuava regiamente em direção à irmã, e quando se movia pelo ar, seu vestido caiu, deixando-a nua. Mas mal deu tempo de notar, porque de repente ela também estava tirando a própria pele, como uma cobra retirava as escamas. Por baixo, seu corpo era roxo e brilhava ao sol.

Em vez de colocar uma armadura, Glamora *se tornou* a armadura. Seu cabelo, sua pele, seus membros. Ela toda agora estava brilhante e facetada. Era agora uma joia viva. Todos ficaram sem palavras ao ver isso.

A única que não parecia chocada com a transformação era Glinda, que simplesmente acenou com a cabeça em reconhecimento.

As duas bruxas se rodeavam no ar, Glamora uma sombra brilhante da forma da irmã. O rosto geralmente gentil de Glinda estava com uma máscara de ódio bruto, ainda mais aterrorizante por causa do sorriso fixo doentiamente doce.

O ar ficou escuro e denso, se transformando em uma nuvem que lentamente tomou a forma de uma enorme serpente com a cabeça erguida para atacar. Glinda ergueu um braço, e uma lança de luz cor-de-rosa atingiu a serpente de Glamora no peito, dissolvendo-a momentaneamente. Glamora abaixou o braço, e a serpente se formou de novo, ondulando ao redor dela em espirais negras. Ela girou o pulso, e um raio de puro poder disparou em direção a Glinda, que se abaixou no último instante. Por instinto, invoquei a minha faca — e ela se materializou na minha mão.

— Amy, o que você está fazendo? — sibilou Nox.

— Se Glinda está distraída, podemos resgatar Ozma... e Pete também — falei, indo para a porta.

— Você não pode usar magia! — gritou Mombi.

— A faca não conta — respondi. — Foi um presente.

Nox abriu a boca para protestar e depois a fechou de novo, balançando a cabeça.

Mombi suspirou.

— Vou ficar aqui com Gert pra ver se podemos ajudar Glamora de algum jeito. Nox, você, Melindra e Amy procurem uma maneira de resgatar a princesa e sua outra metade traidora. Annabel, também precisamos de lutadores aqui. — As meninas concordaram com a cabeça.

Mas não fui a única a ter a brilhante ideia de agir enquanto as irmãs lutavam. De repente, o castelo estremeceu ao nosso redor. Corremos de volta para a beira da varanda e olhamos para baixo. O exército feminino de Glinda tinha transportado um aríete até as portas — mas não era um aríete comum. Era enorme, cor-de-rosa, purpurinado e no formato de...

— Aquilo é um *Munchkin*? — Nox ofegou, horrorizado.

A magia distorcida de Glinda transformara um oziano comum em uma arma cor-de-rosa gigante e fossilizada. O rosto do Munchkin estava retorcido de horror, os olhos fechados como se ainda estivesse sentindo uma dor terrível. Chamas cor-de-rosa queimavam na boca aberta, pingando no chão, onde chiavam e soltavam fumaça como lava cor-de-rosa derretida. Enquanto assistíamos, as soldadas de Glinda recuavam e avançavam, batendo na porta com uma força tremenda.

— Não podemos ajudá-lo agora, e aquela porta não vai resistir pra sempre — disse Gert, sombria. — É melhor nos prepararmos.

VINTE E UM

Nenhum de nós precisou de um segundo aviso. Corremos para o andar de baixo, até a entrada principal do palácio, onde as grandes portas de madeira já estavam se estilhaçando. Gert, Mombi e Nox juntaram as mãos, o poder tremulando ao redor deles enquanto se preparavam para encarar o exército de Glinda. Segurei minha faca com força. Com um enorme ruído de rachadura, as portas se abriram, lançando pedaços de madeira pelo ar. Mombi estalou os dedos, e os pedaços congelaram no ar e depois caíram inofensivamente no chão. As primeiras garotas já estavam passando pelo buraco nas portas, com as lanças preparadas. Nox lançou uma bola de magia nas invasoras, e uma delas gritou de agonia quando foi atingida no tronco. Ela caiu no chão, a armadura soltando fumaça, mas outras garotas já estavam passando pelo seu corpo inerte.

Avancei, com a faca erguida. De perto, as soldados de Glinda eram aterrorizantes. Elas haviam lixado os dentes brancos e brilhantes para ficar com pontas afiadas reveladas por aqueles sorrisos fixos apavorantes. A armadura delas tinha pequenos insetos cor-de-rosa rastejantes que pulavam nos oponentes, zumbindo e picando. Derrubei a lança de uma soldado com um golpe e cortei sua garganta ao recuar a mão, chutando seu corpo para fora do caminho enquanto outra garota vinha na minha direção.

— Elas são clones?! — gritei para Nox, que estava lutando contra duas das soldados de Glinda. As garotas nem registraram a minha pergunta, e Nox estava muito ocupado para responder. — O que você é? — perguntei à garota com quem lutava agora. — Por que está lutando por Glinda? — Ela exibiu os dentes afiados e veio em direção à minha garganta. — Tudo bem — falei, e a apunhalei no coração.

— Atrás de você! — gritou Nox, e eu me virei bem a tempo de me esquivar de outro golpe. Nox abria caminho na minha direção. Quando me alcançou, outra soldado ergueu a espada, se preparando para esfaqueá-lo pelas costas. Eu o joguei no chão e desviei o golpe. Um segundo depois, Nox saltou e ficou de pé, dando na clone uma rasteira com velocidade e graça sobrenaturais.

Nox e eu lutávamos de costas um para o outro — como sempre fizemos. Não consegui evitar. Parecia muito certo. Em ambos os lados, Annabel, Melindra e os outros membros da Ordem cortavam e esfaqueavam. Gert e Mombi corriam pelo cômodo, lançando feitiços quando viam uma abertura. Mais garotas derrubaram os restos das portas do palácio, e em pouco tempo a batalha se espalhou para o pátio. Glinda e Glamora, em sua forma de joia, pairavam no ar, avançando e mergulhando como cometas humanos, enquanto lançavam bolas de fogo e raios de magia cor-de-rosa uma na outra.

— Ali! — gritou Gert.

Despachei minha nova oponente com um soco forte e olhei para cima. Pete e Ozma estavam encolhidos contra uma pedra, com os olhos arregalados e abraçados um ao outro, ainda acorrentados. Por correntes cor-de-rosa, vi com repulsa. *Depois que tudo isso acabar, nunca mais vou usar cor-de-rosa*, pensei.

— Agora é sua chance, Amy! — gritou Gert, limpando o caminho até os prisioneiros com uma enorme bola de fogo. Corri pela abertura na batalha até alcançar Ozma.

— Ozma! Você está bem?

— A colheita de milho vai estar pronta em breve — disse ela educadamente.

— Ela está bem — ofegou Pete. Seu rosto estava ferido e ensanguentado, como se alguém o tivesse espancado recentemente. Eu tinha um bom palpite sobre quem poderia ter sido. E também não lamentava muito por isso. — Você tem que nos tirar daqui — implorou ele.

— Pra você poder nos vender de novo pra Glinda? — rosnei. — Deu muito certo da última vez, né?

— Eu estava desesperado! — gritou ele. — Policroma ia me matar. Você sabe disso!

— Bem, ela não pode te matar agora, porque ela está morta.

Os olhos de Pete se arregalaram.

— Atrás de você!

Certo. Eu estava no meio de uma batalha. Girei para trás, com a faca preparada, mas Nox já tinha eliminado a soldado que estava prestes a me perfurar.

— Ora, se não é o pequeno príncipe — disse ele com desprezo, respirando com dificuldade enquanto encarava Pete.

— Não podemos abandoná-lo pra morrer — falei relutante. — Temos que tirar os dois daqui.

— Tem certeza? — rosnou Nox. Suas mãos queimavam com fogo mágico enquanto ele puxava as correntes de Pete, mas, assim que encostou nelas, a chama se dissipou em fumaça e o metal cor-de-rosa reluziu branco e quente. Pete gritou de dor, mas as correntes resistiram.

— Dói! — Pete ofegou. — Por favor, para!

O feitiço de Nox também não teve nenhum efeito sobre as correntes de Ozma, embora ela o observasse trabalhando com um interesse distante.

— Vamos tomar chá no jardim oeste, o que acha? — ofereceu ela.

Nox balançou a cabeça.

— A magia de Glinda é muito poderosa. Temos que levá-los de volta pro palácio e esconder os dois até que tenhamos mais tempo pra desfazer o feitiço. – Pete pegou uma pedra no chão e a ergueu, como se fosse apedrejar a próxima soldado até a morte.

– Deixa eu ajudar! – gritei.

– Não! – gritou Nox em resposta. – Amy, você *não pode* usar magia!

– Eu não vou usar magia nenhuma se estiver morta! – retruquei.

Ele balançou a cabeça, mas sabia que eu estava certa. E eu usava os sapatos de Dorothy. Mandei um feixe de poder para os meus pés e senti um pulso de resposta dos sapatos. *Me ajudem*, pensei. *Não importa o que vocês são. Por favor, apenas me ajudem.*

Os sapatos cintilaram como se respondessem. De repente, eu estava cercada por uma nuvem deslumbrante de pequenos vaga-lumes piscando e brilhando como diamantes – porque eles *eram* feitos de diamantes, percebi. Ao meu redor, o campo de batalha ficou em silêncio como se eu tivesse entrado em uma bolha de prata cintilante. Eu ainda conseguia vê-lo vagamente, como se olhasse através de uma tela, mas outra imagem foi superposta sobre a carnificina.

Eu me encontrava em uma velha casa de fazenda. Tudo estava decadente e deteriorado, mas escrupulosamente limpo. Cortinas amarelas desbotadas, remendadas com cuidado em uma dezena de pontos, estavam abertas e revelavam janelas que davam para uma pradaria interminável e ondulante. Um casal de idosos estava sentado a uma mesa de cozinha rudimentar que tinha sido desgastada pelos anos, e uma garota de bochechas rosadas servia torta, enquanto eles a olhavam com orgulho evidente. Seu rosto era doce e bonito; seus olhos azuis brilhavam, e seu cabelo castanho-avermelhado estava preso em duas tranças perfeitas.

– Sei que a minha massa *nunca* vai ser tão boa quanto a da tia Em – ela dizia –, mas eu me esforcei tanto com essa para fazer perfeita!

– Tenho certeza que está deliciosa, Dorothy – disse a mulher. Um choque percorreu meu corpo. Aquela era Dorothy? Mas aquela garota não se parecia nem um pouco com a vilã azeda que eu estava tentando matar havia uma eternidade. Aquela pessoa era só uma criança.

Aquela era a Dorothy cujo diário eu tinha encontrado. Dorothy ergueu os olhos, direto para mim – e através de mim. Ela não podia me ver. Mas aí seus olhos se estreitaram, e seu rosto começou a mudar. Seu olhar azul assumiu aquela tonalidade de ameaça que era tão familiar, e sua boca sorridente se retorceu em uma expressão de desprezo.

– Amy Gumm – disse ela. E aí seu olhar desceu até os meus pés, e seus olhos se arregalaram. – Meus *sapatos* – sussurrou Dorothy. – Onde você os achou? – Sua voz tinha um toque de admiração, e por um segundo ela voltou a ser aquela garotinha doce outra vez.

– Dorothy? Com quem você está falando? – perguntou a tia Em, e a expressão da menina vacilou.

Mas então ela estalou os dedos com desprezo, e a tia Em, o tio Henry e a fazenda desapareceram. Estávamos em uma planície aberta embaixo de um violento mar de nuvens cinza-esverdeado, como o céu pouco antes de um tornado. Enquanto eu observava, Dorothy ficou mais alta, e suas feições, mais agudas, perdendo a maciez infantil da garota na casa de fazenda. O vestido se enrolou ao redor dela, o tecido de algodão surrado e remendado se transformando em um macacão liso, apertado e laminado, como o de Glinda.

– Não pense que você pode usar nossa conexão para me fazer ficar relembrando o passado – disse ela com frieza. – Estou indo atrás de você, Amy Gumm, e vou pegar os meus sapatos. Vou encontrar um jeito de fazer você morrer.

– Amy! *Amy!* – alguém gritava o meu nome. Pisquei e saí da planície vazia, voltando ao calor da batalha. Nox estava me sacudindo e chamando o meu nome. – Amy! – berrava ele freneticamente. – O que aconteceu? Pra onde você foi?

– Tentei usar os sapatos – ofeguei. – Mas eles ainda estão conectados a Dorothy. Ela agora sabe onde estamos. E está a caminho.

– Precisamos avisar ao Quadrante – disse Nox com urgência.

Olhei para cima. Glinda e Glamora ainda estavam lutando. O cabelo de Glinda tinha se soltado do coque e envolvia sua cabeça com um halo selvagem. Sua armadura estava rasgada em uma dúzia de pontos, e o rosto e as mãos, manchados de sangue. Mas Glamora não parecia muito melhor. Sua forma de ametista estava lascada e rachada, e embora as duas ainda estivessem voando uma em direção à outra, ela segurava um braço contra o peito, como se não pudesse mexê-lo. Dava para ver flashes de poder enquanto Mombi e Gert lutavam no chão, mas, como Nox e eu, elas estavam cercadas. O solo se encontrava cheio de corpos quebrados e sangrentos das soldadas de Glinda, e o ar cheirava a sangue e a névoa elétrica de magia gasta. Eu não conseguia ver Melindra nem Annabel nem nenhum dos outros Malvados. Nenhum de nós conseguiria aguentar por muito mais tempo. Se não fizéssemos alguma coisa em breve, todos iríamos morrer bem ali lutando por Oz.

De repente, um uivo aterrorizante rasgou o ar. O rosto de Pete ficou branco. Virei-me para ver o que ele estava olhando.

– Ah, não – falei. Ao meu lado, Nox respirou fundo.

Dorothy tinha nos encontrado.

Ela não estava sozinha.

VINTE E DOIS

Dorothy parecia ainda pior do que quando eu a vira no Kansas, como se não conseguisse sugar a magia do chão com rapidez suficiente para se manter. Seu vestido ainda estava em farrapos, e ela havia pintado seu sorriso maníaco com um batom vermelho espalhafatoso que parecia um corte ensanguentado no rosto. Os sapatos resplandeciam com uma luz vermelha. Mas ela já não era a coisa mais assustadora que estávamos vendo – nem de longe. Essa honra era do seu corcel: um monstro de três cabeças do tamanho de um caminhão, coberto de escamas reptilianas afiadas. Atrás dele, uma cauda comprida coroada com uma cerda de espinhos balançava. As pernas terminavam em patas com enormes garras serrilhadas. Os dentes em cada uma das três bocas tinham o comprimento do meu antebraço. O corcel jogou a primeira cabeça para trás, depois a outra, e então a terceira, e rugiu. E aí vi uma fita de veludo vermelho ao redor de cada um dos pescoços grossos e musculosos.

– Ai, meu Deus – ofeguei. – É o *Totó*.

Na verdade, era uma coisa que um dia tinha sido o Totó. Mas aquele Totó era como a versão raivosa do cachorrinho de Dorothy, distorcida e aterrorizante.

Atrás de Dorothy havia mais um exército – este constituído das criações híbridas horripilantes do Homem de Lata. As criaturas se moviam e saltavam, brandindo braços e pernas que terminavam em lanças e serras e pinças. Alguns avançavam sobre rodas de bicicleta. Outros andavam de quatro, mas seus corpos tinham sido substituídos por troncos metálicos. A maioria parecia ter sido montada às pressas. Feridas sangrentas escorriam fluido nas partes em que as bordas de metal irregulares encontravam a carne viva, e alguns mancavam ou se arrastavam, seus rostos vazios sem demonstrar qualquer sinal de que estavam sofrendo, mas o rastro de sangue que deixavam para trás sugeria outra coisa.

Dorothy, cavalgando nas costas largas do Totó, riu alto.

— Sentiu a minha falta?! — gritou ela. — É tão bom te ver de novo, Amy. Todos os meus velhos amigos num só lugar. — Seus olhos se dirigiram para Glinda e Glamora, que fizeram uma pausa na batalha e a observaram.

— Dorothy — chamou Glinda. Pensei ter ouvido uma pitada de pânico na sua voz. Ela não contava com que Dorothy nos encontrasse tão rapidamente. *Ela esperava conseguir nos destruir primeiro*, percebi. Glinda não era poderosa o suficiente para enfrentar os Malvados *e* Dorothy ao mesmo tempo.

— Estou *tão* decepcionada de ver seu exército aqui — disse Dorothy. — É como se você estivesse agindo pelas minhas costas, Glinda, e você sabe que eu simplesmente odeio segredos, a menos que sejam meus.

— Dorothy, você entendeu mal... — começou Glinda, mas, antes que as palavras saíssem de sua boca, Dorothy apontou os dedos e atirou uma bola de fogo diretamente na bruxa flutuante. Glinda girou e se esquivou, com a varinha preparada.

— Não, acho que não — disse Dorothy com frieza. — *Eu sou* a Rainha de Oz, Glinda, você esqueceu? Qualquer exército que age sem o *meu* comando está agindo contra mim. E você sabe o que eu faço com traidores.

Totó rosnou, se erguendo nas patas traseiras escamosas enquanto as enormes garras escavavam a terra.

— Atacar! — gritou Dorothy, e seu exército avançou para encontrar o de Glinda.

Os terríveis soldados zumbis de Dorothy cortavam e golpeavam mecanicamente a massa de garotas idênticas. Eles podiam parecer desajeitados, mas eram aterrorizantes. Com olhos mortos e robóticos, continuavam a atacar, mesmo enquanto as soldados de Glinda os cortavam em pedaços. Assisti horrorizada quando uma garota decapitou um dos asseclas de Dorothy. O corpo da criatura avançava implacavelmente, golpeando com as patas que terminavam em um conjunto de facas irregulares e enferrujadas. Virei a cabeça, sem querer ver o resto.

Por enquanto, nós quatro estávamos protegidos pela pedra que tinha escondido Pete e Ozma, mas era só uma questão de segundos antes que os dois exércitos nos destruíssem. Havia muitos deles para Nox e eu conseguirmos lutar.

Totó recuou contra a coleira e pousou com uma batida que fez o chão tremer. Dorothy estava quase nos alcançando. Sem pensar, agarrei a mão de Nox, e seus dedos se apertaram ao redor dos meus.

— Amy — disse ele, em um tom baixo e urgente. — Eu só quero que você saiba... quero dizer, quero que você entenda que eu... — Sua voz ficou entalada, e meus olhos se encheram de lágrimas.

— Sinto muito por não ter conseguido salvar Oz.

Ele me puxou com tanta força que me sufocou.

— Sinto muito também — disse ele, e me beijou de um jeito que fez os meus joelhos cederem até eu beijá-lo com mais força ainda. Um beijo sobre o fim do mundo. Um beijo que dizia adeus e sinto muito, e eu queria que as coisas tivessem sido diferentes. Um beijo cheio de anseios pela vida que nunca teríamos juntos, pelas coisas que nunca saberíamos um sobre o outro. Mas não foi longo o suficiente; não podia ser. Estávamos prestes a morrer.

Nox se afastou, e ergui a minha faca enquanto as soldados de Glinda se aproximavam.

— Loooooo! — gritou Ozma perto do meu ouvido, puxando a minha manga, e pulei para trás. — Looo looo looo! — disse ela, ansiosa.

Eu não tinha tempo de descobrir o que Ozma queria. A soldado mais próxima levantou a lança, e ergui a minha faca para desviá-la. Então seu uivo penetrante de triunfo terminou em um grito enquanto uma massa de alguma coisa pegajosa, flamejante e incrivelmente fedorenta a atingiu bem na cara.

— O que... — começou Pete.

— LOOO! — gritou Ozma, apontando para cima. Todos olhamos, sem entender o que estávamos vendo, até que Nox comemorou com um grito quando percebeu.

— Os macacos! — gritou ele. — São os macacos!

— LULU! — Ozma gritava de alegria enquanto os macacos desciam.

VINTE E TRÊS

— Isso mesmo, mocinha! — berrou Lulu, usando uma pequena catapulta para lançar outra bola da gosma flamejante e misteriosa em um soldado, e então pousando ao nosso lado. — Nunca mande um humano fazer o trabalho de um macaco. É o que eu tenho dito há anos, mas alguém me ouve? Claro que não.

Ela estava usando um uniforme militar elegante, com as estrelas de um almirante presas ao peito e um pequeno boné de couro. Suas asas eram feitas de uma elaborada combinação de fios, couro e cordas. Os macacos, tanto os alados quanto os ápteros, que usavam asas artesanais como as de Lulu, estavam aterrissando ao nosso redor, lutando para abrir um espaço. As três cabeças de Totó se reviraram enquanto ele tentava abocanhar os macacos em pleno voo. Glamora estava segurando uma besta cor-de-rosa reluzente, disparando setas com chamas cor-de-rosa na irmã, que se esforçava para se desviar e, simultaneamente, lutar contra um bando de agressores ferozes.

Fiquei tão feliz em ver os macacos que quase agarrei Lulu e a abracei, mas não havia tempo para comemorar.

— Você consegue levar Pete e Ozma de volta pro castelo? — perguntei.

Com um aceno de cabeça, Lulu latiu uma ordem, e vários macacos se separaram da formação e levaram Pete e Ozma para o ar de carona. Ozma balançava os pés de um jeito feliz enquanto os macacos os carregavam por cima das tropas de Dorothy e Glinda. Lulu deu cobertura a eles do chão, catapultando montes da arma violenta dos macacos nas soldados de Glinda.

— O que *é* isso?! — gritei acima do barulho da batalha.

— Napalm de frutassol! — disse Lulu com orgulho, ajeitando o boné de couro e atingindo outra soldado. — Receita de família. Frutassol, bananas podres e você sabe o quê. — Ela usou o polegar para apontar a bunda. Isso explicava o cheiro.

"Dorothy está com uns parafusos soltos", disse Lulu, balançando a cabeça enquanto jogava mais napalm de frutassol na briga. "Ela sempre foi meio maluca, mas esse é um novo nível de doideira. Supondo que vamos sair daqui vivos." Lulu fez rapidamente o sinal da cruz. "Neste momento, parece muito otimismo, mas eu definitivamente vou ter uma palavrinha com o Mágico."

Claro. Ela não sabia o que tinha acontecido desde que nos separamos na Cidade das Esmeraldas.

— O Mágico está morto — falei. — Ele usou Dorothy e eu para abrir um portal pro Outro Lugar, e aí Dorothy o matou.

Um dos soldados mecânicos de Dorothy pulou em Lulu, e Nox acabou com ele antes que ela pudesse reagir. O soldado lutava violentamente na ponta da lâmina. Estremecendo de nojo, eu o cortei em pedaços. Como se pudesse me ouvir, Totó rugiu. Do outro lado do campo de batalha, Mombi e Gert estavam lançando longas correntes de magia, tentando conter Totó quando ele se metia na briga. Mas sua pele dura e escamada repelia qualquer mágica, e Dorothy simplesmente gargalhava enquanto o poder delas ricocheteava sem causar nenhum mal. A cauda espinhosa se balançava para os dois lados, nocauteando as soldados de Glinda — e vários de Dorothy — como dominós. Seus seis olhos vermelhos reluziam de ódio enquanto ele pegava os macacos no ar e os devorava com uma ou duas mordidas. Nox e eu podíamos conseguir segurar os soldados de Dorothy e Glinda, mas nada poderia impedir o Totó.

— Temos que destruir esse maldito cachorro — disse Lulu com raiva enquanto lutava.

— Não sei como vamos chegar perto — arfei, cortando a cabeça de metal de um dos soldados de Dorothy com a minha faca. A cabeça voou pelo ar e caiu aos meus pés, com as engrenagens zumbindo. Um único olho me encarava, com sangue escorrendo da cavidade ocular como lágrimas. Enojada, chutei a cabeça para longe. O Homem de Lata e o Espantalho podiam estar mortos, mas Dorothy simplesmente tinha recomeçado de onde eles pararam.

— Eu sei — disse Lulu.

Olhei para a pequena macaca corajosa e percebi o que ela queria dizer.

— Lulu, você não pode fazer isso. Ele vai te comer no ar.

Ela deu de ombros.

— Vou morrer em glória, certo? Você quer se aproximar do cachorro do inferno, e eu vou te levar. Só depois não diz que eu nunca fiz nada por você.

— Amy — começou Nox, mas outro soldado de Dorothy nos interrompeu.

— Sem tempo! — gritou Lulu, me suspendendo no ar enquanto Nox se esquivava do golpe do soldado. Meu estômago se revirou enquanto Lulu me balançava violentamente por sobre a batalha. Era uma pena os macacos voadores não terem cintos de segurança.

Totó e Dorothy não nos viram até estarmos quase em cima deles. Dorothy segurava com uma das mãos o pescoço de Totó, e eu via o poder pulsando ali, fluindo diretamente do corpo dela para o dele. Os olhos dela estavam fundos e arroxeados, e os cabelos, escorridos e sem vida. Ela se inclinou sobre o pescoço de Totó como se mal tivesse forças para sentar de forma correta. Transformar Totó no Hulk dos animais domésticos estava acabando com ela. Pensei na minha mãe, com os olhos vazios e esgotada depois de uma dose. Dorothy parecia do mesmo jeito. A magia de Oz a estava matando. Nox e os Malvados tinham razão: a magia também ia me matar em algum momento. Mas, naquele instante, era o único caminho. Uma das mandíbulas de Totó se fechou, e a metade inferior de um macaco desabou enquanto Totó engolia o resto.

– Pronta? – perguntou Lulu. Eu não estava. Nunca fiquei tão apavorada na vida. Mas não importava.

Antes, quando eu usava a magia de Oz, era como abrir uma torneira – algo que eu podia controlar, apesar de nem sempre entender. Mas alguma coisa tinha mudado. Eu me lembrei do que Nox me falou antes de Dorothy nos arrastar para o Kansas: que a magia de Oz estava voltando e que tinha vontade própria. Dava para senti-la, como uma consciência maciça e forasteira por trás do fluxo de poder. Era como se eu desencadeasse uma torrente furiosa. A magia foi forte o suficiente para tirar minha consciência do corpo, fazendo minha mente flutuar enquanto Lulu me carregava em direção a Dorothy. Dava para ver tudo acontecendo ao meu redor ao mesmo tempo, como se eu estivesse assistindo a uma tela de cinema: Nox e os macacos, lutando lado a lado; Mombi e Gert tentando alcançá-los, com o rosto repuxado de exaustão; Glamora e Glinda, empatadas e ainda em batalha, alheias a tudo que acontecia ao redor – até a Dorothy e Totó. Dava para sentir o poder recuando dentro de mim, e meio que entendi que havia invocado alguma coisa com potencial para me destruir. Mas não tinha como parar aquela magia. Eu era como uma folha flutuando por um rio furioso. Tudo que eu podia fazer agora era tentar sobreviver ao que quer que fosse que eu tinha libertado.

VINTE E QUATRO

Eu invocara a mesma magia escura e densa que tinha me transformado uma vez. Agora, eu me entreguei a ela. *Faça o que quiser*, sussurrei. Senti meu corpo mudar, se expandir. Os dedos de Lulu se alongaram e neles cresceram brotos escuros que envolveram os meus ombros e se afundaram na minha carne. Seus braços se fundiram nas minhas costas, e senti suas asas se abrindo, estriadas e coriáceas como as de um dragão. Chifres brotaram na minha testa. Dentes serrados saíram da minha gengiva, e abri minha boca enorme em um rugido. Meus dedos estavam se alongando em garras, meus braços e pernas ondulando com novos músculos cobertos com uma pele de cor verde-esmeralda, macia como veludo. Eu estava me transformando em um monstro. E gostando. O sentimento de poder incomparável. As asas bombeando nos meus ombros, me aproximando do meu inimigo. Indistintamente, eu ouvia a voz de Lulu no fundo da minha cabeça, como uma abelha zumbindo em uma jarra de vidro, mas não me importava.

Totó se ergueu nas patas traseiras para me receber. Uma explosão de hálito quente e fedorento me atingiu no rosto quando balancei a faca em direção à primeira das suas três cabeças. O tempo pareceu ficar mais lento enquanto minha lâmina encontrava sua carne escamosa e a atravessava como uma faca quente na manteiga. A cabeça rodopiou para o chão, a boca ainda aberta em um rugido e o cotoco do pescoço jorrando sangue preto. Escapei dos maxilares das outras duas cabeças, me movendo com tanta rapidez e agilidade pelo ar quanto uma libélula, apesar do meu tamanho. Dorothy estava agarrada à fita amarrada ao pescoço central de Totó, me encarando com algo que percebi ser medo. Em um movimento suave, cortei a segunda cabeça de Totó.

— Não! — gritou Dorothy quando a cabeça restante rugiu de dor e raiva. Ela soltou a fita e caiu das costas dele. Recuei o braço, pronta para golpeá-la enquanto caía, mas alguma coisa me impediu. Havia algo em relação a matar Dorothy que eu não conseguia me lembrar. Alguma coisa importante...

Totó avançou, rosnando, e derrubou a faca das minhas garras. Eu me atirei nele e afundei as minhas presas em sua garganta escamosa, rasgando-a. Seu sangue quente escorreu sobre mim, e eu o engoli enquanto me agarrava à sua garganta. Os macacos correram para o abate, atacando a última cabeça. Eu me afastei assim que Totó caiu no chão, seus olhos já fixos na morte. Pousei ao lado de seu cadáver. Os macacos se afastaram de mim, levantando as armas. Eu me vi refletida nos olhos deles, retorcida e monstruosa. E adorei. Ser um monstro era incrível. Eu podia fazer qualquer coisa, matar qualquer um. Podia destruir todos eles. Oz seria minha... E aí alguma coisa veio à tona dentro de mim. Algo prateado e frio como um riacho de montanha. Feixes de luz prateada se enrolaram no meu corpo, me segurando com força. *Volta, Amy.* Era como se os sapatos de Dorothy estivessem falando comigo, de alguma forma. Impedindo que a magia de Oz assumisse o meu corpo completamente.

— Amy! — A voz de Nox me trouxe de volta à consciência. Ele estava atravessando o campo de batalha, gritando o meu nome. Amy. Eu era Amy. Senti a magia sombria se agitando dentro de mim, sem querer ceder. *Me solta*, pensei. *Por favor, me solta.*

Os sapatos de Dorothy soltaram um brilho prateado. Gritei de agonia enquanto meus ossos se quebravam e se retorciam, o corpo de Lulu se separando do meu. Desta vez, a transformação não foi fácil. Foi tão dolorosa que pensei que ia morrer bem ao lado de Totó. Solucei de dor e medo enquanto minhas garras se retraíam e minhas presas se afundavam de volta nas gengivas. Um instante depois, os braços de Nox estavam ao meu redor. Eu me agarrei a ele como a um bote salva-vidas em um oceano de dor.

— Está tudo bem — sussurrou ele contra meu cabelo, me embalando para a frente e para trás. — Está tudo bem. — Aos poucos, a agonia desapareceu, deixando a exaustão no rastro. — *Nunca* mais faça isso — disse Nox. — Nunca. Achei que eu tinha te perdido. — A emoção na voz dele era densa.

— O que foi aquilo! — Lulu estava gritando. — O que você acabou de fazer, sua bruxa?!

— Dorothy — ofeguei enquanto Nox me ajudava a ficar de pé. — Encontre Dorothy.

Dorothy estava deitada na grama ao lado do corpo de Totó, uma perna retorcida embaixo da enorme carcaça. Ela se esforçou para se sentar, tentando fracamente empurrar o corpo de Totó enquanto eu mancava em sua direção. Parecia que a magia nos sapatos enfeitados com diamantes era a única coisa que me mantinha de pé.

— Você — disse ela, com a voz mais exausta do que irritada. — Sempre você, não é?

Dorothy fechou os olhos, como se estivesse tão cansada que nem conseguia mantê-los abertos. Eu compreendia. Ela havia cedido à mesma magia que quase me destruíra ainda agora. Tinha dado tudo que era para Oz. Nem a volta ao Kansas desfizera o dano causado pela magia de Oz. Percebi que, eu sendo ou não destinada a acabar com ela, Dorothy estava condenada.

— Você não pode me matar — disse ela. — E não vai vencer. — Seus saltos vermelhos brilharam com um pulso de cor rubi, e levantei a mão para proteger os olhos do seu esplendor. — Não se esqueça de mim, Amy — acrescentou ela com uma sombra de sorriso, e depois sumiu.

— É demais pedir que você simplesmente mate essa escrota? — resmungou Lulu.

Ao nosso redor, os macacos ainda lutavam contra o exército de Dorothy, mas, com ela sumida e Totó morto, seus soldados começaram a cambalear, confusos. Alguns se sentaram onde estavam lutando, olhando para o nada como máquinas cujos interruptores tinham sido desligados. Outros largaram as armas ou se juntaram aos macacos para lutar contra o exército de Glinda. A maioria das soldados parecia aturdida e desorientada, sem saber contra quem devia estar lutando.

— O que aconteceu com você? — perguntou Nox em voz baixa. Balancei a cabeça.

— Não sei. Os sapatos me salvaram, acho. Não sei como nem por quê. Mas escuta... alguma coisa está estranha. Desta vez, eu *podia* ter matado Dorothy, diferentemente de antes. Eu sabia disso, de alguma forma. — Olhei para os sapatos cintilantes. — Acho que tudo está diferente agora, com os sapatos.

Antes que ele pudesse responder, as bruxas pousaram de repente atrás de nós.

— Glinda — disse Nox. — Temos que ajudar Glamora a lutar contra ela. — As duas estavam tão cobertas de sangue que era impossível dizer quem era quem. Eu sabia que Glamora queria que aquela luta fosse só dela, mas eu não podia deixá-la morrer. Reuni minhas forças, afastando as soldados de Glinda e as criaturas do Homem de Lata enquanto corria em direção às duas.

Quando cheguei mais perto, vi que Glinda estava deitada de frente para Glamora, que montava nela, as mãos ao redor da garganta da irmã. Eu devia ter ficado satisfeita, mas era como assistir a um filme de terror. Alguma coisa na expressão de Glamora me deu calafrios. Ela nem estava mais usando magia, só os punhos.

— Isso é por tudo... que você tirou... de mim — rosnou Glamora, pontuando as palavras, batendo a cabeça de Glinda no chão. Ela não estava tentando matá-la; só queria que Glinda sofresse.

— Glamora! — gritei.

Não sabia o que fazer. Ela estava ganhando, e eu não queria ajudar Glinda. Só desejava que Glamora voltasse a ser a bruxa que eu conhecia: forte, mas elegante, linda e gentil, não aquele demônio desumano e sangrento que sentia tanto prazer no sofrimento da irmã. Mas, quando Glamora me olhou, surpresa, Glinda deu um tapa na cara dela. Aturdida, Glamora soltou o pescoço da irmã, e Glinda se esforçou para sair de baixo dela. Glamora deu um soco tão forte que a cabeça de Glinda virou-se para trás e ela desabou, totalmente atordoada. Então Glamora afundou os dedos até a articulação nas cavidades oculares de Glinda.

Uma luz cor-de-rosa explodiu do rosto de Glinda. Glamora jogou a cabeça para trás, o rosto congelado em um sorriso medonho. Caí de joelhos enquanto Glamora gritava em triunfo — e aí seu grito mudou para outra coisa enquanto a luz cor-de-rosa subia pelos seus braços e pelo peito e alcançava a face. Seu rosto de pedra se retorceu.

— Glamora! — gritei de novo, rastejando de quatro em direção a ela.

Ela voltou a ser de carne e osso, e o rosto que se virou para mim era, de certo modo, o dela e o de Glinda ao mesmo tempo. A cicatriz na bochecha de Glamora se transformou em uma na testa de Glinda, e então elas voltaram, primeiro Glinda e depois Glamora, me encarando com aqueles olhos azuis assombrados.

VINTE E CINCO

Enquanto eu observava, impotente, a forma de Glinda se dissolveu em uma luz cor-de-rosa, fluindo pelos braços de Glamora acima. O corpo de Glamora subiu lentamente para o ar, girando em uma nuvem cor-de-rosa de poder. Sua boca estava aberta em um grito silencioso, os olhos encarando sem ver.

— Glamora! — gritei, avançando. E aí um último flash de luz cor-de-rosa explodiu, me derrubando com um enorme estouro.

— Você está bem? — Nox estava ao meu lado, me ajudando a ficar de pé. Fiz que sim com a cabeça, sem fôlego demais para falar. Só havia uma bruxa deitada no chão, encolhida. A outra tinha desaparecido.

Ficamos olhando, assustados, para o corpo inerte encolhido na terra ensanguentada. Mantive minha faca pronta enquanto fomos em direção a ela na ponta dos pés. Nox chutou o corpo, e a mulher virou-se de barriga para cima.

A princípio, eu não sabia para *quem* estava olhando. Os olhos permaneciam fechados, mas o peito subindo e descendo nos dizia que ela ainda estava viva. A pele era de uma porcelana impecável, sem a cicatriz escancarada de Glamora nem a ferida recente e feia de Glinda. O cabelo dourado caía ao redor, tão limpo quanto se ela tivesse acabado de lavá-lo. E ela estava completa e totalmente nua.

Havia algo de trágico em vê-la desse jeito. Alguém como Glamora, para quem etiqueta era tudo.

— Me dá sua camisa – ordenei a Nox.

— Minha o quê?

— Sua *camisa*, idiota. – Puxei a roupa dele. Aos poucos, ele compreendeu e tirou a camisa, os músculos se contraindo. Nox pigarreou, e percebi que minha boca estava aberta.

Corando, peguei sua camisa e a joguei sobre Glamora. Se *fosse* Glamora.

— Temos que descobrir o que acabou de acontecer – disse Nox. – Se essa for Glinda...

— Eu vi Glinda desaparecer – falei. – Pelo menos, acho que foi isso que eu vi. Era como se as duas tivessem se fundido numa única pessoa, de alguma forma.

— Vou ficar de guarda pro caso de ela acordar – disse ele. – Por que você não vai ver se todos os outros estão seguros?

— Já estou um passo à frente de vocês – disse Mombi, surgindo atrás de nós com Gert nos seus calcanhares. Melindra estava atrás das duas. Não vi Annabel, nem a maioria dos outros guerreiros que tinham chegado ao castelo com elas.

— Annabel? – perguntei, e Melindra balançou a cabeça, o rosto cheio de tristeza. Ao meu lado, Nox prendeu a respiração.

— Annabel e eu nos conhecemos desde... – Ele parou, a voz fraca, e abaixou a cabeça. Podia ouvir Lulu dando ordens em algum lugar próximo.

— Sinto muito, Nox – falei. Havia uma camada extra de culpa, porque eu nunca tinha gostado dela. E agora ela estava morta.

— Tivemos grandes baixas – disse Mombi, sombriamente. – Perdemos muitos macacos e a maioria dos nossos guerreiros. Mas a batalha acabou. A maioria das soldados de Glinda desertou quando Glamora a derrubou, mas os macacos estão cercando os poucos que restaram.

— E o exército de Dorothy? — perguntei. Mombi bufou.

— Os sobreviventes estão ajudando os macacos — disse Gert baixinho. — Eles foram escravizados pela magia de Dorothy, mas não são maus. A magia dela já não é poderosa o suficiente pra controlá-los de longe. Muitos deles são apenas agricultores e camponeses que o Homem de Lata sequestrou e aprisionou antes de morrer. — Sua voz estava cheia de tristeza.

Quanto sofrimento, pensei. E nada disso era necessário.

— Não há tempo para lágrimas numa guerra — disse Mombi de um jeito ríspido. — Vamos ter que enfrentar Dorothy de novo, mas temos problemas mais urgentes com que lidar agora.

Ela se inclinou por sobre a bruxa inerte deitada na nossa frente, estendendo as mãos para Nox e Gert.

— Juntem-se ao círculo — disse Mombi, e Nox e Gert obedeceram, se ajoelhando ao lado dela.

Os três fecharam os olhos, de mãos dadas sobre o corpo adormecido da bruxa. Um brilho dourado suave formou uma nuvem sobre as três figuras com manto. Mombi murmurou uma longa série de sílabas, e a nuvem de ouro pareceu reagir à sua voz, examinando suavemente o corpo e o rosto da figura adormecida. Por fim, Mombi soltou um longo suspiro e largou as mãos de Nox e Gert, abrindo os olhos. Havia uma expressão estranha no seu rosto, que não consegui interpretar.

— É ela — disse Mombi. — É Glamora. Ela conseguiu. Ela ganhou. — Aos poucos, a nuvem afundou no peito da bruxa adormecida, até que ela começou a brilhar com a mesma luz amarela.

— Junte-se a nós, irmã — disse Gert. — Junte-se novamente à Ordem. Levante-se com os Malvados. — A bruxa adormecida abriu os olhos.

— Bem-vinda de volta, Glamora — disse Mombi. — Você derrotou Glinda.

VINTE E SEIS

Depois de tudo o que aconteceu, eu meio que tinha me esquecido de Pete e Ozma. Nós os encontramos brincando com um jogo de damas que Ozma havia improvisado com seixos e pedaços de armadura na sala do trono do Homem de Lata, ainda acorrentados. Nox avançou, e por um segundo pensei que ele ia dar um soco na cara do Pete. Não que eu fosse impedir – apesar de que, tecnicamente, era eu que devia estar socando Pete. Ele me bateu na cara antes de invocar Glinda e deixar Policroma morrer.

— Damas? — Nox rosnou. — Isso é sério? Pessoas *morreram* lá fora.

— Achei que era uma boa ideia mantê-la quieta e escondida — disse Pete, infeliz, olhando para Ozma.

Ficamos todos em silêncio nos entreolhando enquanto Ozma balbuciava alegremente, movimentando suas pedras e pedaços de metal. Pete parecia abatido e ansioso. Seus olhos verdes brilhavam no rosto magro, e os cabelos escuros estavam ainda mais bagunçados. Mas Ozma parecia perfeitamente serena. Conforme a magia de Oz retornava, ela apresentava mais e mais flashes de lucidez, e eu já tinha quase conseguido me comunicar com ela antes. Eu me lembrei da visão dela que Policroma tinha revelado, serena e régia e poderosa. Mas aquela Ozma ainda estava perdida em algum lugar, e não fazíamos ideia de como trazê-la de volta.

— Sinto muito — disse Pete. — Não posso pedir pra você me perdoar pelo que eu fiz, mas talvez possa entender. Policroma ia me matar. Eu não tive escolha.

— Você sempre tem escolha — disse Nox. Ele estava certo. Mas, de alguma forma, senti minha ira se dissipar quando vi a culpa e a dor no rosto de Pete. Ele sempre foi um mistério, mas me ajudou muitas vezes em Oz. Será que o que Pete fez era realmente muito pior do que qualquer coisa que eu teria feito no lugar dele para me manter viva?

— Deixa ele em paz — falei. Nox me encarou, assustado.

— Xeque-mate! — disse Ozma alegremente, varrendo as peças do jogo de damas do tabuleiro.

— Xeque-mate é no xadrez, Ozma — respondeu Pete com delicadeza, se inclinando para pegar as peças. Ele parecia quase fraternal, com um tom protetor na voz.

— Você sabe o que ela está pensando? — perguntei. Pete balançou a cabeça.

— A conexão foi completamente interrompida. Acho que ela não tem a menor ideia de quem eu sou.

Nox me puxou pelo braço e se inclinou na minha direção.

— Por que você está tão disposta a livrar a cara dele? — perguntou Nox em voz baixa. — Ele nos traiu.

— Glinda foi derrotada, então ele não pode nos entregar pra ela de novo. E, de alguma forma, meu feitiço separou Ozma e Pete permanentemente. Se não tivermos um motivo pra matar Ozma, ele não vai ter motivos pra se voltar contra nós.

— Vocês não precisam falar de mim como se eu não estivesse aqui — disse Pete, se levantando enquanto Ozma preparava alegremente o tabuleiro de damas outra vez. — Olha, Amy está certa. Eu não devia ter invocado Glinda, mas foi a única coisa em que consegui pensar que podia me manter vivo naquela hora. Eu não tinha ideia de que ela ia matar Policroma ou destruir as Cachoeiras do Arco-Íris.

— Você podia ter feito cem coisas diferentes – disse Nox com frieza. – Em vez disso, fez as pessoas morrerem. Pessoas como Annabel. E Policroma ainda estaria viva.

Suspirei.

— Nox, eu não confio no Pete, mas acho que ele não pode mais nos prejudicar. Mesmo que pudesse entrar em contato com Dorothy, não tem motivos pra isso.

— A bondade também pode ser uma fraqueza – disse Nox, sem tirar os olhos de Pete.

— Você sempre me fala outra coisa – retruquei. – O tempo todo, você disse que era isso que me tornava diferente.

Eu não sabia dizer por que queria poupar Pete. Nox estava certo: até então, a bondade não tinha feito nada além de quase me matar em Oz. Mas, se a magia de Oz estava me transformando em um tipo de monstro, talvez a minha vontade de perdoar a Pete fosse a prova de que ela não tinha me engolido por completo.

Um alívio inundou o rosto de Pete.

— Quer dizer que estamos bem?

— Não é bem assim – respondi. – Posso estar disposta a impedir que Nox te mate, mas isso não significa que quero você por perto. Você basicamente só arrumou problema desde o dia em que apareci em Oz.

— Eu te salvei quando você estava na prisão de Dorothy! – protestou ele.

— Isso foi há *muito* tempo. De qualquer forma, você não me salvou, foi Mombi.

Ao som do nome dela, Pete fez uma careta. Eu sabia que não havia nenhum amor entre ele e a bruxa que o enfeitiçou, para começo de conversa. Mombi provavelmente tinha os próprios motivos nesse assunto, e eu não queria lidar com eles. Minha vida já estava bem complicada do jeito que era.

— Quero que você vá embora – falei. – Tipo, agora. Pra sempre. Nunca mais quero te ver. Está claro?

Pete me encarou por um longo tempo, seus olhos escuros pensativos. Houve uma época em que eu sentia alguma coisa por ele. Mas isso foi há muito tempo. Agora ele era só um problema.

— Está claro — disse ele finalmente.

— Que bom — falei. Virei-me para Nox. — Posso te ajudar a soltar os dois. Os sapatos vão me proteger. — Eu parecia muito mais confiante do que me sentia.

Nox pareceu querer protestar, mas apenas assentiu. Ele fechou os olhos, levantando as mãos e apoiando-as nas correntes de Pete e Ozma pela segunda vez. Apesar do que eu disse, ainda não confiava completamente nos sapatos. Eu ia deixar a maior parte da magia para ele. Mas sabia que Nox não era poderoso o suficiente para libertar Pete e Ozma sozinho.

Nox grunhiu com o esforço de sustentar o feitiço. Coloquei as mãos sobre as dele, me concentrando muito nos sapatos mágicos. *Me ajudem*, pedi. *Me ajudem a ajudar Nox*. Dava para senti-los respondendo, a magia zumbia e despertava. E também sentia a magia de Oz — a atração sombria e perigosa de mais poder do que eu poderia manipular, me pedindo para ceder, me lembrando de como foi bom ser consumida pela magia, transformada em um monstro imbatível. Em vez disso, me concentrei nos sapatos, desejando que a escuridão recuasse. Senti sua decepção como se fosse uma coisa viva.

Nox deu um suspiro final, e as correntes de Pete e Ozma se desmancharam em fragmentos cor-de-rosa inofensivos. Cambaleei para trás de alívio. *Essa foi por pouco*, pensei. Talvez pouco demais. Será que os sapatos estavam do meu lado? Ou será que o sentimento de segurança que eles me davam era um truque do Rei Nomo?

Nox notou minha expressão.

— Você está bem? O que aconteceu? E você disse alguma coisa mais cedo sobre os sapatos de alguma forma te deixarem capaz de matar Dorothy?

— Estou bem. Eu tinha razão. Os sapatos podem me proteger dos efeitos da magia de Oz. Não quero forçar a minha sorte, mas posso usar magia, se for necessário. E, sim, a coisa que estava me prendendo a Dorothy antes... os sapatos desfizeram.

Nox balançou a cabeça, mas não respondeu. Eu sabia que ele achava que eu estava errada, que a magia era um risco muito alto. Eu também sabia que havia uma grande possibilidade de ele estar certo.

— Sai daqui – disse Nox a Pete. – E se eu te vir de novo... – Ele parou, mas a ameaça era clara.

— Você quer me teletransportar pra longe ou devo usar a porta? – Não dava para não notar o tom de sarcasmo na voz de Pete, nem a mágoa.

— Pode ir pela porta – respondi.

Os olhos de Pete encontraram os meus, sua expressão ilegível e sua boca tensa. Eu me perguntei se tinha acabado de arrumar um novo inimigo.

Pete se virou e abraçou Ozma. Os olhos dela se arregalaram, e por um segundo vi uma centelha de lucidez.

— Xeque-mate — murmurou ela, afundando o rosto no ombro dele. Pete fechou os olhos, acariciando os longos cabelos escuros dela, antes de afastá-la com delicadeza.

— Cuidem dela – disse Pete para nós. Ele levantou a mão como fosse acenar, mas então deu de ombros, impotente, e baixou a mão. Antes de se virar, vi que seus olhos estavam cheios de lágrimas.

— Adeus, Pete – falei baixinho. Vi suas costas sumindo pelo salão longo e empoeirado.

— Espero que a gente não se arrependa disso – disse Nox baixinho.

— Eu também.

— Damas? – perguntou Ozma, apontando para o tabuleiro.

VINTE E SETE

Naquela noite, um grupo desolado dos Malvados encheu o palácio do Homem de Lata. Quatro bruxas esgotadas, exaustas, um punhado de soldados surrados, uma garota metade lata, um exército de macacos estranhamente calado e eu.

Olhei para os meus amigos e companheiros enquanto Nox e Mombi invocavam uma simples refeição de pão, queijo e água. Endurecidos pela batalha e cansados, estávamos todos sujos, ensanguentados e machucados. Eu nem tinha certeza se ganháramos. Dorothy ainda estava viva, esperando para atacar de novo. Era coisa demais para pensar. Lembrei-me do sorriso de Annabel, dos cabelos vermelhos compridos, e apertei os olhos para afastar as lágrimas que eu sentia se aproximando. Eu me perguntei se nunca chegaria o dia de deixar a guerra para trás. De alguma forma, o breve momento no Kansas em que fingi ser só uma garota normal de novo tinha piorado tudo.

Todas as bruxas estavam desanimadas. Nox tinha desaparecido pouco depois de terminarmos de comer, e eu o deixei ir. Glamora mal estava consciente, depois da batalha contra Glinda, e ficou de fora da comemoração, encolhida em um canto da antiga sala do trono do Homem de Lata, enrolada em um cobertor e bebericando uma caneca de chá fedorento que Lulu insistiu que era restaurador (eu esperava que não fosse feito das mesmas coisas que o napalm artesanal dos macacos). Os macacos mais feridos descansavam com ela.

Eu estava preocupada com Glamora. Ela parecia mais do que apenas cansada – parecia um zumbi. Pensei no monstro em que me transformei e me perguntei se o feitiço que Glamora tinha lançado para se transformar fez com que ela perdesse um pouco da sua humanidade.

– Ela vai ficar bem – disse Gert, interrompendo meus pensamentos. Ela estava sentada ao meu lado na longa mesa do salão de banquete e ficara quieta durante a maior parte do jantar. – Ela só precisa descansar. Glinda era uma das bruxas mais poderosas de Oz. É impossível lutar contra alguém tão poderoso sem sair da batalha um pouco destruída.

Como se também pudesse ler a minha mente, Mombi veio cambaleando até nós.

– Não temos tempo pra descansar – disse ela. – Temos que planejar o próximo passo.

Gert fez que sim e foi buscar Glamora e Melindra.

Olhei ao redor do corredor, onde os macacos ficavam enrolados em bolinhas adormecidas. Lulu já estava roncando alto à mesa. Mas não há descanso para os Malvados, pensei com melancolia. Segui Gert, Mombi e Glamora até o andar de cima.

Desta vez, em vez de nos reunirmos no quarto do Homem de Lata, encontramos um pequeno aposento com algumas cadeiras intactas, e fiquei grata por isso. Claro, ele estava morto e não morava naquele palácio desde antes de eu ir para Oz, mas era difícil não ver aquele armário assustador onde ele dormia sem pensar em todas as coisas horríveis que tinha feito às pessoas de quem eu gostava. Começando com Indigo, nas minhas primeiras horas em Oz, a Munchkin, que o Homem de Lata torturou até a morte na minha frente depois que ajudamos o macaco áptero Ollie a escapar. As pessoas que me ajudavam tinham a tendência de se machucar na Oz de Dorothy, pensei de repente. Àquela altura, a lista era longa. Indigo. Ollie. Policroma e Heathcliff. Jellia. Até Pete, embora fosse mais difícil sentir pena dele.

Mombi não ia me dar tempo para sofrer. Ela fechou os olhos e estalou os dedos assim que o resto de nós se sentou, e, depois de um minuto, Nox entrou no quarto. Estar conectado ao Quadrante tinha muitas desvantagens. Puro poder de um lado, ser convocado como um cachorro quando se queria um tempo sozinho de outro.

– Vamos ao trabalho – disse Mombi de maneira ríspida. – O cenário mudou um pouco, para dizer o mínimo. Isso tende a acontecer muito por aqui, não é?

– O poder de Dorothy está comendo ela viva – respondeu Gert. – E Glinda era quem estava ajudando. Mas, pelo que Amy descobriu no Kansas, parece cada vez mais possível que o Rei Nomo estivesse se preparando para nos atacar o tempo todo. É perfeitamente possível que ele tenha trazido Amy para Oz quando percebeu que Dorothy seria engolida pela magia daqui. E agora que Glinda está morta...

– Glinda *está* morta? – interrompeu Nox, olhando para Glamora. – Como sabemos disso com certeza?

– O feitiço que realizei no campo de batalha teria encontrado vestígios de Glinda, se ela ainda estivesse em Glamora – disse Mombi.

Glamora sorriu com delicadeza.

– Sou eu, Nox, eu juro. Mas a batalha final com minha irmã me deu informações importantes que vão influenciar os nossos planos. Eu pude ver dentro da mente dela naqueles últimos momentos, e sei por que os caminhos de Dorothy e de Glinda divergiram. – Ela olhou para mim. – Mas não sou a única com uma conexão com os nossos inimigos, não é, Amy? Você tem os sapatos de Dorothy. Pode aproveitar o poder deles para ver o que Dorothy está planejando.

– Não! – disse Nox imediatamente, ficando de pé em um pulo. – Não é seguro. Já falamos disso. Não me importa o que Amy diz sobre os sapatos protegerem-na... Ela não pode usar magia em Oz.

— Estou bem aqui – falei bruscamente. – Posso falar por mim mesma. Também tenho novidades: posso matar Dorothy. Os sapatos parecem ter quebrado a conexão que tínhamos.

Glamora sorriu de novo, seus olhos azuis cintilando.

— Por que eu não começo dizendo o que vi na mente de Glinda?

VINTE E OITO

Glamora se levantou, se apoiando pesadamente no encosto da cadeira, como se quisesse enfatizar a seriedade do que ia dizer.

— Tem havido problemas entre Glinda e Dorothy há algum tempo — começou ela. Apesar de sua óbvia exaustão, a voz era clara e firme. — Minha irmã tem tentado controlar o trono de Oz por muito tempo, e Dorothy é apenas o mais recente de seus pequenos... planos.

Os joelhos de Glamora tremeram, e ela segurou a cadeira com mais força para se apoiar, respirando fundo.

— Mas, assim como Ozma, Dorothy provou ter vontade própria. Só que, neste caso, Dorothy logo ficou tão desvirtuada pelo poder que decidiu se estabelecer como governante tirana. Glinda tem procurado uma maneira discreta de se livrar dela. — Glamora olhou para mim. — Acho que Dorothy adivinhou que Glinda se voltaria contra ela, mas o feitiço do Mágico levou vocês duas para o Kansas antes que pudesse fazer alguma coisa a respeito. Agora... — Ela deu de ombros. — Se era o Rei Nomo quem tentava controlar Dorothy o tempo todo, é mais um motivo para matá-la. E se ele não estiver... bem, todos sabemos que Oz não estará segura enquanto ela estiver viva. Eu também não gosto dessa ideia, Nox, mas Amy tem que usar os sapatos pelo menos mais uma vez.

— É um risco enorme – disse Mombi. – Poderíamos estar jogando exatamente o jogo do Rei Nomo.

— Acho que não – falei. Todas as bruxas se viraram para me olhar. – Quero dizer, eu sei que ele queria que eu encontrasse os sapatos e voltasse para Oz. Sei que ele espera me usar da mesma maneira que quis usar Dorothy. Mas acho que ele não percebe que os sapatos são *bons*.

— Como assim bons? – perguntou Nox. – Você quer arriscar a sua vida por um palpite sobre um par de sapatos dos quais não sabemos nada? Depois de ter visto o que os outros sapatos encantados fizeram com Dorothy?

— Não consigo explicar – falei, sabendo que eu soava idiota. – Eu simplesmente sei. Os sapatos estão tentando me ajudar.

— Mas te ajudar a fazer o quê? – perguntou Mombi. Ninguém respondeu por um longo tempo.

— Qualquer tentativa vai ser arriscada – disse Glamora, por fim. – Acho que devemos deixar Amy usar os sapatos.

Mombi olhou para Glamora, e sua expressão era ilegível. *Tem alguma coisa que Mombi sabe e não está nos contando*, pensei de repente. Alguma coisa sobre o Rei Nomo? Ou sobre o que Glinda estivera planejando? Suspirei. Segredos e mais segredos. Tanto faz. Eu tinha uma tarefa em Oz: matar Dorothy. Era bom eu fazer o máximo para garantir que essa tarefa fosse realizada.

— A decisão é sua – disse Gert, lendo a minha mente.

— Nós não temos escolha – falei.

— *Sempre* há uma escolha – respondeu Melindra de um jeito ríspido, tamborilando os dedos de lata na mesa.

— Eu não tenho *muita* escolha, então – corrigi.

— Podemos usar nosso poder pra tentar te proteger – disse Mombi, gesticulando para os outros bruxos. Assenti e eles se levantaram, formando um círculo ao meu redor. Dava para sentir a corrente de poder passando entre eles, criando uma bolha em volta de mim, como um escudo.

— Vamos te guiar – disse Gert.

Eu sentia cada um deles em sua magia: a de Nox era azul e fria, como um riacho no outono. A de Mombi era mais pesada, mais densa, como um antigo carvalho nodoso. A de Gert era quente e reconfortante, mas com uma ponta de aço por baixo da suavidade. E a de Glamora era um pouco doce demais, como uma fruta excessivamente madura. Deixei a magia fluir para dentro de mim e percorrer meu corpo antes de se acomodar nos meus pés. Os sapatos de Dorothy cintilaram com uma luz branca e cambaleei, mantida em pé apenas pela rede de magia do Quadrante.

— Concentre-se, Amy! – gritou Glamora.

O salão ao meu redor desapareceu, como aconteceu com o campo de batalha quando usei os sapatos. Eu estava em uma caverna subterrânea; dava para sentir um ar úmido e estagnado no meu rosto. Em algum lugar no escuro, um tique-taque trovejante reverberava pela caverna. E o ar estava cheio de magia, tão denso que dava para tocar. O poder do Quadrante me mantinha presa ao meu corpo como uma tábua de salvação, mas eu sabia que, se eles vacilassem, seria arrastada. E alguma coisa estava errada, eu sentia. Havia algo que não devia estar ali. O fio pálido da magia combinada deles engrossou e começou a ficar mais escuro, como se um veneno estivesse correndo por ele. Ao longe, ouvi Nox e Gert gritando meu nome.

Solta, alguma coisa parecia me dizer. *Solta*. Seria tão fácil ceder. Me deixar afundar naquilo. Eu finalmente poderia descansar.

Os sapatos de Dorothy cintilaram com mais intensidade ainda, e de repente pensei no cheiro de sândalo de Nox, no abraço reconfortante de Gert, na grosseria de Mombi. Até na atitude arrogante e desdenhosa de Melindra. Nos roncos de Lulu. Nos enormes olhos verdes de Ozma. Pensei em todo mundo de quem eu gostava em Oz e me joguei em direção a eles com toda a minha força.

A caverna desapareceu ao meu redor, e caí no círculo dos braços dos bruxos, batendo no chão com um estrondo que abalou os meus ossos.

Gert e Nox estavam ao meu lado em um instante, me ajudando a me levantar.

— O que aconteceu? – perguntou Nox. – Você está bem?

— Estou bem, mas não vi Dorothy. Vi um tipo de caverna. E ouvi um som maluco de tique-taque, mas não sei o que era.

— O Grande Relógio – disse Mombi. – Dorothy está tentando explorar a magia dele.

— Qual é o problema? Ela já não estava usando isso pra fazer os dias durarem o tempo que queria? – perguntei.

— O Grande Relógio está conectado à magia mais antiga e mais profunda de Oz – disse Gert lentamente. – Nem as fadas, as verdadeiras governantes de Oz, jamais entenderam como ele funciona. Dorothy está sugando sua magia aos poucos. Mas se ela está tentando liberar todo o poder do relógio... – Ela deixou a voz morrer até se calar.

— Então, o que acontece se ela tentar? – perguntei. Ninguém respondeu. Gert olhou para Glamora, que olhou fixamente para o chão. Mombi olhou para Nox, que olhou para a porta. Nada disso parecia um sinal muito bom. Nox suspirou e olhou para mim.

— Se Dorothy, de alguma forma, liberar a magia do Grande Relógio, é bem provável que ela destrua todos nós. Oz, o Outro Lugar...

— Espera, você está falando do *Kansas*? Como é que Dorothy pode destruir o Kansas com um cronômetro gigantesco?

— Oz e seu mundo estão entrelaçados – disse Gert. – Você sabe disso, Amy.

Eu me lembrei do que o Mágico tinha dito sobre o Kansas e Oz serem dois lados do mesmo lugar. O jeito estranho como Dorothy e eu permanecíamos conectadas. E a maneira como a Dorothy alucinada por magia estava amarrada à inocente garota de fazenda que tinha sido no Kansas.

— Oz fica sobre o Outro Lugar, como outra dimensão – disse Mombi. – Os dois mundos não interagem, mas dependem um do outro para sobreviver. Ninguém jamais tentou liberar a magia do Grande Relógio. Se Dorothy fizer isso, o poder será incontrolável.

Eu nunca tinha sentido muita saudade do Kansas, mas a ideia de ele ser apagado do mapa era uma perspectiva totalmente diferente da de simplesmente nunca ter que voltar. Pensei em minha mãe, totalmente inconsciente do fato de que Dorothy estava prestes a atirar destruição sobre todo o universo, do mesmo jeito que arremessara uma casa sobre uma bruxa, tantos anos atrás. Dustin e Madison e o bebê. Até mesmo a escrota da Amber e o idiota do sr. Stone. Coloquei a cabeça nas mãos como se pudesse apagar a realidade cobrindo os olhos.

— Posso impedi-la?

Gert olhou para Mombi, que deu de ombros.

— Você está conectada ao mesmo poder que ela. Você tem os sapatos. Está conectada a *ela*. Tenho certeza de que você é a única que pode fazer isso.

— Você ou o Rei Nomo — acrescentou Glamora. — Mas acho que não podemos contar com ele para nos ajudar.

— Ele não pode querer que Dorothy destrua Oz — protestou Gert.

— Ainda não sabemos *o que* ele quer – disse Nox. — E, se ele ainda estiver no Outro Lugar, não sabemos se ele sequer sabe o que Dorothy está fazendo. Talvez ele pense que ela está muito fraca agora pra provocar algum dano. — Ele balançou a cabeça. — Mas não gosto dessa ideia. Você fica dizendo que os sapatos de Dorothy estão te protegendo, mas como temos certeza se isso é verdade? E se tudo isso for uma armadilha? Não acredito que seja seguro você ir atrás de Dorothy. Temos que pensar em outro jeito.

— Não tem outro jeito — disse Glamora com rispidez.

— Amy está arriscando a própria vida! — protestou Nox.

— Estamos *todos* arriscando a própria vida — destacou Mombi de um jeito seco.

— Não vou deixar que vocês simplesmente a usem! — disse Nox com violência. — Vocês tiraram a minha vida; tudo bem. Não tenho nada a perder. Mas Amy ainda pode voltar pro Kansas um dia. Ela tem uma família lá. Pessoas que a amam. Não é certo pedirmos que ela arrisque tanto por um lugar ao qual ela nem pertence.

Essa *doeu*. Era assim que Nox me via? Depois de tudo que tínhamos passado juntos?

— Não posso decidir por mim mesma? Minha vida também vai ser muito melhor sem Dorothy, lembram?

— Você tem uma família pra qual voltar — disse ele baixinho. — Você tem uma vida, Amy. E você não é poderosa o suficiente pra lutar sozinha contra a magia de Oz.

— Você não pode tomar essa decisão por mim! — falei de um jeito ríspido. — Foi pra isso que eu treinei, isso é tudo que *você* me ensinou a fazer!

— Eu sei — disse Nox, arrasado. — Acredite: eu sei.

— Juntar-se ao Quadrante exige que deixemos nossos sentimentos *pessoais* de lado — interrompeu Glamora com suavidade.

Nox parecia prestes a bater nela, mas apenas balançou a cabeça com raiva. Eu quase ri. As regras do Quadrante não me deixavam ficar com Nox, mas não me impediriam de me voluntariar para uma missão suicida para salvá-lo.

— Eu vou — falei.

— Você me dá nojo — disse Nox para Glamora, com a voz fria. — Todas vocês. Vocês exigem demais. Usam as pessoas e jogam fora. Posso estar ligado a vocês, mas não tenho que concordar com o que estão fazendo. — Ele se virou nos calcanhares e saiu da sala.

— Bem — disse Mombi depois de um breve e incômodo silêncio. — Se vamos partir para a Cidade das Esmeraldas pela manhã para salvar o mundo, devemos descansar um pouco.

VINTE E NOVE

Não havia realmente cobertores o suficiente para todos, e os macacos já tinham roubado a maior parte do estoque do palácio. Ozma estava dormindo tranquilamente com a cabeça apoiada nas costas de Lulu, e parei por um instante para olhar para as duas. Lulu ainda estava roncando suavemente com a boca aberta, parecendo bem diferente da guerreira feroz que eu tinha visto recentemente na batalha. E Ozma – será que ela ainda estava ali dentro em algum lugar? Eu havia visto seus momentos de clareza, mas nenhum deles durou o suficiente para me fazer acreditar que ela voltaria ao normal. Eu estava lutando contra Dorothy havia tanto tempo que nunca tinha pensado muito sobre o que aconteceria quando ela finalmente fosse derrotada. Se Ozma ainda estivesse maluquinha, quem assumiria o controle? O Rei Nomo queria que fosse eu. Mas me sentia cansada de ser um peão na história dos outros. Nox estava certo. Eu não pertencia àquele lugar. Se os sapatos de Dorothy a tinham levado de volta ao Kansas, eles também podiam funcionar uma segunda vez para mim. Depois que eu a derrotasse para sempre, iria para casa, com ou sem o Rei Nomo. Oz teria que resolver seus problemas.

Gert, Glamora e Mombi tinham se afastado – provavelmente para encontrar aposentos privativos. Mas, por mais cansada que eu estivesse, não queria dormir. Em vez disso, entrei no que tinha sido o jardim do Homem de Lata.

O jardim provavelmente era bem conservado quando ele morava ali, mas estava abandonado havia muito tempo. Mesmo assim, apesar de estar acabado, a pior parte dos combates tinha acontecido longe do palácio, de modo que o jardim não fora mais destruído — exceto por alguns canteiros pisoteados e um ponto de sangue espalhado aqui e ali.

Mas, em outros pontos, flores brotavam ao luar: flores enormes e inclinadas que me lembravam um pouco de dálias, suspirando no vento e soltando pequenos sopros de perfume no ar fresco. Um enxame de grandes borboletas passou por ali, batendo as asas macias e aveludadas e cantando uma canção de ninar quase inaudível. Uma grande lua amarela estava pendurada no céu, tão baixa que pensei que poderia tocá-la se subisse bem alto. Como a lua em casa, aquela tinha um rosto; só que a lua de Oz era uma mulher com sorriso delicado que me lembrava um pouco de Gert.

Eu não sabia quanto tempo havia que me encontrava ali quando percebi que Nox estava ao meu lado.

— Você devia ir dormir — disse ele. — Amanhã vai ser... — Nox não precisava dizer. Nós dois sabíamos. Mas dormir era a última coisa em que eu podia pensar. De repente, ele pegou a minha mão. Eu me assustei com o calor do seu toque. A sensação da pele dele na minha.

— Olha —, sussurrou ele. — Tirium noturna.

— O que é isso?

Ele levou um dedo aos lábios e acenou para eu segui-lo, indo na ponta dos pés em direção a uma planta alta do tamanho de um girassol.

— Fique bem quieta — disse ele no meu ouvido, sua voz provocando um calafrio. — Se você assustá-la, não vai florescer. — Ele se agachou para esperar, e fiz o mesmo ao lado dele.

Nox estava observando a planta alta com a mesma intensidade de uma gata vigiando um buraco de rato. Os segundos viraram minutos. Fiquei inquieta. Ele colocou a mão no meu joelho para me tranquilizar e a deixou lá. Todos os meus sentidos pareciam totalmente alertas. Seu cheiro de sândalo. O calor do seu corpo. O movimento da sua respiração. Ele sorriu, mas não estava olhando para mim. Olhava para a planta.

Um único broto pálido estava se desenrolando do topo da haste, lento e elegante como uma bailarina fazendo piruetas em um palco. Outra fronde delicada a seguiu, depois outra, balançando suavemente na brisa noturna. Os brotos geravam ramos próprios, como uma teia de aranha se entrelaçando diante dos nossos olhos. Devagar, os fios se juntaram em uma enorme flor branca, cintilando com a luz da lua e se movendo de um lado para outro quase como se tivesse vontade própria. Percebi que estava prendendo a respiração e expirei devagar e longamente. A flor de tirium era linda e impossivelmente frágil – um lembrete de que, não importa o quanto eu ficasse confortável ali, Oz sempre seria uma terra estrangeira, governada por regras que eu não entendia completamente.

A flor de tirium se virou para mim e explodiu silenciosamente em uma rede de minúsculas luzes brancas, como vaga-lumes, que giraram ao nosso redor e se afastaram pela grama. Quando elas se prendiam a folhas ou ramos, ficavam penduradas e brilhando até que a suave luz branca finalmente desaparecesse. A flor era tão linda – e tão frágil. Como tudo que era bom naquele mundo louco. Como a esperança. Como o que tinha começado entre mim e Nox, que não podíamos terminar. Senti meus olhos ficando marejados, e Nox se esticou para secar as lágrimas.

— Eu me esqueci de que Dorothy não destruiu tudo que é bonito em Oz – falei.

— Ela não destruiu você.

— Não foi por falta de tentativa – disse eu, e aí percebi o que ele tinha insinuado e ruborizei. Fiquei grata pela escuridão que escondia minhas bochechas flamejantes.

— Minha mãe teria adorado ver uma coisa dessas. Eu queria ter me despedido dela, pelo menos –, falei baixinho.

— Você não vai morrer – disse Nox, sério. – Não amanhã, pelo menos.

— Espero que não. Mas eu quis dizer quando voltarmos para Oz. Quero ir pra casa, de alguma forma. Mas, vamos encarar a realidade, eu provavelmente nunca mais vou vê-la. Eu só queria que houvesse um jeito de poder ter dito a ela que eu a amo.

— Você pode ver sua mãe – disse Nox. Ele apontou para uma poça de água na base da planta de tirium, fechando os olhos. Eu me lembrei do feitiço de adivinhação que Gert tinha usado para me mostrar uma imagem da minha mãe nas cavernas dos Malvados. Eu me abaixei para olhar com mais atenção à medida que o poder fluía das mãos de Nox para a água clara. No começo, tudo que consegui ver foi grama e folhas. Mas aí a superfície da água tremulou e ficou opaca, e eu olhava para a sala de estar do novo apartamento da minha mãe. Ela estava sentada no sofá, os olhos vermelhos como se estivesse chorando. Jake ao lado com os braços ao redor dela. E do outro lado...

— Dustin e Madison? – sussurrei, surpresa. Dustin estava dizendo alguma coisa enquanto Madison assentia, balançando Dustin Jr. no joelho. E sobre todos eles se assomava o diretor assistente Strachan.

Havia alguma coisa no colo da minha mãe, percebi. Algo para o qual todos estavam olhando. Um livro de couro com bordas carbonizadas.

— O diário de Dorothy! – exclamei. – Minha mãe deve ter vasculhado o meu quarto depois do tornado e encontrado. Mas se eles perceberem o que é...

— Eles podem descobrir que Oz é real – sussurrou Nox.

— Sem chance. Você não sabe como é difícil as pessoas do meu mundo acreditarem nessas coisas sem ver com os próprios olhos. Se eles perceberem o que é o diário, provavelmente só vão achar que isso prova que Dorothy era uma pessoa de verdade... e que era totalmente doida. – Uma sensação estranha percorreu minha espinha; quente, pesada e formigante, como uma gota de metal derretido descendo pelas minhas vértebras.

— Mas eu pensei... — falei, deixando as palavras morrerem enquanto me inclinava para a frente. O diretor assistente Strachan ergueu os olhos, como se pudesse me sentir. E aí, de um jeito impossível, seus olhos encontraram os meus.

E não eram os olhos raivosos de Strachan. Eram os olhos pálidos e prateados do Rei Nomo. Ofeguei. Ele sorriu para mim e colocou uma das mãos no ombro da minha mãe e a outra no de Madison enquanto elas viravam as páginas do diário da Dorothy.

Não se esqueça, srta. Gumm, do quanto você tem a perder.

A voz dele invadiu os meus pensamentos, e eu me encolhi.

Se livrando ou não da nossa amiguinha Dorothy; não faz diferença para mim. Mas eu vou atrás de você muito em breve. E aí, srta. Gumm, suas ações serão muito importantes para mim.

Arfei enquanto seus pensamentos invadiam a minha mente, como se ele estivesse apenas tentando mostrar como seria fácil me controlar. *Não!*, pensei com intensidade. Os sapatos lançaram um pulso quente de magia pelo meu corpo, e o aperto do Rei Nomo afrouxou.

Não pense que seus sapatos são suficientes para me manter longe por muito tempo, srta. Gumm, sibilou ele. Do mesmo jeito repentino que chegara, o controle dele sobre a minha mente desapareceu. A visão da sala de estar da minha mãe explodiu como uma bolha, e a poça se evaporou com um silvo fumegante, me jogando no chão.

— Amy? — Nox estava me sacudindo. — O que aconteceu? O que você viu? — Eu estava grogue, e meus pensamentos, lentos como se eu tivesse acabado de acordar de um sonho longo e ruim.

— O Rei Nomo — falei, embolado. — Ele está com minha mãe. Disse que vem atrás de mim.

Nox inspirou profundamente.

— Vem atrás de você pra fazer o quê?

— Não sei. Ele não se importa se matarmos Dorothy. Ele tem outra coisa em mente.

Nox ficou em silêncio, pensando.

— Eu não gosto disso — disse ele finalmente.

Eu ri.

— Você acha que eu gosto? Mas temos que matar Dorothy, mesmo que seja parte do plano do Rei Nomo.

— Acho que você devia me dar os sapatos.

Balancei a cabeça com intensidade.

— Até agora, eles me protegeram. Me ajudaram a lutar contra o Rei Nomo agora mesmo. Não quero abrir mão deles.

— Não quer? Ou não pode?

Nós dois sabíamos o que ele queria dizer. Os saltos vermelhos de Dorothy, fundidos aos seus pés, a transformaram em um monstro. Eu não tinha nada além da minha intuição indicando que os meus sapatos não fariam a mesma coisa. Era perfeitamente possível que eles já estivessem me transformando. Que me dar uma sensação de proteção fosse só um truque. Mas eu não tinha outra maneira de usar magia e continuar eu mesma. E de jeito nenhum eu ia enfrentar Dorothy sem a capacidade de usar o meu poder.

— Me promete uma coisa — falei, sem tirar os olhos dos dele. — Só pra garantir.

— Depende da promessa — disse ele. Nox estava tão perto que dava para sentir o calor da sua pele. Tive que morder o lábio para não beijá-lo.

— Esses sapatos — falei, apontando para os meus pés. — Depois de amanhã, se eles me transformarem em... você sabe. Nela. Se eu tentar tirar e não conseguir. Eu quero que você me prometa que vai fazer o que for necessário pra tirá-los.

Seus olhos se arregalaram.

— Não vai chegar a esse ponto.

— Nox, não mente pra mim. *Pode* chegar a esse ponto, sim. Então promete. Você vai tirar os sapatos, não importa o que aconteça. Mesmo que você... — respirei fundo — mesmo que você tenha que cortar os meus pés. Mesmo que você tenha que me matar.

— Amy, isso é loucura.

— Não é loucura, e você sabe disso.

— Eu nunca quis isso pra você. Sinto muito que você... que isso... — Ele fez um gesto impotente.

— Eu sei. Promete, Nox.

Ele abriu os olhos e olhou fundo nos meus, como se estivesse tentando me absorver.

— Eu prometo.

— O que for preciso.

— O que for preciso.

Nós nos encaramos por muito tempo.

— Boa sorte, amanhã — disse ele rispidamente, desviando o olhar.

Eu queria que Nox dissesse outra coisa. Que encontrasse as palavras certas para me dizer que ia ficar tudo bem. Que me dissesse que ia dar um jeito de ficar comigo. Que ele ia encontrar uma maneira de me ajudar a ir para casa. Mas, em vez disso, ele se virou e se afastou, voltando para o palácio do Homem de Lata. Eu o segui, dizendo a mim mesma que a dor nas minhas costelas era apenas exaustão, e não meu coração se partindo em um milhão de pedaços dentro do peito.

TRINTA

Na manhã seguinte, nos reunimos no pátio. Lulu queria ir conosco, mas concordou em ficar no palácio do Homem de Lata com seus macacos, para o caso de algum exército de Glinda voltar. Ozma corria muitos riscos na Cidade das Esmeraldas, e Lulu ficou bem feliz de cuidar dela. Todos estávamos tentando compensar o passado, de uma forma ou de outra, eu achava. Com exceção de Ozma, que não conseguia se lembrar do dela. De repente, ter sua memória apagada parecia mais uma bênção do que uma maldição.

Então, no fim, só Nox, Gert, Mombi, Glamora e eu nos preparamos para o teletransporte até o palácio de Dorothy na Cidade das Esmeraldas.

Na última vez que o vi, era um lugar assustador. A cidade fora nivelada como se tivesse sido atingida por uma bomba, e o palácio em si parecia estar crescendo como um ser vivo, como se houvesse sido possuído por um tipo de força demoníaca.

Tinha sido coisa do Mágico, e ele já havia morrido. Mas, conhecendo Oz e sabendo o que eu sabia agora, achei que era improvável que as coisas tivessem melhorado, mesmo sem ele. Se tinha uma coisa que Oz me ensinou foi a me preparar para o pior.

Então, nós cinco demos as mãos, e Mombi começou a murmurar as palavras familiares do feitiço que nos levariam até lá.

Eu já estava acostumada a voar, mas mesmo assim não perdia a graça. Senti o tranco familiar de magia me erguendo no ar, e a sensação de frio na barriga enquanto subíamos ao céu, ainda de mãos dadas. No horizonte distante, via-se a faixa clara do Deserto Mortal; na direção oposta, os picos altos das montanhas. Por apenas um instante, naquele espaço glorioso sem peso, pude fingir que não estava voltando à batalha – apenas voando sobre a paisagem brilhante de Oz com o vento no cabelo e o sol nas costas. Dava para ver a mesma alegria no rosto de Nox. Até Mombi, que detestava altura, estava sorrindo enquanto nos dirigíamos ao nosso destino.

De repente, a expressão de Nox mudou. Virei a cabeça para seguir o olhar dele e ofeguei.

Estávamos voando direto para uma tempestade. Do nada, nuvens escuras se juntaram em um inferno turbulento diante de nós, se assomando sobre a destruída Cidade das Esmeraldas.

Eu havia visto as mudanças na cidade quando estava no chão, e já tinha sido ruim o suficiente. Mas, do ar, era aterrorizante: os edifícios bombardeados, as ruas vazias salpicadas de gemas quebradas. Dali, dava para ver que também havia corpos nas ruínas – retorcidos e quebrados como os prédios à volta. Engoli em seco. No centro de tudo, as torres retorcidas do Palácio das Esmeraldas espetavam as nuvens escuras de aparência oleosa. O palácio parecia irradiar uma sensação tangível de ameaça. Videiras escuras e tortuosas se enroscavam nas torres retorcidas, e fumaça escapava de algumas das janelas quebradas. O que antes era um jardim ordenado agora mais parecia uma selva, cheia de plantas espinhosas que eu não reconhecia. O ar estava repleto de um barulho de tique-taque profundo, como se o maior relógio de pêndulo do mundo estivesse em algum lugar dentro do palácio.

– O Grande Relógio – disse Gert com rigidez. – Ela já está tentando usá-lo.

— Segurem-se! — gritou Mombi, apertando mais a minha mão. Conforme nos aproximávamos da tempestade, rajadas de vento começaram a nos atingir, fortes e insistentes como punhos. Um sopro foi tão forte que quase me tirou do aperto de Mombi. Do meu outro lado, Gert também me apertou ainda mais. As bruxas começaram a cantar.

— Não solta, Amy! — gritou Gert acima do barulho do vento crescente. Ela não precisou falar duas vezes. Eu me segurei com toda a força possível enquanto o canto de Gert e Mombi ficava mais alto para encarar a força da tempestade. Estávamos quase chegando ao palácio, agora. De repente, consegui distinguir uma quantidade abundante de figuras nos jardins cobertos e emaranhados que o cercavam.

— Ainda tem um exército lá! — gritou Nox.

Estávamos nos aproximando do chão a uma velocidade aterrorizante. As plantas do jardim se estendiam com ramos pontiagudos, e uma longa videira se desenrolou de uma das torres do palácio e nos chicoteou com fúria.

— Cuidado! — gritei, mas a videira atingiu o braço de Mombi antes que ela pudesse se mover, deixando um corte largo e feio. Ela gritou de dor e me soltou. Senti minha outra mão escorregando do aperto de Gert.

— As plantas estão atacando! — gritou Glamora. — Elas estão defendendo o palácio!

— Amy! — gritou Nox freneticamente, do outro lado de Mombi. A videira se enrolou nas pernas de Gert e a arrancou de mim. Glamora gritou enquanto eu caía em direção aos espinhos que me esperavam. Quando estava prestes a bater no chão, uma enorme rajada de ar me pegou e me fez girar suavemente. *Nox*, pensei, lutando para me localizar. Ele tinha me salvado.

Gert lançou uma explosão de fogo na videira ainda emaranhada em suas pernas, cortando-a em pleno voo, e a planta recuou enquanto a bruxa caía no chão. Corri até ela.

— Estou bem! — ofegou Gert. — Sem tempo! Você precisa se apressar! — No chão, o barulho de tique-taque era ainda mais alto e mais incessante.

Parecia que estava tentando invadir minha cabeça, e tive que resistir ao impulso de cobrir os ouvidos.

— Soldados! — gritou Nox.

Invoquei a minha faca e girei para ficar agachada em posição de batalha. Meus reflexos estavam de volta, e bem na hora certa. Aqueles soldados eram diferentes dos que tinham nos atacado no palácio do Homem de Lata. Eram totalmente mecânicos, zunindo e zumbindo como um exército de relojoaria. Alguns estavam sobre duas pernas e pareciam quase humanos; outros tinham rodas ou um monte de pernas articuladas como uma centopeia. Alguns carregavam armas em garras de metal, e outros tinham espadas e lanças embutidas nos troncos de lata.

Nox aparecia e sumia, se teletransportando pra lá e pra cá entre os soldados enquanto os golpeava com sua faca. Um uivo aterrorizante atravessou o ar, e vi uma fileira de pequenos Totós mecânicos com três cabeças, que vinham do palácio na nossa direção. Seus olhos brilhavam com uma luz vermelha sombria que me lembrou dos sapatos de Dorothy. As mandíbulas de cada cabeça estavam cheias de presas serrilhadas tão compridas quanto o meu antebraço, e os rabos mecânicos tinham placas de aço irregulares na ponta, que eles chicoteavam de um lado para outro. Eu me preparei para lutar.

Uma bola de fogo navegou por sobre a minha cabeça e pousou entre os soldados de lata, fazendo vários deles voarem. Glamora saltou para o meu lado.

— Nós os seguramos! — gritou ela, lançando outro spray de chamas no exército que se aproximava. — Você e Nox vão achar Dorothy!

Desviei de um golpe e me levantei atacando, cortando um soldado ao meio.

— Como vamos chegar ao palácio?

— Nox pode te levar. Só conseguimos segurá-los por algum tempo... Vocês precisam ir o mais rápido possível.

Atrás dela, Mombi lançava uma bola de fogo depois da outra no exército mecânico de Dorothy; apesar de acertar todas, sempre havia mais soldados para correr e preencher as lacunas que ela abria. Nox se movia tão rápido atrás de mim que era apenas um borrão escuro. O rosto de Gert estava pálido, mas ela pairava sobre o campo de batalha, atacando com um chicote azul cintilante que havia feito com magia. Eu não podia deixá-las ali para morrer.

– Não pense! – gritou Glamora. – Vai! – Eu sabia que ela estava certa. Aquela podia ser a nossa última chance. Se eu não conseguisse matar Dorothy agora, estava tudo acabado. As bruxas não iam durar muito por ali.

Peguei a mão de Nox. Os sapatos de Dorothy ganharam vida nos meus pés, e senti a vibração de resposta da magia de Oz. *Ainda não*, falei para ela. Fechei os olhos com força.

Quando os abri, Nox e eu nos encontrávamos de pé no salão de banquete de Dorothy, embora estivesse destruído a ponto de quase não ser reconhecível. Os móveis restantes estavam estilhaçados e quebrados. As janelas, destruídas, deixando mais videiras sinuosas entrarem, e um limo verde-musgo cobria as paredes. O tapete chapinhava sob os nossos pés. Eu não queria saber com o que ele estava ensopado. Dentro do palácio, o tique-taque era tão poderoso que as paredes tremiam a cada toque. Era como ficar bem ao lado de um alto-falante em um show. Dava para sentir o som como uma força física se movendo pelo meu corpo.

Nox apertou a minha mão, e nós corremos pelo palácio, seguindo o som do relógio. Apesar de ser muito alto, ainda era mais forte em algumas direções do que em outras. Mas quanto mais longe íamos, mais o palácio se revirava. Novos corredores surgiam à nossa frente, e quando voltávamos, os pontos pelos quais tínhamos acabado de passar haviam sido substituídos por paredes de pedra. Eu não tinha passado tempo suficiente no Palácio das Esmeraldas para memorizar sua planta, mas mesmo assim dava para perceber que aquela era uma versão "casa de espelhos" do palácio de verdade, com corredores aterrorizantes e curvas inesperadas. Às vezes, um corredor parecia familiar, e eu percebia que já havíamos passado por ele.

— O palácio está nos fazendo andar em círculos! — disse Nox atrás de mim. — Temos que pensar em outra coisa.

— Continua correndo! — argumentei, puxando-o por outro corredor.

Atravessamos uma passagem para um enorme salão que não reconheci, e uma porta de madeira se fechou atrás de nós. O cômodo era um círculo perfeito, cheio de portas idênticas a cada poucos metros. O tique-taque do Grande Relógio trovejava pelo aposento. Nox testou cada uma das portas, mas todas estavam trancadas. O Palácio das Esmeraldas tinha nos mandado para um beco sem saída.

— Você tem razão — falei. — O palácio está contra nós. — Era hora de usar magia. — Não me solta — falei para Nox. Ele assentiu e apertou a minha mão com mais força.

Fechei os olhos, enviando sensores de magia pelo palácio. Quanto mais eu sintonizava meus sentidos mágicos, mais conseguia ver e sentir. Os ratos atravessando os porões do palácio. O zumbido e os estalos dos soldados enquanto lutavam contra as bruxas lá fora. Os poucos habitantes vivos do palácio que restavam, se arrastando aterrorizados pelos corredores e se escondendo em cômodos esquecidos. O mal no palácio era tão forte que fazia a minha pele formigar, como se um milhão de formigas estivessem rastejando sobre mim. Aguentei firme e continuei a procurar.

E aí eu a senti. Uma massa malévola no coração do palácio, como uma aranha gorda no centro da sua teia. Estremeci involuntariamente. Os dedos de Nox apertaram os meus.

— Onde ela está? — ofegou ele no meu ouvido. Eu sabia o que tínhamos que fazer.

— Por aqui — falei.

Em vez de tentar abrir uma das portas, eu me virei e o guiei diretamente para dentro da parede. Mas, em vez de bater na pedra sólida, atingimos uma coisa dura, mas maleável. No início, ela resistiu, como se estivéssemos entrando em uma parede de manteiga, e depois se dissolveu.

Houve um farfalhar, e tudo ficou escuro e muito, muito frio. Nox estava segurando a minha mão com tanta força que achei que podia perder a circulação nos dedos – mas eu estava apertando as dele com a mesma intensidade.

– Amy Gumm – disse uma voz familiar. – Você me encontrou. Tive o pressentimento de que ia me encontrar.

TRINTA E UM

Uma centelha vermelha iluminou a escuridão e se espalhou lentamente. Nox e eu estávamos lado a lado no chão de pedra áspera de uma caverna tão grande que o teto se perdia na escuridão. Na nossa frente, uma piscina escura refletia a luz vermelha baixa e, do outro lado, uma figura familiar encolhida sobre um relógio ornamentado e antiquado. Eu estava esperando algo enorme, monstruoso – mas parecia uma antiguidade comum que se podia encontrar na casa dos seus avós, exceto pelo fato de que era feito de ouro sólido e enfeitado com dezenas de esmeraldas do tamanho de seixos. Na luz vermelha, o rosto de Dorothy parecia repugnante e retorcido, como o de um monstro. O relógio sacudiu, e um estouro baixo ecoou pela câmara escura.

– Eu sabia que era só uma questão de tempo até nos encontrarmos de novo, Amy – disse Dorothy. Sua voz estava áspera e baixa, como se de repente ela tivesse adquirido o hábito de fumar um maço por dia. Ela tossiu, e o relógio ressoou de novo. Percebi que o som era o mesmo tique-taque, mas de alguma forma desacelerado. Dorothy sorriu. – Sem trocadilhos – continuou ela. – O tempo *é* o que importa, quando pensamos bem. Existe o momento certo pra tudo, não é? Aprendi algumas coisas no Outro Lugar, Amy. Aprendi que as coisas por lá não ficam mais divertidas pra garotas especiais como eu. Aprendi que a magia realmente é a melhor maneira de realizar as coisas. E que fonte de magia é melhor do que o coração de Oz?

— A piscina de Lurline — disse Nox. Ele ainda apertava a minha mão, mas sua voz estava firme.

— Você é mais esperto do que parece — disse Dorothy de um jeito sedutor. — Com o Grande Relógio e a pequena poça de Lurline — ela gesticulou para a piscina escura —, eu tenho magia suficiente para me manter durante o tempo que eu quiser. O que, é claro, significa pra sempre. Achei que o Mágico estava do meu lado. Achei que Glinda era minha amiga. Mas a única pessoa na qual você *realmente* pode confiar é em si mesma.

— Você não pode fazer isso — falei, mantendo minha voz o mais estável que consegui. — Usar o Grande Relógio vai liberar toda a magia de Oz. E Oz e o Kansas são dois lados do mesmo lugar. Você sabe disso. Você vai destruir os dois.

— Eu não me importo com o *Kansas* — disse Dorothy, mas, pela primeira vez, ela pareceu hesitar, como se não tivesse pensado bem no próprio plano.

— Essa magia toda vai te destruir — Nox se intrometeu. — Você não vai sobreviver.

Por um segundo, Dorothy quase pareceu prestes a mudar de ideia. Por mais impossível que parecesse, achei que a convenceríamos a abandonar seu plano alucinado. Mas aí ela franziu a testa.

— Você roubou tudo que eu gostava, Amy Gumm — disse Dorothy. — Você matou os meus amigos. Você destruiu a minha cidade e deixou Oz impossível de governar. Você até matou o meu *cachorro*. Não vou fazer *nada* que você me disser. E *não* vou deixar você roubar Oz.

Em um movimento súbito, ela pegou o relógio e o jogou com força na piscina.

— Não! – gritou Nox. O relógio desapareceu em silêncio na água negra, sem sequer respingar. Por um segundo, tudo ficou completamente parado.

E aí a água da piscina começou a borbulhar violentamente. Uma nuvem negra se formou sobre ela, girando cada vez mais rápido sob a luz vermelha dos sapatos de Dorothy. Ela ergueu os braços sobre a cabeça, e a nuvem acima de nós se dividiu. Deu para olhar através dela – direto para Dusty Acres, ainda tão abandonado e triste quanto no dia em que o Mágico arrastou Dorothy e eu até o Outro Lugar. Faíscas arqueadas de luz vermelha saíram dos dedos de Dorothy para a massa negra, pousando no chão do Kansas e criando um incêndio que se espalhou rapidamente pela grama morta. Fissuras enormes se abriram e se espalharam pela terra seca. Eu tinha que fazer alguma coisa. Eu precisava detê-la antes que destruísse Oz e o Kansas. Mas como?

Os sapatos. Os sapatos de Dorothy. Eles tiveram poder para levar Dorothy de volta para o Kansas. Talvez tivessem poder para salvá-lo. Era difícil, mas existia uma conexão, e naquele momento era a única ideia que eu tinha. Precisava salvar minha mãe e tinha que salvar Nox. Eu não podia deixar Dorothy tirá-los de mim.

— Eu te amo! – gritei para Nox, soltando a mão dele.

— Amy, para! O que você está fazendo? – Ele avançou na minha direção, mas eu me desviei dos seus braços. Talvez pudesse recuperar o relógio. Talvez os sapatos me ajudassem. Talvez eu estivesse prestes a morrer. Só havia um jeito de descobrir. Respirei fundo, comecei a correr e pulei.

— Não! – Dorothy e Nox gritaram ao mesmo tempo quando mergulhei na escuridão e tudo ficou preto.

TRINTA E DOIS

Quando abri os olhos, estava em uma estrada dourada no meio de uma selva. Dorothy e Nox tinham sumido. O sol era filtrado através de uma copa verde de folhas. Pássaros cantavam nos galhos, e as árvores ao meu redor pingavam massas efervescentes de musgo verde. O ar era tão quente quanto a água de um banho. A estrada sob meus pés parecia uma versão perfeita da Estrada de Tijolos Amarelos; era suave e lisa, feita de um material translúcido que captava e mantinha a luz do sol que descia pelas árvores até o chão da floresta.

— Bem-vinda, Amy — disse alguém atrás de mim. Assustada, eu me virei.

— Ozma? — perguntei, surpresa. Mas rapidamente percebi que a criatura na minha frente, embora fosse quase exatamente igual à rainha das fadas, era outra pessoa. Seu rosto era o de Ozma, jovem e bonito. Seu porte era o de Ozma, também, em seus momentos de lucidez: régia, serena e confiante. Um par de asas douradas tremulava nas suas costas. Mas os olhos eram de alguém desconhecido. Diferentes dos olhos verdes de Ozma, os dela eram do mesmo dourado pálido da estrada e muito, muito mais velhos do que seu rosto sugeria. As profundezas de sabedoria e compaixão naquele olhar dourado sobrenatural eram espantosas. Ela praticamente irradiava paz. Durante um tempo, minha mãe se interessou muito por Amma, um guru hindu que podia transformar a vida das pessoas com abraços. Eu tinha a mesma sensação em relação à fada na minha frente.

— Ozma é minha tataratataraneta — disse ela, estendendo a mão para mim. — Sou Lurline, a criadora de Oz. Venha, Amy. Vamos caminhar um pouco.

Perplexa, peguei sua mão, e ela me conduziu pelo caminho dourado.

— Mas Dorothy... — comecei.

Lurline sorriu.

— Dorothy ainda estará lá quando você voltar, criança. Estamos em um tempo fora do tempo, agora. Ela não pode te alcançar aqui.

Diante de nós, água brilhava no meio das árvores, e, quando nos aproximamos, percebi que era uma fonte. Assim como a estrada, de alguma forma, era uma versão mais bonita da piscina em que eu tinha pulado. A água era clara e pura e rasa. Do outro lado da piscina, duas árvores haviam crescido juntas para formar uma espécie de banco coberto com um musgo verde macio. Lurline fez um sinal para eu me sentar e, em seguida, recolheu as asas douradas e se acomodou ao meu lado.

Eu me recostei no abraço acolhedor dos ramos que apoiavam as minhas costas. O musgo tinha um cheiro delicioso, quente e terroso. O banco era incrivelmente confortável. Eu poderia ter adormecido à luz do sol e ficado ali por uns cem anos.

Lurline levantou um copo de madeira que descansava no chão ao lado do banco, pegou um punhado de água diretamente da fonte e me entregou.

— Beba — disse ela.

Não percebi o quanto estava com sede até ela falar. Tomei um gole cauteloso de água. Era deliciosa: fria e incrivelmente refrescante. Uma calmaria se espalhou por mim enquanto eu bebia tudo. Minhas dores e sofrimentos desapareceram, e meus pensamentos clarearam. Eu me senti tão viva e renovada quanto se tivesse dormido durante uma semana.

— Estamos no céu? — perguntei.

Lurline riu. Seu riso era como o som do vento nas árvores, lindo e selvagem.

– Não, criança. Você está em um lugar entre o seu mundo e Oz. Depois que eu trouxe a magia para o Deserto Mortal e criei a terra de Oz, viajei para este lugar. Todas as fadas vêm aqui quando estão prontas para sair do mundo mortal. Mas eu dou uma olhada em Oz de vez em quando. – Ela gesticulou em direção à piscina. – Minha fonte é uma janela entre mundos.

Franzi a testa e olhei para os meus pés, ainda maltratados e ensanguentados nos meus novos sapatos mágicos.

– Foram os sapatos velhos de Dorothy que me trouxeram aqui?

Ela ergueu as sobrancelhas, como se achasse que eu estava sendo muito boba.

– Você mesma se trouxe aqui, não foi?

– Sim, mas...

Ela ergueu um dedo delgado. Quando o encostou nos lábios vermelhos, descobri que eu tinha sido silenciada. Por mais que tentasse falar, não conseguia.

– A fonte te julgou – disse Lurline. – E julgou que você é digna de estar aqui na minha presença. Não posso interferir diretamente nos assuntos da sua espécie. Eu não disse que vocês eram perfeitos – acrescentou ela com um sorriso, como se conseguisse ler os meus pensamentos.

Ela parecia perturbada.

– Sinto dizer, mas você não pode descansar aqui por muito tempo, Amy. Mas quero que ouça bem.

Assenti com a cabeça.

– A magia de Oz não é segura para pessoas do seu mundo. Ela enlouqueceu Dorothy, como você sabe.

Ela fez que sim em resposta à minha pergunta silenciosa.

– E também vai te enlouquecer, se você permitir – disse Lurline com um suspiro. – Todas as coisas vão continuar a seu modo, mas, se Dorothy tiver sucesso em destruir tudo, as criaturas de Oz *e* do Outro Lugar vão perecer. Não quero que isso aconteça. E você tem mais com que se preocupar do que apenas Dorothy. – Sua voz ainda era gentil, mas também aterrorizante. Tive a sensação de que qualquer um que tentasse fazer alguma coisa contra os desejos de Lurline não se daria bem.

Ela deu sua risada musical de novo, e percebi que ela *conseguia* ler os meus pensamentos.

– Você quer dizer o Rei Nomo – eu disse, de repente conseguindo falar de novo. Ela assentiu.

– Isso. Nem eu consigo adivinhar muito bem o jogo dele, mas sei que quer usar você e Dorothy como peças. E muito provavelmente Ozma também. Sinto dizer que seu trabalho em Oz ainda não terminou. Eu vejo a dor no seu coração, criança, e sinto muito por pedir mais de você. Há tanta coisa sobre os seus ombros. Especialmente quando nem todos os seus companheiros desejam para Oz a mesma cura que você.

– O que você quer dizer?

Ela balançou a cabeça.

– Não consigo ver tão longe; só sei que você deve ter cuidado. Confie em si mesma, mas não confie facilmente nos outros. Você é muito poderosa, Amy. Poderosa o suficiente para derrotar Dorothy, possivelmente poderosa o suficiente para derrotar até o Rei Nomo. Mas não da maneira que você pensa. A maneira mais óbvia nem sempre é o caminho certo.

Ela estava fazendo tanto sentido quanto Ozma. Eu me perguntei se alguém em Oz já tinha dado uma resposta direta. Lurline colocou a mão no meu ombro.

– Eu sei que isso é difícil para você. Já sofreu muito e ainda não aprendeu a se conhecer. Dorothy está cega pela própria dor e raiva. Tome cuidado para não seguir pela mesma estrada que ela escolheu. Não posso te prometer um futuro sem riscos, mas saiba que estou tomando conta de você. Você bebeu da minha fonte, e isso não é pouca coisa. E você está com os meus sapatos. – Ela apontou para os sapatos enfeitados com diamantes.

— *Seus* sapatos? – ofeguei. – Mas eu achava que eles pertenciam a Dorothy.

Ela sorriu.

— Dorothy ficou com eles por um tempo, sim. Mas eles pertencem às fadas. São feitos com a nossa magia. Vão te servir bem, se você confiar no poder deles.

Eu tinha tantas perguntas. Mas ela balançou a cabeça e levou um dedo aos lábios.

— Tudo no seu tempo. O caminho está nublado agora, mas acho que em breve poderemos enxergar o caminho com mais clareza.

Ela levou a mão ao pescoço e soltou uma fina corrente de prata, puxando um pingente de dentro do vestido e me entregando.

— Isso também vai ser útil – disse ela.

Olhei para o colar. O pingente era uma joia dourada pálida, feita do mesmo material que a estrada. Quanto mais eu olhava para ele, mais achava que podia ver movimento nas suas profundezas translúcidas, como se enchesse de fumaça. Senti como se estivesse caindo por um túnel comprido e dourado.

— Tenha cuidado – disse Lurline ao meu lado, e voltei para o momento. Fiz menção de prender o colar no meu pescoço, e ela sacudiu a cabeça.

— Não é para você, mas para outra pessoa. Você vai saber quando for o momento certo de colocá-lo nas mãos adequadas.

Guardei o colar no bolso. Lurline se levantou e estendeu as mãos para mim.

— E agora tenho que mandar você para casa, minha criança.

— Para Dorothy – falei, me levantando.

— Para Dorothy – concordou ela. – Mas para muitas coisas mais brilhantes e maravilhosas também. Para o mundo vivo e respirando. Para um garoto que te ama, se não me engano. – Fiquei bem vermelha, e ela riu. Mas aí um olhar de nostalgia passou por seu rosto. – Tem uma parte de mim que te inveja por estar voltando ao mundo vivo. Pense em mim quando entrar nas montanhas – disse ela baixinho, com o olhar distante. – Quando olhar para os vales azuis até o horizonte distante, diga o meu nome para que eu possa vê-los também, através dos seus olhos. E lembre-se de que, em todos nós, só a capacidade de ser malvada torna possível o altruísmo.

– Mas você ainda não me disse como derrotar Dorothy.

– Dorothy está conectada a você, Amy. Para encontrar essa resposta, você deve procurar dentro de si mesma.

Eu quase revirei os olhos, depois me lembrei de que Lurline conseguia ler meus pensamentos.

Ela sorriu de novo.

– Tenho fé em você, Amy. Você se saiu bem. Vou te ajudar o máximo que puder. Vou te ouvir quando você me chamar. Seja forte. Há mais poderes te ajudando do que você imagina.

Ela soltou as minhas mãos, e o mundo ao redor começou a desaparecer. Como se eu tivesse mudado de canal de TV, o mundo de Lurline saiu de sintonia, e Oz foi sintonizada de novo. O contorno de Nox, indistinto no início, se solidificou. Houve um estrondo nos meus ouvidos, e logo percebi que era a tempestade de Dorothy. Eu estava encharcada. E Dorothy, ainda brilhando com aquela aterradora luz vermelha e flutuando com os braços estendidos, estava gritando no vento uivante.

TRINTA E TRÊS

Eu ainda via Dusty Acres através das nuvens turbulentas; a magia de Dorothy estava rasgando a terra enquanto rachaduras gigantescas se espalhavam pela paisagem. Uma enorme faixa de terra descascou e foi sugada para o redemoinho.

Nox estava tentando distraí-la com uma bola de fogo atrás da outra, sem efeito.

— Bem-vinda de volta — disse ele de cara feia, baixando as mãos, esgotado.

Outro pedaço de terra voou para cima pelo rasgo no chão e atingiu o teto da caverna com um baque, nos banhando com terra e pedras. Dorothy gargalhou de prazer. Peguei a mão de Nox, invocando o poder dos meus sapatos prateados. Nox me acompanhou de imediato, alimentando lentamente a minha magia com a dele. Eu me apoiei na nossa força combinada e me abri, decidindo simplesmente deixar a magia dos sapatos fluir através de mim.

De alguma forma, podia ver através da água escura da piscina de Lurline até o outro lado, onde a fada esperava. Eu via o relógio, suspenso entre Oz e o mundo dela, atraindo a magia dela para si mesmo e canalizando-a para Dorothy. Eu via o Kansas enquanto Dorothy o arrasava.

Eu via Lulu, de volta ao palácio do Homem de Lata, segurando a mão de Ozma enquanto as duas atravessavam os jardins destruídos. Melindra, cavando uma sepultura para Annabel quando lágrimas escorriam por seu rosto. Eu via minha mãe, segurando a mão do Jake e chorando. E também Mombi, Gert e Glamora, lutando desesperadamente do lado de fora do Palácio das Esmeraldas. Mombi estava gravemente ferida, e Gert, pálida de exaustão. Instintivamente, eu soube que elas não iam aguentar por muito tempo. E via o fim de tudo que eu gostava, de todos que amava.

E eu via Dorothy, conectada ao relógio com uma linha densa de magia que a alimentava com cada vez mais poder, como uma sanguessuga inchada com o sangue da sua vítima inocente. Ela estava puxando toda a magia de Oz para o próprio corpo. Mas era demais. E permanecia suspensa na corrente, a pele começando a fumegar e ficar preta, os olhos arregalados de dor e medo, os sapatos de salto alto pulsando com uma luz vermelha terrível. Sua boca se abriu em um grito silencioso, a magia se derramando em um fluxo torrencial de faíscas. A qualquer momento, o poder de Oz ia destruí-la – e a todos nós.

Você sabe o que fazer. Desta vez, foi a voz de Lurline, e não a do Rei Nomo, que ouvi dentro da minha cabeça. E eu realmente sabia o que fazer.

Nox e eu avançamos, nos movendo como se nossos corpos estivessem combinados em um só. Senti a magia de Lurline crescendo através de nós, nos dando força. Pegamos o cordão que ligava Dorothy ao Grande Relógio, e cambaleei para trás quando o poder total da magia de Oz me atingiu. Era como tentar segurar um raio. Os diamantes dos meus sapatos brilhavam quentes e brancos, me ancorando ao chão de pedra.

AGORA*!*, gritou Lurline, sua voz ecoando na minha cabeça e se espalhando pela caverna. Com toda a força que tínhamos, Nox e eu puxamos para trás. O cordão de magia se soltou do corpo de Dorothy, chicoteando pela caverna. O relógio pulsou com uma luz verde-esmeralda. E aí, como se não pudesse mais conter o próprio poder, ele explodiu em uma chuva de fragmentos cintilantes.

A onda de choque estremeceu a caverna e derrubou Nox e eu. A janela para o Kansas se fechou com o som de mil portas batendo. Dorothy caiu no chão com um baque nauseante e ficou ali, imóvel.

— Agora! – ofegou Nox, encolhido de dor. – Tem que ser agora!

Sem pensar, invoquei a minha faca e imediatamente senti sua solidez reconfortante na minha mão. Passei correndo pela piscina até onde Dorothy havia caído. Seu corpo parecia ter sido queimado vivo. Sua carne estava carbonizada e fumegando. Seu cabelo tinha sido chamuscado de um lado da cabeça, e seu olho tinha derretido na cavidade ocular, escorrendo pela carne borbulhante e esfolada da bochecha. Eu quase tive ânsia de vômito.

E aí Dorothy se mexeu. De um jeito incrível e terrível, ainda estava viva. Ela gemeu, seus dedos se contraindo.

Era hora de Dorothy morrer. Ergui a faca.

TRINTA E QUATRO

Tome cuidado para não seguir pela mesma estrada que ela escolheu. As palavras de Lurline passaram pela minha visão como uma legenda de filme estrangeiro. De repente, eu me lembrei da minha primeira amiga em Oz: Indigo, a Munchkin gótica que o Homem de Lata torturou até a morte na minha frente. Essa foi minha introdução a Oz: perda e assassinato. E eu levara essas lições a sério. Aprendi a matar sem remorso para me proteger e as pessoas que eu amava.

Mas aonde isso me levou? O que isso fez por mim? Eu me lembrei de como me senti ao matar o Leão, ao me ver coberta pelo sangue dele. A maneira como os macacos tinham me olhado com medo. As soldados de olhos mortos de Glinda. Todas as vidas que eliminei não estavam salvando Oz, nem a mim mesma. Matar os vulneráveis era coisa de Dorothy.

Mas não precisava ser a minha. Eu estava cansada de matar. E não ia me transformar em Dorothy. E também não ia deixar o poder de Oz me transfigurar em um monstro. Eu era mais forte do que isso.

Joguei minha faca no chão da caverna, e ela desapareceu em um sopro de fumaça gordurosa.

— Amy? — disse Nox, aparecendo atrás de mim. Ele estava olhando horrorizado para Dorothy.

— Ela costumava ser igual a mim — falei, me afastando. Nox me seguiu até o outro lado da caverna. Pensei na sua tia Em e no seu tio Henry. Mortos agora, como tantas outras pessoas. — Sobrinha de alguém, amiga de alguém. Ela era só uma garota de fazenda do Kansas antes de Glinda dominá-la. — Olhei nos olhos dele. — Eu não quero me transformar nela, Nox. Não posso matar Dorothy.

Dizer isso em voz alta quase me deixou sem fôlego, mas de repente senti um alívio enorme e incrível. Eu tinha admitido. Não queria matá-la. Não desejava matar mais *ninguém*. Eu estava cheia daquilo. Os olhos de Nox se arregalaram, seu rosto se suavizou e ele avançou e pegou a minha mão.

— Olha pra ela — disse ele baixinho. — Você *não* precisa matá-la. A magia de Oz cuidou disso. Ela está indefesa e não pode machucar mais ninguém. Acabou.

Nós tínhamos conseguido. Havíamos derrotado Dorothy. Afundei no chão, exausta. E aí, com um gemido profundo e terrível, as paredes da caverna começaram a reverberar e rachar.

Nox reagiu instantaneamente.

— O palácio está desmoronando! — gritou ele, me puxando para me levantar. Olhei para o corpo inerte de Dorothy. Agora que eu tinha decidido não matá-la, não sabia o que fazer com ela.

— E ela? Não podemos deixar aqui! — gritei. Uma seção do telhado desabou com um rugido bem na nossa frente, lançando uma chuva de poeira no nosso rosto. Tossindo e sufocando, olhei para o outro lado da caverna, onde Dorothy tinha caído, mas o chão estava coberto de pilhas altas de pedra quebrada.

— Não podemos salvá-la! — disse Nox, agarrando o meu braço. — Dorothy não pode ter sobrevivido a isso, não há nada que possamos fazer.

Deixei Nox me puxar para fora do cômodo bem quando um pedaço gigantesco do teto caiu no lugar exato onde estávamos. No corredor, tropecei, quase derrubando nós dois.

— Você tem que continuar! – insistiu Nox, me arrastando. – Se pararmos, vamos morrer.

— Não consigo – suspirei, tropeçando de novo.

— Você precisa – disse Nox, sombrio, se recusando a me soltar. As paredes estavam desmoronando ao nosso redor enquanto disparávamos pelos corredores. Vigas caíam no chão. O Palácio das Esmeraldas era ainda maior do que eu me lembrava. Mas Nox não me deixava parar. Ele não ia me deixar para trás de jeito nenhum, e eu também não ia ser responsável pela morte dele.

Finalmente, dobramos uma última esquina, e vi a luz do dia. Tínhamos culminado no salão da frente do palácio, onde grandes janelas deixavam entrar uma vista do céu maluco. Era como se toda a Oz tivesse enlouquecido.

Uma enorme tempestade estava rugindo, diferente de tudo que eu já tinha visto. Raios vermelhos atingiam a terra com rachaduras ensurdecedoras. Trovões rugiam, e faíscas alaranjadas caíam do violento céu verde-amarelado. Com um último e desesperado impulso, Nox e eu corremos até a porta da frente e cambaleamos para a segurança do exterior quando o teto do salão principal caiu com um estrondo de pedra e madeira. Mas Nox não parou.

— Continua! – gritou ele. – Está tudo caindo! Temos que nos afastar!

O próprio chão estava oscilando sob os nossos pés. Nox ainda se recusava a me soltar. Eu me esforçava para segui-lo, tentando manter o equilíbrio, então cometi o erro de olhar para trás.

As torres estavam balançando de um lado para outro, oscilando embriagadas, enquanto o Palácio das Esmeraldas desabava. Rachaduras se alastravam quando a terra ao redor se repartia. À nossa volta, os jardins cobertos de vegetação de Dorothy estavam murchando e ficando cinza antes de se dissolverem em poeira. Enquanto eu assistia apavorada, as rachaduras se juntaram e formaram um único abismo, incrivelmente profundo.

— Nox! – gritei.

— Estou vendo! – Com um esforço final, Nox me puxou para a segurança, enquanto o Palácio das Esmeraldas se desintegrava no abismo. O fosso estremeceu e depois se fechou. A chuva de fogo se dissipou, e os relâmpagos pararam. Uma suave brisa surgiu, empurrando as nuvens verde-acinzentadas pelo céu e deixando-o claro. Com um último e quase tímido golpe de trovão, a tempestade desapareceu, deixando para trás um límpido céu azul e um sol amarelo alegre. Atrás de nós, um pássaro chilreou hesitante e depois explodiu em uma canção completa. Meus joelhos cederam e, finalmente, por misericórdia, desabei. Nox caiu ao meu lado na grama, ainda segurando a minha mão.

Gemendo, ele se apoiou em um cotovelo e olhou para mim. Seus cabelos escuros estavam cheios de poeira, o rosto manchado com uma máscara de sangue e terra. Suas roupas, imundas. Ele nunca pareceu tão bonito.

— Quer saber de uma coisa? – disse ele. – Não importa a Ordem. Eu também estou me apaixonando por você. – E se inclinou para me beijar.

E, claro, foi nesse momento que Lulu apareceu.

— Bem, isso é o que eu chamo de um monte de bananas – grunhiu a voz muito familiar da macaca. – Eu sempre disse que o Palácio das Esmeraldas precisava de uma boa reforma, mas ninguém estava sugerindo acabar com tudo.

Nox grunhiu alto e caiu deitado de costas.

— Oi, Lulu – falei cansada, me sentando.

— E o que você aprontou? Está parecendo a bunda de um macaco – continuou ela, assomando sobre mim. Ozma estava parada atrás, roendo a unha do polegar de um jeito meditativo. Lulu, vestida com elegância em seu melhor estilo, ostentando seus óculos de gatinho decorados, uma jaqueta de motoqueira com lantejoulas e uma minissaia de couro enfeitada com apliques de frutas tropicais.

— O que você está fazendo aqui, Lulu? – perguntei.

— Ajudando, obviamente. E vou te contar: você está precisando. Eu estava de bobeira no palácio do Homem de Lata, jogando damas com Ozma e vendo Melindra choramingar. Nada restaura mais o moral do que um pouco de ação, vou te contar. Peguei uns macacos meus e saímos voando por toda parte, enquanto você estava sentada aí, aparentemente. Ou você realmente fez alguma coisa além de demolir o coração de Oz?

— Nada de mais – disse Nox, ainda deitado na grama. – Apenas derrotou Dorothy, restaurou a ordem em Oz e sobreviveu ao colapso do Palácio das Esmeraldas. Como está a cidade?

— Terrível, o que você acha? – soltou Lulu. – Está em ruínas há semanas. Há corpos por toda parte. – E aí ela parou de repente. – Você disse que derrotou Dorothy?

— A primeira e única – confirmei.

— Aquela escrota está *morta*? – Lulu estava literalmente de queixo caído. – Oz está livre? Você conseguiu? Você realmente conseguiu? Você a matou? – Lulu pulava, empolgada. – Ora, vamos dar a melhor festa do mundo! O baile do século! O maior banquete de todas as épocas!

— Festa – concordou Ozma, feliz. – Festa de macaco!

— Eu não a matei – falei. – Mas não é possível que ela tenha sobrevivido ao colapso do palácio.

Lulu parou de repente.

— O que você quer dizer com não a matou? Você derrotou ou não Dorothy?

— Eu derrotei. *Nós* derrotamos. Dorothy tentou liberar a magia do Grande Relógio, mas isso quase destruiu ela. Não fazia sentido matar. Ela está enterrada sob o Palácio das Esmeraldas.

— Todos os idiotas sem pelo são tão burros quanto você? Não se certificou de que ela estava acabada? Você sabe quantos dos meus macacos morreram por causa daquela princesinha? Você tem alguma ideia de quanto sofrimento ela causou? Você teve a chance de livrar Oz do mal pra sempre e simplesmente a *deixou* lá?

— Lulu, o palácio desabou em cima dela.

Lulu sacudiu a cabeça.

— Você acha que isso vai parar uma maluca como ela? Essa provavelmente foi a nossa única chance, e você estragou tudo. — Ela bufou, irritada. — Confie em um humano pra estragar a tarefa mais importante do reino. Você devia ter deixado os macacos lidarem com a situação. Eu sei como terminar o que começo, mesmo que você não saiba.

— Lulu, de jeito nenhum... — comecei, mas ela fechou a cara. Não tinha como discutir. Ela estava com muita raiva, e não podia culpá-la, na verdade. Mas eu sabia que tinha feito a coisa certa.

— Inútil — murmurou Lulu, se afastando com desprezo.

Eu me levantei, prestes a ir atrás dela, mas parei em estado de choque com a paisagem diante de mim. No local onde ficava o Palácio das Esmeraldas, um talho inflamado como uma cicatriz atravessava a terra. Ao redor, tudo era solo desolado. Os jardins tinham sumido. Havia escombros espalhados pelo que antes era o terreno do palácio. E, quanto ao próprio palácio, não restava nada. Era como se ele nunca tivesse existido.

Gert, Glamora e Mombi vinham andando na nossa direção, parecendo arrasadas. Como eu e Nox, elas estavam imundas e ensanguentadas, mas seus rostos, iluminados de triunfo.

— Gert! — exclamei, feliz, e ela me deu um abraço enorme.

— Minha querida — disse ela. — Eu estava preocupada de nunca mais te ver. Mas você conseguiu. Você a matou.

— Eu não a matei — falei, e expliquei de novo o que tinha acontecido. Mombi ergueu uma sobrancelha. Gert ficou em silêncio. E Glamora simplesmente nos olhou com uma expressão estranha e ilegível.

— Ela foi derrotada — repeti. Eu estava começando a me sentir como um disco arranhado. Por que ninguém achava que eu tinha feito a coisa certa? Será que Nox também estava duvidando de mim?

— Por enquanto, pelo menos — disse Mombi.

— Ela tem que estar morta — protestei.

— Se você não a matou, não tem, não — respondeu Mombi. Mas então ela cedeu. — Mas você está certa. Ela não vai a lugar nenhum por enquanto, pelo menos.

— Achamos que você tinha ganhado, porque os soldados de lata pararam de funcionar todos ao mesmo tempo — acrescentou Glamora. — O poder de Dorothy era a única coisa que os animava.

— E uma coisa boa também — acrescentou Mombi. — Foi bem na hora. Mais um minuto de luta, e nós teríamos morrido. Nem mesmo *nós* somos poderosas o suficiente para segurar um exército mecânico pra sempre.

— A mesma coisa na cidade — disse Lulu. — Todos os edifícios desabaram. Foi você?

— Imagino que tenha sido Dorothy — disse Nox. — Ou, mais precisamente, o poder do Grande Relógio. Dorothy o liberou sem ser capaz de controlar.

— E eu destruí o relógio — falei.

Mas Nox balançou a cabeça.

— O Grande Relógio fica no coração de Oz. Não pode ser destruído, assim como a piscina de Lurline. Ele vai aparecer de novo.

— Lurline! — zombou Lulu. — Isso é só uma história infantil. Ninguém mais acredita nessa baboseira. — Ozma pareceu assustada, e eu me perguntei se ela entendeu que Lulu tinha acabado de descartar a existência da sua antepassada.

— Não é verdade — respondi. — Eu a conheci. Na verdade, Lurline me deu uma coisa. — Tirei do bolso o amuleto que havia recebido. Os olhos de Glamora se iluminaram, e ela estendeu a mão. Alguma coisa no seu olhar pareceu tão gananciosa que recolhi a mão por instinto. — Não é meu. Ela disse que eu saberia quando chegasse a hora de dar a alguém — afirmei, na defensiva, e meu olhar caiu sobre Ozma.

Ela estava olhando para o amuleto, com a cabeça inclinada para o lado, como um gato esperando do lado de fora da toca de um rato.

— Piscina — disse ela claramente. A pedra esfumaçada começou a brilhar. *Claro*, pensei. O presente de Lurline não era para mim. Era para sua tataratataraneta. Sem dizer uma palavra, entreguei o amuleto a Ozma. Ela passou a corrente por cima da cabeça, e a joia se acomodou no seu peito.

– Devemos esperar... – começou Glamora, mas era tarde demais.

O amuleto piscou uma vez, e um brilho nos olhos verdes de Ozma combinou com sua luz cintilante. Seu cabelo comprido e escuro balançava como se movido por uma brisa invisível, e suas grandes asas douradas se desenrolaram das costas, estalando com a magia. Ela esticou os braços como se tivesse acabado de chegar ao fim da aula de ioga mais maravilhosa do mundo e deu um grande suspiro de satisfação. Quando a luz desapareceu de seus olhos, eles estavam lúcidos.

– Ora, ora – disse ela com um suspiro de alívio. – Assim é *muito* melhor.

TRINTA E CINCO

— Princesa — sussurrou Lulu. — Você voltou.

Ela caiu de joelhos em uma mesura impetuosa e refinada. Depois de um segundo, Mombi também se ajoelhou. Em seguida, Gert, depois Nox, que me deu uma cotovelada nas costelas. Eu soltei um resmungo e aí entendi a dica, fazendo uma reverência diante de Ozma, que assentiu regiamente. Só Glamora não se curvou. Ozma a olhou direto nos olhos e, por fim, ela se ajoelhou, sem tirar os olhos da princesa.

— Você não acha que sou eu mesma — disse Ozma, divertida.

Glamora desviou o olhar, sem conseguir encará-la por mais tempo.

— Acho que não devemos ser precipitados — disse ela, com um tom quase rabugento, como uma adolescente que levou uma bronca por não arrumar o próprio quarto.

— Claro que é ela — rosnou Lulu, ficando de pé em um pulo e brandindo uma pequena pistola que pareceu ter tirado do nada. — Ora, sua...

Ozma riu alegremente.

— Minha querida defensora! Lulu, o que faríamos sem você? Eu não culpo Glamora por duvidar de mim. — Sua expressão ficou séria. — Fiquei longe por muito tempo. Mas eu juro, Glamora, que sou eu. E, com Dorothy derrotada, eu finalmente posso recuperar meu lugar legítimo como governante de Oz.

Lulu comemorou, dançando ao redor da princesa. Abafei uma risada. Até Nox deu um sorriso. Ele ficou de pé e me ajudou a me levantar. Gert e Mombi logo fizeram o mesmo. Mas Glamora continuou de joelhos.

— Me perdoa, princesa, por suspeitar — murmurou ela, com os olhos baixos. — Como disse, faz muito tempo.

— Não há nada pra perdoar. — Ozma suspirou e olhou para as ruínas do que antes era a Cidade das Esmeraldas. — Espero que não tenhamos perdido coisas demais para que seja possível restaurar a glória de Oz — disse ela com tristeza.

Mombi pigarreou.

— Ora, princesa, isso não é jeito de falar — disse ela com rispidez. Para meu espanto, vi que seus olhos estavam cheios de lágrimas. — Ah, não liga pra essa velha — resmungou ela, envergonhada, enquanto as secava com a mão. — Nunca pensei que esse dia chegaria.

Mas eu me lembrei do que Lurline tinha me falado.

— Ainda não terminamos — falei. — Ainda temos que lidar com o Rei Nomo.

— Se tivermos derrotado Dorothy, ele deve estar planejando sua próxima jogada. Estamos seguros, por enquanto — disse Glamora.

— Mas ele está com a minha mãe. Tenho que voltar pro Kansas de alguma forma. Acho que posso usar os sapatos pra...

— Você não vai a lugar nenhum com esses sapatos — disse Mombi bruscamente. — Eles pertencem a Oz. A magia deles fica aqui.

— Mas...

— Todos nós fazemos sacrifícios, Amy — disse Glamora delicadamente. Mombi estava fazendo que sim.

Nox deu um passo à frente, pegando a minha mão.

— Escuta o que elas estão falando, Amy — disse ele. — Elas sabem o que é melhor.

Ele tinha perdido a cabeça? Abri a boca para protestar. Nox piscou para mim, rápido demais para as outras bruxas perceberem, e entendi.

Não fazia sentido discutir com todas as três agora. Ele estava certo. Podíamos arrumar um plano melhor depois. E o fato de que ele estava do meu lado de repente fez tudo parecer mais suportável.

– Uma coroação! – exclamou Gert, se empertigando como se não tivéssemos acabado de discutir o destino de Oz. – É exatamente disso que precisamos. Voltar a unir tudo e todos, dar às pessoas alguma coisa pela qual ansiar. Oz adora um novo monarca. Mesmo que seja uma monarca que já tivemos.

Ozma riu.

– Eu já *tive* uma coroação, Gert – disse ela, mas Gert acenou a mão com desdém.

– Isso foi séculos atrás. Além do mais, tivemos todo esse interlúdio infeliz com Dorothy, a Usurpadora. Queremos garantir a todo o país que a pessoa certa está de volta ao comando para sempre. Uma coroação é o que as pessoas vão querer.

– Nós nem temos um *palácio* – observou Mombi.

– Vamos fazer na terra dos macacos – disse Lulu com entusiasmo. – Caramba, os macacos sabem dar uma boa festa. Ora, na última vez que...

– Não, não – interrompeu Ozma. – É claro que agradeço pela sua oferta, querida Lulu, mas as coroações de Oz sempre foram realizadas no Palácio das Esmeraldas. Se não há palácio, temos que construir alguma coisa. O coração de Oz está aqui e sempre esteve, mesmo que o palácio já não esteja de pé.

Eu mesma estava bem perto de não estar mais de pé. Não percebi que falei isso em voz alta até Nox me lançar um olhar divertido. Ozma riu de novo e bateu palmas.

– Onde estou com a cabeça?! – exclamou ela. – Primeiro, meus corajosos Malvados precisam descansar. Vocês passaram por tanta coisa. Não podemos planejar uma festa se vocês estiverem todos morrendo de fome e exaustos.

Assim que ela disse isso, percebi que eu *estava* morrendo de fome. Talvez eu estivesse mais com fome do que cansada... Sem esperar outra palavra, Ozma juntou as mãos, e elas começaram a brilhar com poder. Havia algo quase exótico na sua magia; a luz que ela criou tremeluziu com um brilho oleoso e de arco-íris, como gasolina vazando sobre água. A luz fez um arco para cima, desenhando o contorno de uma estrutura que lentamente tomou forma sob sua orientação. Em apenas alguns minutos, Ozma criou um grande pavilhão com paredes de seda esticadas sobre uma delicada estrutura dourada com filigrana forjada em cada junta. Pedras preciosas cintilavam aqui e ali na estrutura, e uma bela bandeira flutuava de um poste que brotava do ponto mais alto do pavilhão.

No interior, uma mesa comprida estava posta com mais tipos de comida do que eu jamais vira na vida – nem mesmo em um dos banquetes de Dorothy. Um porco assado inteiro com uma maçã na boca. Bandejas de frutas, a maioria das quais eu não reconhecia, e algumas que conversavam entre si. Cestas de pãezinhos fumegantes. Terrinas de sopa, sob as quais pequenas fogueiras queimavam, atiçadas por figuras minúsculas que carregavam lenha minúscula. Uma enorme bandeja de sobremesas: cupcakes com glacê de arco-íris e cobertos de purpurina que me fizeram pensar, com tristeza, em Policroma. Uma miniatura da Cidade das Esmeraldas, produzida em chocolate, coberta com esmeraldas feitas de açúcar. Um bolo na forma de um dragão que soprava fogo. O banquete pós-possível-derrota-de-Dorothy de Ozma tinha comida suficiente para alimentar um exército.

O que acabou sendo bom, já que Lulu colocou dois dedos entre os lábios e emitiu um assobio penetrante. Macacos surgiram do nada. Lulu tinha trazido seu exército – ou, pelo menos, todos os membros sobreviventes. Ozma ria enquanto os macacos se lançavam alegremente sobre o incrível banquete. Até Nox e Mombi estavam rindo.

— Ah, querida — disse ela, acenando com a mão, e cachos de bananas surgiram em uma ponta da mesa. — É melhor você comer alguma coisa rápido. Eles não vão deixar sobras.

Não precisei ouvir duas vezes. Nox e eu nos enfiamos entre os macacos animados, que estavam devorando o banquete como um exército de gafanhotos. Encontrei um prato e comecei a enchê-lo. Nem olhei para o que estava pegando. Àquela altura, eu teria comido praticamente qualquer coisa.

Nox e eu levamos nossos pratos para um canto do pavilhão, onde uma mesinha e duas cadeiras confortáveis apareceram com um estalo bem quando estávamos procurando um lugar para sentar.

— A hospitalidade de Ozma com certeza supera a de Dorothy — falei, afundando com gratidão em uma das cadeiras. Um guardanapo se materializou do nada e se instalou discretamente no meu colarinho.

— Mas pelo visto ela não admira muito os seus modos à mesa — disse Nox com um sorriso implicante. Eu estava cansada demais para me importar.

— Não posso culpá-la — falei. — Pelo jeito como me sinto agora, vou ter sorte se conseguir colocar metade dessas coisas na boca.

Nox já havia caído de boca na comida, e segui seu exemplo. Tudo era delicioso. Algumas coisas tinham o gosto que aparentavam ter, e outras mudavam para outra coisa na boca. Os sabores eram todos diferentes, mas sutilmente harmonizados. Era como comer uma sinfonia.

Ozma não havia tocado na comida, e eu me perguntei se as fadas tinham algum distúrbio alimentar estranho ou se simplesmente não precisavam comer. Eu não conseguia lembrar se tinha feito uma refeição com ela em sua versão meio aérea. Depois da festa, Ozma estalou os dedos. A mesa e os pratos desapareceram, e o pavilhão começou a se reconfigurar em um salão comprido flanqueado por dezenas de quartos com paredes de seda.

— E agora, meus queridos soldados, é hora de descansar — disse ela com delicadeza. — Amanhã nós trabalhamos, mas hoje à noite dormimos.

Quando Ozma se afastou, eu me aproximei de Nox.

— Temos que descobrir um jeito de eu voltar pro Kansas e deter o Rei Nomo — falei em voz baixa. Ele balançou a cabeça.

— Aqui não — sussurrou ele. — Não é seguro conversar perto delas. — Fiz que sim para mostrar que tinha entendido. — De qualquer maneira, você precisa descansar – disse Nox em um tom de voz neutro. – Todos nós precisamos.

Ele pegou minha mão, e apoiei a testa no ombro dele. Do outro lado da tenda, Mombi pigarreou, e dei um pulo para trás. Nox soltou a minha mão como se fosse um carvão quente.

– Elas estão nos observando – disse ele tão baixo que eu quase não escutei. Suspirei. Nada era simples em Oz.

– Boa noite – falei alto enquanto me levantava e me afastava dele.

Mais que tudo, eu queria que Nox pudesse me seguir. Que eu pudesse baixar a guarda, só por uma noite. Dormir nos braços de alguém. Mas afastei esses pensamentos. E não podia deixar as bruxas suspeitarem que eu ia tentar voltar para o Kansas sozinha – ou que Nox e eu tínhamos sentimentos um pelo outro que iam diretamente contra as exigências do Quadrante. Eu estava quase certa de que Gert não conseguia ler meus pensamentos a menos que eu estivesse ao lado dela, mas não fazia sentido alardear meus sentimentos. E Nox estava certo. Mais do que qualquer outra coisa, eu agora precisava dormir.

Afastando as cortinas e entrando em um dos pequenos quartos, vi que havia um colchão macio e grosso com travesseiros e cobertores empilhados. As botas mágicas cintilavam nos meus pés, mas eu não tinha escolha senão dormir com elas. Além disso, eu estava tão cansada que não importava. Eu não me deitei, simplesmente caí de cara na cama. E tenho certeza de que estava dormindo profundamente antes de meu rosto encostar no travesseiro. Felizmente, não sonhei.

TRINTA E SEIS

A luz do fim da manhã se infiltrava pelas paredes de seda da tenda. Eu me espreguicei e gritei quando todos os músculos surrados do meu corpo doeram em protesto. Meus pés estavam doloridos e inchados. Apesar de ter dormido profundamente, ainda me encontrava exausta. Dava para sentir os sapatos me puxando, como um gato doméstico esfregando a cabeça na minha mão, exigindo ser acariciado.

Nox colocou a cabeça para dentro através da cortina que fechava o meu quarto.

– Oi – disse ele baixinho. – O Quadrante quer te ver. – Ele atravessou o quarto e se sentou ao meu lado na cama. Estava limpo naquela manhã, e senti o delicioso aroma de sândalo da sua pele. De repente, fiquei profundamente consciente dos meus cabelos bagunçados e dos dentes não escovados. Mas Nox estava me olhando como... bem, como se eu fosse bonita. Ruborizei profundamente.

– Oi – falei como uma boba.

– Oi. – Ele sorriu. – Você está pronta? Vou te levar até elas. – Olhei para ele, tão idiota como um cachorrinho. Não deixar Gert perceber o quanto eu queria agarrar Nox definitivamente seria um grande desafio.

– Eu... você pode... eu não quero correr o risco de usar os sapatos... – Corando, apontei para o meu cabelo gorduroso e o rosto não lavado. Um olhar de compreensão surgiu no rosto de Nox. Ele encostou na minha bochecha, e meu cabelo se desembaraçou em uma cortina lisa. Os amassados sumiram das roupas com as quais tinha dormido, as manchas de sangue desapareceram e os rasgados se remendaram. Um gosto de menta fresca encheu a minha boca.

— Obrigada.

Segui Nox até onde o resto do Quadrante estava esperando, em uma clareira perto do palácio de seda de Ozma.

— Temos que falar sobre os sapatos — disse Gert sem preâmbulo. — Enquanto eles estiverem nos seus pés, você está em perigo.

— Estamos *todos* em perigo — acrescentou Glamora.

— A magia deles pertence a Oz — acrescentou Mombi.

Gert assentiu, seu rosto simpático enrugado de preocupação.

— Você não está com eles há muito tempo. Os sapatos são poderosos demais pra você tirar sozinha, mas devemos ser capazes de te ajudar com isso.

Não gostei do som daquele "devemos". E havia alguma coisa no rosto delas que provocou uma onda de desconforto em mim. Eu confiava nelas — mais ou menos —, mas isso não significava que as bruxas não agiam de acordo com os próprios interesses. Eu sempre soube que havia limites para o quanto elas me contavam. Gert, eu sabia, podia ouvir as minhas dúvidas, então tentei pensar em outras coisas. Flores. Gatinhos. Café.

— Lurline falou que os sapatos me serviriam bem se eu confiasse no poder deles — falei. — Sem eles, acho que não posso usar magia de jeito nenhum.

— Amy, não podemos confiar em nada que tenha chegado até você vindo do Rei Nomo — disse Glamora. — O risco é muito grande.

— Talvez Amy tenha razão — disse Nox. Eu sabia que ele não fazia ideia do que as bruxas queriam, senão teria me avisado quando estávamos na tenda.

— Você não está discordando de uma decisão do Quadrante, está? — soltou Glamora.

Por um segundo, nenhum de nós falou. O ar estava repleto de tensão. Eu queria lutar contra elas, mas mesmo com os sapatos eu duvidava que fosse poderosa o suficiente. Talvez eu pudesse roubar os sapatos outra vez. Talvez conseguisse encontrar outro jeito de ir para casa. Eu não gostava da ideia, mas não poderia detê-las, se as bruxas quisessem me dominar — e não tinha dúvidas de que elas fariam isso.

— Vai doer? — perguntei. — Quando vocês tirarem os sapatos de mim, quero dizer.

— Talvez — disse Mombi. Glamora a encarou. — O que foi? — resmungou a bruxa velha. — Ela tem que saber onde está se metendo. — Inesperadamente, ela me olhou com simpatia. — Nós sabemos que você passou por muita coisa, Amy. Sinto muito por te pedir mais. Não faríamos isso se não achássemos que os sapatos podem acabar te machucando.

— Pronta pra tentar? — perguntou Gert. Fiz que sim. Nox me lançou um olhar ansioso, mas deu as mãos para o resto do Quadrante.

As bruxas fecharam os olhos e começaram a cantar suavemente. No início, nada mudou. E aí os meus pés estavam ficando quentes. O brilho dos sapatos se intensificou em uma luz branca radiante que machucava os olhos. O calor ficou cada vez mais excruciante, e fechei bem os olhos, me obrigando a não chorar. Eu me sentia pairando a alguns centímetros do solo.

O canto ficou mais alto e depois parou. A magia das bruxas me cercou, sondando meus pés e minhas pernas como dezenas de braços fortes me cutucando e me espetando. Quando Mombi disse que talvez doesse, ela não estava brincando. Tive que ir ao dentista quando era criança para cuidar de três cáries ao mesmo tempo, e o sentimento de impotência foi idêntico. Saber que o que estava acontecendo supostamente era bom para mim não me fez sentir melhor. A raiva me inundou. Não consegui evitar. Eu estava *cansada*. Exausta de lutar, de sofrer, de toda aquela dor e morte e de fazer a coisa certa para as pessoas erradas. Eu queria que me deixassem em paz. Desejava voltar para a cama, que inferno. Senti a onda de fúria crescendo em mim, a mesma raiva que antes me transformara literalmente em um monstro. Meus pés estavam em chamas.

— Quero que isso pare! — gritei, e uma onda de energia explodiu de mim como a água estourando uma barragem. Mombi, Gert, Glamora e Nox foram jogados para trás, para o outro lado da clareira. Minhas unhas se alongaram em garras, meus braços ondularam com músculos. — Me deixem EM PAZ! — rugi através de uma boca cheia de dentes irregulares.

Então senti uma onda suave e refrescante de magia vinda dos sapatos. Me lembrando de quem eu era. Não um monstro. Não alguém sob o controle de Oz. Apenas Amy Gumm, uma garota tentando salvar sua família. As garras de monstro recuaram para dentro dos meus dedos. Eu me ergui de onde tinha caído de quatro enquanto as bruxas se levantavam e se limpavam. Nox parecia atordoado. Glamora parecia pensativa.

— Ora, ora — disse ela. — Parece que vamos ter que encontrar um jeito diferente de te libertar dos sapatos.

Mombi estava me olhando com uma expressão inconfundível de preocupação. Eu sabia que elas me achavam perigosa. E não as culpava. Mas elas não fariam nada para me machucar. Ainda não, pelo menos. Eu queria poder conversar com Nox, mas não havia um jeito seguro de fazer isso.

— Está bem — respondi. Eu as deixei pensar que tinha cedido. E também que estaria disposta a abrir mão dos sapatos quando encontrassem um jeito de tirá-los dos meus pés. Eu ia dar um jeito. Sempre fiz isso. — Vou voltar pra cama. — Não olhei para as bruxas quando saí.

Os dias seguintes foram muito agitados. Quando Ozma insistiu para que a coroação fosse realizada no local do Palácio das Esmeraldas, tive muitas dúvidas. Por que não recomeçar em algum lugar que não fosse um antigo campo de batalha? A terra desolada cheia de cicatrizes parecia pior do que Dusty Acres depois do tornado, e a cidade em si estava ainda mais acabada. Mas o local tinha significado para ela. E para Oz. E Ozma, com a ajuda dos Malvados, entrou imediatamente no modo de arrumação total. Primeiro, ela nomeou um punhado de macacos de Lulu como mensageiros e os mandou para todos os cantos de Oz com a notícia de que Dorothy tinha sido derrotada e de que a coroação seria realizada. Cidadãos alegres de Oz vieram em multidões para a cidade, ansiosos para ajudar a reconstruir. Em todas as horas do dia e da noite, as ruas estavam cheias de Munchkins, Winkies, Pixies e animais falantes empurrando carrinhos de mão cheios de destroços para um lado e para outro, repavimentando cuidadosamente as ruas com pedras preciosas recuperadas e reparando os edifícios que ainda estavam de pé. Ozma e os Malvados – incluindo Nox – dedicaram sua energia a construir uma elaborada tenda onde o palácio ficava, e a trazer os jardins destruídos de volta à vida. Os macacos se ocupavam das árvores remanescentes, pendurando flâmulas e luzes e uma complexa rede de pontes e plataformas, com Lulu latindo ordens do chão como um sargento em um treinamento.

Ajudei como pude, mas não conseguia afastar a sensação de que alguma coisa estava errada. Tudo tinha acontecido tão de repente que a ficha da derrota de Dorothy ainda não havia caído, mas todos os outros em Oz pareciam pensar que era totalmente normal que uma tirana tivesse sido derrotada, e que a antiga rainha houvesse sido restabelecida e que o Palácio das Esmeraldas tivesse sido completamente destruído.

A manhã da coroação estava tão ensolarada e clara quanto todos os outros dias desde a derrota de Dorothy. Ozma orientava pessoalmente os toques finais: um pequeno exército de Munchkins estava ocupado cozinhando um banquete enorme. Pixies flutuavam de uma árvore para outra, pendurando flâmulas e longos cordões com bolas de vidro que deviam ser algum tipo de decoração. Mombi, Gert, Glamora e Nox colocavam os últimos detalhes nos jardins recém-plantados e melhorados pela magia. Ainda estavam longe do esplendor que antes cercava o Palácio das Esmeraldas, mas eram muito melhores do que o terreno baldio que o substituíra.

Os ex-soldados sobreviventes de Dorothy também apareceram para a festa. No começo, fiquei assustada ao ver as figuras mecânicas mutiladas andando e rangendo por ali, e os outros ozianos também mantinham distância. Mas eles se fizeram indispensáveis, ajudando com o levantamento de coisas pesadas e com as tarefas menos glamorosas, como lavar os pratos e fazer a limpeza. Eles, pelo menos, tinham passado por coisas ainda piores do que eu. Me lembrei do laboratório do Espantalho e estremeci.

Finalmente, era hora de me preparar. Ozma havia montado uma tenda de banho tão luxuosa quanto um spa chique. Grandes banheiras eram isoladas por paredes de seda pálida e ondulada. Assim que entrei em um dos cômodos, mãos invisíveis ligaram as torneiras, e a banheira se encheu de água perfumada e fumegante enquanto uma pilha de toalhas grossas se materializava ao meu lado. Eu mal tinha tirado as roupas e entrado na banheira quando a mesma presença invisível começou a esfregar o meu couro cabeludo com um xampu floral.

— Não, obrigada — falei. — Acho que prefiro fazer isso sozinha. — Pensei ouvir um suspiro mal-humorado, mas as mãos recuaram, e eu soube que estava sozinha.

Fiquei na banheira durante muito tempo, com os sapatos mágicos e tudo (eram impermeáveis), temendo a noite à frente. Eu nunca tinha gostado muito de festas, e grandes banquetes ainda me lembravam daqueles dias horríveis em que fingi ser uma das criadas de Dorothy. Recordei-me do que ela havia feito com Jellia, e um arrepio percorreu meu corpo apesar da água quente do banho. Eu ia ter que me recompor se quisesse sobreviver à noite, mas não conseguia deixar de lado todas as dores e sofrimentos que tinha visto. Talvez as pessoas em Oz estivessem mais acostumadas com aquelas coisas e por isso conseguissem superar tudo tão rapidamente, mas, antes de chegar ali, Madison Pendleton tinha sido a pior coisa na minha vida. Bem, isso e o vício da minha mãe. Irritada, joguei água quente no meu rosto e me levantei, derramando a água do banho pelas laterais da banheira. Uma toalha flutuou no ar e se enrolou em mim.

– Ah, tudo bem – suspirei, saindo da banheira. Se era possível uma criada invisível me enxugar de um jeito presunçoso, foi o que a minha fez.

Enquanto eu relaxava na banheira, um vestido elegante e bordado tinha sido colocado sobre uma cadeira ao lado da prateleira de toalhas. Olhei para ele com desânimo. Eu me sentiria uma idiota em um vestido de baile, mesmo na coroação de Ozma. E não usava um havia meses.

– Talvez outra coisa, por favor? – falei educadamente para o ar. Houve um silêncio gelado, e o vestido bordado com contas desapareceu e foi substituído por um uniforme de criada. Eu ri. – Ah, por favor – disse em voz alta. O uniforme de empregada desapareceu, e finalmente um vestido simples, mas bonito, surgiu. Eu o peguei. Era feito de um material macio e cinza que parecia com nuvens, e tinha um corte simples e sem enfeites. – Esse é perfeito. Obrigada. – Ouvi um pequeno bufo de desaprovação e disfarcei um sorriso.

Lá fora, o crepúsculo havia caído. Ofeguei quando vi o espaço aberto no coração da cidade de tenda onde Ozma seria coroada. Os globos de vidro que os Pixies tinham pendurado estavam cheios de pequenos insetos brilhantes que lançavam uma linda luz âmbar sobre os novos jardins. Videiras cheias de brotos, pesadas com flores brancas de cheiro doce, se estendiam pelo ar quente e subiam por um dossel que os macacos ergueram, criando um pavilhão florido, alto e amplo. Os cidadãos de Oz já estavam começando a se instalarem em fileiras respeitosas, parecendo solenes e felizes. O vestido de baile de Lulu era tão cheio de cristais que eu a vi como um borrão cintilante a uns cem metros de distância. O resto dos macacos usavam trajes com cortes elegantes – surpreendentemente respeitáveis, pensei. Até os antigos soldados de Dorothy fizeram o máximo para se vestirem bem. Suas peças de metal foram polidas até ficarem com um brilho ofuscante que refletia a luz dos lampiões, e seus corpos peludos foram escovados até brilhar.

— Você está linda, Amy. — Nox caminhava em minha direção.

Ele estava incrível; tinha permitido que as criadas invisíveis de Ozma o vestissem com um terno bem cortado e ajustado ao corpo, que o fazia parecer ao mesmo tempo James Bond e um milionário, como se ele fosse a um jantar de luxo, mas não estivesse arrumado demais para atacar alguns vilões, se precisasse – o que, no fundo, era verdade. Em vez de parecer bobo, o manto roxo por cima o fazia ter a aparência de um príncipe. Os cabelos escuros e compridos estavam penteados para trás, o que apenas enfatizava suas maçãs do rosto proeminentes. Ele até encontrou sapatos elegantes.

— Obrigada — murmurei, olhando para os meus sapatos enfeitados com diamantes. Eles ficavam deslocados em Oz, mas pareciam exatamente certos para mim. Além do mais, com meu vestido cinza de vovó, o efeito todo era meio anos 1990. Tudo que eu precisava era de uma gargantilha de veludo.

E aí percebi: agora era a nossa chance. Finalmente estávamos sozinhos. Mas, assim que abri a boca, vi Glamora descendo sobre nós, com um daqueles sorrisos fixos.

— Nox! Amy! Vocês estão prontos? – cantarolou ela.

Por trás dela veio uma voz que eu parecia não ouvir havia anos.

— Você fica bem toda arrumada, Amy.

Ollie! E sua irmã, Maude, estava ao lado. Eu me aproximei e os abracei. Eu não os via desde que Mombi me fez deixá-los para trás no Reino dos Ápteros.

Mas não havia tempo para colocar o assunto em dia. O som das trombetas atravessou o ar, e Nox me lançou um olhar impotente. Segui-o e Glamora pelo gramado recém-plantado.

Ozma estava na outra ponta do dossel de flores, usando um simples vestido branco de seda que descia em ondas cintilantes até os seus pés. O cabelo preto comprido estava preso com mais flores brancas enormes e perfumadas. As gloriosas asas com veios de ouro moviam-se atrás dela.

Ozma parecia alta e linda e radiante e sábia. Cada centímetro dela se assemelhava ao de uma rainha. Pixies minúsculos zumbiam no ar, transportando mais globos de vidro luminosos. Havia uma fileira de macacos segurando lampiões de frutassol de cada lado de um tapete comprido e decorado com luxo que se desenrolava até os pés de Ozma. Na ponta oposta, estava Lulu com seu vestido incrivelmente incrustado de pedras preciosas, segurando uma delicada coroa dourada com a palavra *oz* escrita em uma letra sinuosa. Encontrei um lugar ao lado de Nox na parte de trás da plateia. As trombetas tocaram as notas finais, e a multidão caiu em um silêncio ansioso.

— Meus queridos e valentes cidadãos de Oz — começou Ozma, sua voz clara ecoando sem esforço. — Vocês esperaram muito tempo por este momento e sofreram muito. — Ainda era um choque ouvi-la falar assim, ver a sabedoria infinita cintilando nos seus olhos verdes profundos. — Estou muito feliz de voltar para vocês e jurar que Oz é outra vez nossa; um reino livre, com liberdade e justiça para todos os seus habitantes.

Vivas espontâneos surgiram da multidão feliz com suas palavras, e o impacto total do que eu estava presenciando me atingiu. Por enquanto, pelo menos, Oz estava *livre*. Dorothy tinha sumido. Nós havíamos conseguido. Toda aquela luta, toda aquela perda e sacrifício — nunca achei que realmente fôssemos *ganhar*. Sem pensar, peguei a mão de Nox. Ele me olhou, surpreso, e apertou a minha mão em resposta. Encostei a cabeça no ombro dele. Nox era exatamente da altura certa para nos encaixarmos com perfeição. Depois de um minuto, ele colocou o braço ao meu redor, e relaxei no calor do seu corpo, fechando os olhos enquanto as palavras de Ozma ecoavam.

— Como muitos de vocês sabem — continuou ela —, devemos grande parte dessa vitória a uma guerreira muito especial que arriscou muito para nos ajudar, apesar de que, quando começou essa luta, ela nem era uma de nós. Ela acreditou na liberdade de Oz, embora não fosse o mundo dela. Ela demonstrou uma coragem extraordinária diante de um grande perigo, e foi ela que me libertou da prisão da minha própria mente.

Nox me cutucou nas costelas, e meus olhos se abriram de repente. Todos na tenda estavam olhando para mim.

– Amy Gumm – disse Ozma naquela voz bonita e profunda. – Devemos nossa vida e nossa liberdade a você. Nunca conseguiremos pagar nossa dívida, mas você sempre terá um lar entre nós. – E aí, para meu espanto total, ela atravessou a multidão até estar diante de mim e caiu de joelhos. Depois de um segundo, todos os outros também se ajoelharam. Para mim. Como se eu fosse uma rainha. Para meu pavor absoluto, Nox também se ajoelhou. Eu não tinha ideia do que fazer ou dizer. E não era uma governante. Eu era apenas uma adolescente de um estacionamento de trailers no Kansas.

– Não posso... – gaguejei freneticamente. – Quero dizer, eu não... não fiz nada de mais. Qualquer um no meu lugar teria feito a mesma coisa.

Ozma continuou ajoelhada pelo que pareceu um milhão de anos, mas provavelmente foram apenas alguns segundos, depois se levantou com aquela mesma graça natural e estendeu as mãos para mim.

– Fique por perto, querida Amy – disse ela. – Seria uma honra ser coroada ao seu lado. Eu devo isso, tudo isso, a você. – A multidão ao meu redor, também se levantando, se abriu sem dar uma palavra. Fiquei congelada de pânico até que Nox me deu um empurrão suave.

– Dorothy era muito mais assustadora do que isso – sussurrou ele. – Está tudo bem.

– Fácil pra você falar isso – murmurei bem baixinho, mas dei um passo à frente.

Fiquei feliz por ter escolhido o vestido no fim das contas, agora que parecia que todos os olhos de Oz estavam em mim. Meu coração batia tão forte que quase ri de mim mesma. Nox estava certo; eu tinha enfrentado Dorothy, mas não conseguia lidar com uma plateia agradecida?

Ozma sorriu radiante quando me juntei a ela e fiquei ao seu lado. Ela pegou a minha mão e gesticulou para Lulu com a outra. A pequena macaca devia parecer ridícula com aquele vestido deslumbrante, que era exagerado até mesmo para ela. Mas, em vez disso, parecia perfeita. Tipo um candelabro realmente respeitável, mas de um jeito bom. Ela estava chorando abertamente enquanto carregava devagar a coroa até nós.

Quando ela nos alcançou, Ozma se curvou profundamente, abaixando a cabeça o suficiente para Lulu colocar a coroa nos seus cabelos escuros. Todos ao nosso redor soltaram um suspiro de alívio e admiração.

— Por fim, nossa rainha nos foi devolvida — proclamou Lulu, segurando a mão de Ozma enquanto as duas se viravam para encarar a multidão. Houve um breve segundo de silêncio total, depois o pavilhão explodiu. Todo mundo estava se abraçando e gritando, aplaudindo e comemorando. Munchkins saltavam para cima e para baixo, acenando com os braços. Winkies se cumprimentavam no estilo Bate aqui, cara!. Até Gert e Mombi estavam se abraçando e dançando como criancinhas. Nox correu até mim, me levantou no ar e me girou enquanto eu ria de prazer. Lulu estava com os braços ao redor da cintura de Ozma e soluçava ruidosamente. Apenas Ozma permanecia calma e contida, sorrindo para Lulu e para todos os outros cidadãos de Oz que tentavam encostar no seu vestido ou abraçá-la.

Finalmente, o caos diminuiu o suficiente para Ozma gritar:

— E agora vamos comer! — Mais um grito alto se ergueu da multidão, e todos foram em direção ao banquete.

TRINTA E SETE

Nox e eu fomos varridos pela multidão e carregados junto com eles até onde mesas longas tinham sido colocadas. Havia frutassol pendurada no ar, lançando uma luz quente e delicada sobre as pilhas e pilhas de comida.

Ninguém precisou receber uma segunda ordem para comer, incluindo eu. Ozma tinha decidido fazer uma festa informal, dadas as circunstâncias – sem criados, sem cadeiras, apenas mesas de banquete com comida empilhada e montes de almofadas e tapetes brilhantes espalhados pelo chão da cidade de tenda. A maioria das pessoas preferiu levar a comida para fora, encontrando cantos na grama ou sob as árvores. Mas percebi, enquanto enchia meu prato, que as pessoas estavam saindo do meu caminho ou até mesmo se curvando. Era estranho, e eu não gostava muito disso. Tentei ser o mais discreta possível enquanto levava meu prato para fora e encontrava um lugar longe da multidão.

Foi quando Nox me encontrou. Por fim, tínhamos nos afastado do resto do Quadrante. Por quanto tempo, eu não sabia.

– Você não precisa falar – disse ele em voz baixa. – Eu sei. Tem alguma coisa errada, mas não consigo saber o que é.

Coloquei meu prato na grama, perdendo o apetite.

– Tenho que encontrar um jeito de voltar pro Kansas. Se o Rei Nomo está com minha mãe...

— O Quadrante vai tentar te impedir. E eu não sei se consigo detê-las.

— Porque você está ligado a elas?

Ele fez que sim.

— Posso tentar desfazer o feitiço que nos liga, mas talvez eu não seja poderoso o suficiente pra fazer isso sozinho.

— Eu posso ajudar.

— Mesmo com os sapatos, Gert e Mombi são mais poderosas que você. Não sei. — Ele balançou a cabeça, com uma expressão desanimada. — Quero te ajudar, mas não sei como me livrar delas.

— Vem comigo — falei em um impulso. — Se encontrarmos um caminho de volta. Simplesmente vem comigo. Vamos derrotar o Rei Nomo de alguma forma. Vamos impedir que ele volte pra Oz. Podemos ficar juntos lá e esquecer toda essa guerra.

— Ir com você pro Outro Lugar? — perguntou ele, assustado. — Pra sempre?

Percebi o que tinha pedido a ele assim que as palavras saíram da minha boca.

— Você tem razão. Me desculpa. Isso é totalmente injusto. Não posso te pedir isso, assim como também não posso ficar aqui.

— Eu não disse não, Amy. — Seus olhos escuros procuraram os meus. — O que me resta aqui?

— Hum, tudo? Sua vida toda?

Ele deu de ombros.

— Minha família está morta. Minha casa se foi. Mas não posso deixar Oz até saber que ela está segura de verdade. Num mundo perfeito...

— Não vivemos num mundo perfeito — terminei. Se eu deixasse Oz agora, Nox não ia comigo. E eu não tinha certeza, no fundo, se esse era um sacrifício que eu estava disposta a fazer.

Nox me encarou, e eu soube que ele estava vendo em meus olhos tudo o que eu sentia. Sem falar nada, se aproximou e me beijou. Nox deslizou as mãos pela minha cintura enquanto eu passava os dedos pelo seu cabelo grosso e macio. Eu sabia que ia sentir cheiro de sândalo nos meus sonhos para o resto da vida. Nox mexeu nos botões do meu vestido, deslizando-o por um ombro e beijando a curva do meu pescoço. Um tremor percorreu meu corpo – como a magia, mas uma coisa totalmente nova. Senti os músculos magros e ondulantes nas suas costas através do tecido macio do paletó.

– Nox – sussurrei.

– Shhhh – disse ele, me beijando para afastar as palavras. – Nós merecemos. Só dessa vez, esquece...

Passos esmagaram o cascalho, e nós dois nos empertigamos. Dava para ouvir o murmúrio de vozes familiares. Nox agarrou a minha mão e me puxou para cima, para o ar. Flutuamos para os galhos de uma velha árvore nodosa e pairamos lá, escondidos pela folhagem.

– ... acho que você está se preocupando demais – dizia Mombi. – Ozma derrotou o Rei Nomo uma vez. Ela é poderosa o suficiente para nos manter seguros agora.

– No passado, ela pode ter sido – argumentou Glamora. Sua voz tinha um eco estranho e áspero. – Mas o Rei Nomo está mais poderoso do que nunca agora. Se ele encontrar um jeito de controlar Amy, estamos todos em perigo. Ele poderia facilmente virá-la contra nós. E Glinda terá deixado Ozma mais cautelosa. Unidas, somos tão poderosas quanto ela. Ela não vai confiar em nós. O Quadrante está em perigo.

– Amy está apaixonada pelo menino – disse Mombi com desdém. – E os sapatos a protegem. Nox está ligado ao Quadrante. Ele vai manter Amy sob controle. – Apesar da situação, fiquei profundamente vermelha. Era assim *tão* óbvio?

– E você viu o que aconteceu quando tentamos controlá-lo – soltou Glamora. Nox e eu trocamos olhares. Sobre o que ela estava falando?

– O que exatamente você está sugerindo, Glamora? – A voz de Mombi estava fria e distante. – Traição?

— Claro que não – disse Glamora. – Nada feito para o bem de Oz é traição.

— O bem de Oz, é claro, dependendo de nós estarmos no controle – disse Mombi secamente.

— Não importa o que você pensa de Ozma, temos que conseguir controlar Amy – afirmou Glamora. – Ela é um perigo para todos nós.

— Ela não vai usar magia de novo – disse Mombi.

— Você pode garantir isso? – perguntou Glamora.

— Eu apostaria minha vida – respondeu Mombi. Por um breve segundo, seus olhos se moveram para cima. *Ela sabe que estamos aqui*, pensei. Então por que não nos revelava?

Glamora parecia prestes a se opor, mas engoliu as palavras e sorriu, cedendo inesperadamente.

— Muito bem, querida irmã. Tenho certeza de que você sabe o que é melhor. Devemos voltar à comemoração?

— Pode ir na frente – disse Mombi. – Vou curtir a paz e o silêncio um pouco mais. – Glamora lançou um olhar penetrante para Mombi, mas assentiu e voltou para o clamor da festa de Ozma.

Mombi esperou até eu mal conseguir distinguir a figura delgada de Glamora.

— Muito bem – disse ela, olhando para nós no alto. – Podem descer agora.

TRINTA E OITO

Cautelosos, Nox e eu olhamos para Mombi. De que lado ela estava? E o que tínhamos acabado de ouvir?

– Vocês vão me dizer que acham que Glamora é Glinda – disse ela com rispidez. Meu queixo caiu, mas Nox fez que sim. Mombi suspirou. – É mais complicado que isso. Ela ainda é Glamora, mas Glinda faz parte dela, agora. Acho que elas ainda estão batalhando lá dentro. Glamora está mantendo Glinda sob controle por enquanto, mas quem sabe quanto tempo isso vai durar?

– Quando foi que você percebeu?

– Logo depois da batalha. Gert também devia ter notado, mas Glamora está usando a habilidade dela de ler mentes para confundi-la. A conexão funciona para os dois lados, se você for poderosa o suficiente. Não era seguro ir abertamente contra ela. Mas agora com toda essa conversa sobre controlar Amy... – Mombi balançou a cabeça. – Ela vai fazer alguma coisa em breve, e temos que estar prontos para detê-la. Glamora ainda pode triunfar, mas Glinda é incrivelmente poderosa. E, se ela ganhar, pode usar a magia do Quadrante que nos conecta para nos controlar.

– Por que você não me *falou*? – perguntou Nox.

Mombi lançou um olhar simpático para ele.

— Desculpa, filho, mas não era seguro. E, sem ofensas, mas Gert e eu somos mais poderosas que você, com ou sem Quadrante. — Mombi suspirou. — O Rei Nomo no Outro Lugar, Dorothy quem sabe onde, Glinda tentando derrotar Glamora e assumir o controle do Quadrante... Não é bom, não é nada bom. E, se as barreiras entre Oz e Ev forem tão maleáveis quanto as barreiras entre Oz e o Outro Lugar, estamos com problemas. O Rei Nomo tem um bando de criaturas malignas à sua disposição. — Ela balançou a cabeça. — Nunca há um momento de tédio em Oz.

— Tenho que voltar pro Kansas — falei com urgência. — Tenho que ajudar minha mãe contra o Rei Nomo.

— Sem chance — disse Mombi com desdém. — Mesmo que soubéssemos como te mandar de volta, e não sabemos, você não duraria um segundo contra o Rei Nomo sem magia. Ele já mostrou que o poder dele não fica limitado no Outro Lugar. Ele vai te esmagar como a um inseto.

— Mas os sapatos...

— Sem mas. Primeiro o mais importante: é hora de descobrirmos como deter Glinda e trazer Glamora de volta.

— Ora, ora — disse uma voz vinda da escuridão. — Nós certamente aprendemos muito quando escutamos às escondidas, não é?

Glamora saiu das sombras.

— Não é muito legal você me atacar pelas costas, querida irmã — disse ela. Reconheci o tom ameaçador e doentiamente doce de Glinda em sua voz. Mombi a encarou com firmeza. Ela não parecia muito surpresa por Glamora estar nos espionando.

— Eu não achei que você seria burra o suficiente para tentar alguma coisa antes, mas pelo visto eu estava errada — disse Mombi. — Você sabe que, mesmo poderosa como é, não pode derrotar o resto do Quadrante e Amy juntos.

— Ah, eu não preciso ser poderosa — disse Glamora com um sorriso. — Tenho ajuda.

O ar ao lado dela começou a cintilar com uma luz prateada muito conhecida. Uma varinha de metal retorcida apareceu na mão de Glamora, e ela a segurou no alto. Mais luz prateada percorreu seu comprimento, como mercúrio, pingando no chão e se espalhando em uma poça lisa de metal derretido.

— Pra trás — disse Mombi com urgência.

Ela não precisou me dizer duas vezes. A superfície da poça cintilou e ficou transparente. Dava para ver através dela como se fosse uma janela para outro mundo — e era. Abaixo de nós estava o corredor principal da Escola de Ensino Médio Dwight D. Eisenhower. Reconheci imediatamente o piso surrado e as luzes fluorescentes fracas. Um quadrado perfeito de linóleo menos desbotado marcava o local onde o diorama ficava. As janelas estavam cobertas com madeira nos pontos onde a tempestade do Rei Nomo tinha quebrado o vidro, mas os escombros haviam sido recolhidos. O corredor se encontrava vazio, mas a luz do dia se infiltrava pelas poucas janelas que não estavam quebradas. Devia ser horário de aula. Nox agarrou o meu braço como se quisesse me segurar, e percebi que estava me inclinando em direção à poça, como se quisesse pular para o outro lado.

— Você não pode fazer isso, Amy — disse ele com urgência. — Não é um portal.

— Pra você, não — disse Glamora. — Mas, pra alguns de nós, funciona muito bem. — Ela sorriu e acenou a varinha. — Está na hora.

De início, eu não tinha ideia de com quem ela falava. Então o diretor assistente Strachan apareceu no corredor deserto. E não estava sozinho. Ele segurava Madison pelos ombros. Dustin Jr., firmemente preso nos braços dela. Dustin pai corria atrás deles. Sua boca aberta como se estivesse gritando alguma coisa, mas eu não conseguia ouvi-lo.

— Sai daí! — gritei, mas era óbvio que ele também não conseguia me ouvir. Qualquer que fosse a janela que Glinda havia criado, ela só nos deixava ver o Kansas.

— Ah, não adianta — disse Glamora. — Eles não conseguem te ouvir. Mas *ele* consegue. E, se eu fosse você, não perturbaria. O fato de ele achar que pode te usar não significa que ele não vai te punir, se você irritá-lo.

Nosso amigo é muito velho... e não diga que eu falei isso, mas às vezes é *terrivelmente* mal-humorado.

O diretor assistente ergueu os olhos, encontrando os meus através da janela de Glamora. E aí ele sorriu. Uma fumaça prateada subiu de seus pés. Seu corpo começou a ondular, e sua pele descascou em longas tiras que se dissolveram em uma lama prateada. A boca de Madison se abriu em um grito silencioso de pavor quando Strachan se dissolveu, revelando o Rei Nomo.

— Agora é hora de terminar o trabalho que o Mágico começou — disse Glamora. Seu tom era quase alegre, mas seus olhos brilhavam com uma luz insana. Eu me perguntei se a luta entre Glinda e Glamora resultara em uma coisa que era a combinação das duas. Algo mais do que um pouco louco.

— Eu achava que o Mágico queria governar Oz — falei.

— Ah, a visão dele era limitada, não se engane — disse Glamora. — Mas ele teve a ideia certa. Afinal, ter dois mundos é melhor do que um. Em troca de acesso ilimitado ao poder de Oz, meu novo amigo se ofereceu para me ajudar a governar este mundo... e o seu.

— Você não pode fazer isso — grunhiu Mombi. Ela estava se aproximando quase imperceptivelmente de Glamora, como se ficar perto da bruxa demente de alguma forma tornasse mais fácil detê-la. Ao meu lado, Nox estava tenso, seus olhos se movendo entre as duas.

— Posso fazer o que eu *quiser*, sua morcega velha — soltou Glamora no tom petulante de uma garotinha. — Posso esmagar Oz em *pedacinhos*, se quiser. Mas, por enquanto, vou só dar uma festinha de boas-vindas. Odeio ofuscar o grande dia de Ozma, mas isso não pode esperar.

Ela se esquivou de Mombi e apontou a varinha para a poça prateada. O Rei Nomo subiu, ainda segurando Madison. Seu corpo começou a se esticar e se alongar enquanto ele se erguia para encontrar o braço estendido de Glamora. Era como ver a areia se mover ao contrário por uma ampulheta. O rosto de Madison estava repleto de pavor absoluto enquanto o Rei Nomo a puxava pela janela de Glamora. Assisti horrorizada quando o bebê deslizou dos seus braços. Nox ofegou, e Mombi saltou para a frente, como se, de alguma forma, pudesse pegá-lo. Mas era tarde demais. O bebê já estava quase no chão.

E aí, incrivelmente, Dustin mergulhou para pegá-lo. Naquele segundo, entendi exatamente o que tinha feito dele a maior estrela do futebol americano da escola. Ele se moveu com uma velocidade quase sobre-humana, alcançando Dustin Jr. como se estivesse buscando o maior *touchdown* da sua vida. Ele pegou o bebê segundos antes de ele bater no chão. Nesse exato instante, o Rei Nomo saiu em uma explosão pela janela de Glamora, espalhando gotas de prata derretida. Gritei de dor quando o líquido quente incendiou o meu vestido e queimou os meus braços e pernas. Ao meu lado, Nox batia nas suas roupas fumegantes. Glamora ria de triunfo. E Madison Pendleton, ainda nas garras ossudas do Rei Nomo, estava gritando histericamente.

– Já chega – disse o Rei Nomo secamente, soltando Madison por tempo suficiente para dar um tapa nela. Madison calou a boca na mesma hora. Seus olhos estavam enormes, olhando ao redor da clareira, e ela ofegou em choque quando me viu. Tremia tanto que pensei que fosse cair. – Muito bem. Srta. Gumm, acredito que você está com uma coisa que me pertence. Eu gostaria que você devolvesse.

TRINTA E NOVE

Olhei sem querer para os meus sapatos. Eu sabia exatamente o que ele queria e não tinha a menor intenção de dar.

– Os sapatos não pertencem a você – disse Mombi. – Eles pertencem a Oz.

– Oz vai pertencer a mim em breve, sua idiota impertinente – disse ele. O Rei Nomo estalou os dedos para ela e uma bola de fumaça negra a jogou para o outro lado da clareira. Mombi atingiu uma árvore com um estrondo e caiu no chão.

– Você não pode tirá-los de mim – falei com mais confiança do que sentia. Pelo canto do olho, vi Mombi se mexer. Pelo menos, a bruxa velha ainda estava viva.

– Eu sei – disse o Rei Nomo. – É por isso que vou levar você *e* os sapatos. Eu poderia usar magia pra te controlar, é claro, mas você é muito mais poderosa se estiver usando os sapatos por vontade própria.

– Eu não vou te ajudar.

– Achei que você diria isso. Foi por isso que eu trouxe uma garantia da sua cooperação. – Ele apertou o braço de Madison com mais força, e ela gritou de dor. Ouvi os ossos estalando enquanto o Rei Nomo me encarava.

— Para! – gritei, sem conseguir suportar o som. – Deixa ela em paz! Tudo bem, eu vou fazer o que você quer!

— Amy! – sibilou Nox ao meu lado. – Você não pode fazer isso!

Mas muitas pessoas já tinham se machucado por minha causa. O Rei Nomo a havia tirado do Kansas por minha culpa. Pelo que eu sabia, ela agora estava presa em Oz pelo resto da vida, longe do bebê e da família e de tudo que ela conhecia. Eu não ia ficar vendo o Rei Nomo torturá-la, além de tudo. Tinha que haver outra maneira de detê-lo.

— Estou muito feliz por você ter decidido cooperar – disse o Rei Nomo em um tom agradável. – E agora, você vai só...

Foi aí que Mombi o atingiu. Não com magia. Com um galho. A bruxa velha tinha se esgueirado por trás dele e o atacou com toda a força. Ele rugiu de indignação, soltando o braço de Madison por apenas um instante. Glamora se jogou em cima de Mombi, com magia escapando pela ponta dos dedos. E avancei para pegar Madison, tirando-a dos braços do Rei Nomo.

— Corre! – gritou Mombi. – Amy, corre! – Ela levantou o galho para bater no Rei Nomo de novo, mas ele lançou nela uma rede pegajosa de prata derretida, que se emaranhou nos seus braços e pernas. Mombi tropeçou quando a rede se apertou ao redor dela. Glamora apontou a varinha para a bruxa, e o Rei Nomo ergueu as mãos. Eles iam matá-la. Eu sabia disso. Tinha que detê-los. Mombi olhou diretamente para mim. Seu rosto estava permeado por uma calma estranha. Como se ela finalmente estivesse em paz. – Vai, Amy – disse Mombi. Então Glamora estava sobre ela.

— Não! – berrei, mas Nox agarrou meu braço. O Rei Nomo já estava se virando para nós. Minhas botas ganharam vida, resplandecendo com uma luz branca, e ele levantou a mão para proteger os olhos. Não perdi nem um segundo. Peguei a mão de Madison, puxando-a atrás de mim, e corri. – Pega a minha outra mão! – gritei, estendendo-a para Nox.

O Rei Nomo estava logo atrás de nós. Dava para sentir sua magia vindo em nossa direção como uma onda prateada. Mas os sapatos me levavam cada vez mais rápido, e Madison e Nox comigo. Madison estava soluçando de medo. – Confia em mim! – gritei para ela. – Vou te manter a salvo! – Eu não tinha a menor ideia se podia cumprir aquela promessa, mas sabia que faria o melhor possível.

Então tropecei em algo brilhando na grama e caí, esparramada, na Estrada de Tijolos Amarelos. Nox caiu ao meu lado. Madison me atropelou por trás. A estrada oscilou e ondulou sob nós, se desgarrando da grama com um som bem alto de rasgo, assim que o Rei Nomo alcançou a borda, mas ele estava atrasado demais. A estrada nos ergueu no ar, e o rei diminuiu até virar uma pequena mancha abaixo de nós.

Estávamos voando em direção às estrelas. Eu me abaixei porque elas se aproximavam a toda a velocidade, mas, pouco antes de esbarrarmos nelas, a estrada parou e ficou pendurada, flutuando no céu. Eu podia jurar que ela tremia um pouco, como um cachorrinho impaciente.

– Ela está nos ajudando – disse Nox, incrédulo. Ele se ergueu devagar, cheio de dor, até ficar de pé, e depois ajudou Madison e eu a nos levantarmos também.

– Amy? – sussurrou Madison. Suas bochechas estavam marcadas pelas lágrimas, e sua voz tremia. – O que... o que é isso? O que está acontecendo? Quem era... o que era o diretor assistente Strachan? Onde está Dustin?

– É meio que uma longa história – falei. Ela ainda parecia apavorada, mas também havia certa determinação em sua expressão. Madison era forte. Ela se sairia bem em Oz.

– Por que a estrada nos ajudaria? – perguntei ao Nox.

– Não sei. – Ele ergueu a mão e pegou a estrela mais próxima, fazendo-a girar. Sua luz foi refratada ao nosso redor como a luz do sol através de um prisma. Minhas botas cintilaram como se respondessem. – E também não sei aonde ela está nos levando.

A estrada estava pulsando com uma energia dourada estranha, se estendendo à nossa frente, diminuindo até virar um ponto no horizonte. Respirei fundo e agarrei a mão de Nox.

– Bem, acho que só tem um jeito de descobrir.

Juntos, demos o primeiro passo.

Impressão e Acabamento:
GRÁFICA STAMPPA LTDA.